#生死守护#

上海文艺出版社

高渊 著

目录

001　序章
001　第一章：三一年
040　第二章：黄包车
083　第三章：明月坊
124　第四章：老虎灶
166　第五章：霞飞路
200　第六章：合兴坊
236　第七章：番薯粥
272　第八章：药水弄
310　第九章：殉道者
345　第十章：过街楼
379　尾声

序章

当这十几个人开始他们极为冒险的"接力"时，上海已经成为各地冒险者最青睐的城市。20 世纪初，在不少中国人或外国人看来，上海之所以值得冒险，是因为这是一个有可能一夜暴富、出人头地的地方，最不济也大致可以谋生。

这时候，不少犹太商人已经在上海发达，沙逊和哈同成了从不同路径晋级富豪的典范；日本人在虹口聚居，他们似乎想把那里弄得像小东京；很多印度锡克教徒在上海当起了"红头阿三"，主要就是拿根棍子管管交通；另外还有上万白俄移民来到这座城市，他们中大多数很贫穷，甚至有相当数量的妓女和乞丐，但也有些在霞飞路上开了不少商店，营造出还算优雅的欧式氛围。

当然，来上海更多的是同胞。这些成千上万的涌入者，主要来自江苏、浙江、广东、安徽和山东，前两个省份更是占了大头。他们中，有的人腰缠万贯，来此是想获得更奢侈的生活；有的是落魄政客，想寻找东山再起的机会；有的是地痞流氓，来参加中国最有权势的帮会；有的是多少读了点书的摩登女郎，来此寻找梦想中的自由生活，但也有人被卖到妓院。当然，更多的是赤贫阶层，他们觉得这里有更多的工作机会，糊口或许没问题。

但这十几个人不是这么想的。

他们在上海冒险的目的迥异于其他人，他们把自己隐藏在这个城市的弄堂里，多数还组成普通家庭模样，但求越普通、越平常，不引起任何人的注意，日子过得越不起眼越好。这么做，只为了身边那些神秘的箱子万无一失，"备交将来"。

或者说，他们的目的是深埋那些箱子，但为此必须深埋自己。

那些箱子似乎没有准数。一开始是二十多个，后来一度被压缩到五个，但最后又回升到十六个。箱子里具体装了什么，是这十几个人最讳莫如深的。若非妻子家人是同道中人或早已知情，那也是绝不可透露的。

对于箱子里的这些东西，他们中有人会在里面小心翼翼地夹上一些烟叶，以防霉变；有人会一年四季在房间里生着火炉，那是为了万一被敌人发现，可以及时投入火中销毁；有人每天半夜拉紧窗帘,取出箱中之物誊抄在小纸上,这能尽可能压缩箱量,以便隐蔽保存。

箱子里装的是历史。

这些箱子叠加在一起,有一个正式名称:中共中央档案文献库,简称中央文库。这里保存着两万余件中共中央1922至1935年的珍贵文献,较完整地反映了1935年以前中国共产党、中国工农红军、中华苏维埃政权的重要活动情况。

特别是1930年10月后,中共中央秘书处在文书处理中使用"存文组宣毛"的代号。"文"指中共中央地下档案库,就是中央文库;"组"指中央组织部;"宣"指中央宣传部,后来改为特委;"毛"指共产国际。也就是说,中央秘书处收到文件后,都要送一份给中央文库。

其中最重要的是一万多件中共中央文件,它们是库藏主体。内容涵盖了党务、军事、政权建设、工人运动、农民运动、青年运动、妇女运动等,比如有中共第二次至第六次全国代表大会的文件,有中共中央对各地方和各部队下达的指令性文电,有中共中央政治局、中央委员会等各种会议记录,还有中央组织部、宣传部、军委、中央特科、中央秘书处等单位的业务文件。

另一部分是中华苏维埃政府文件,其中有《中华苏维埃共和国国家根本宪法大纲》《土地暂行法》《劳动法》,临时中央政府《对外宣言》，中华苏维埃中央临时政府《布告第一号——政府成立及名单》等。

第三部分是中国工农红军文件，包括红军总部，红一、红四方面军，红二、六军团的文件，内容有军事编制、作战、后勤、军需生产和扩军等，其中有1928年《朱毛致中央信》，1930年《中国工农红军编制条例》，1932年《红一方面军总司令朱德、总政委周恩来、总政治部主任王家蔷（王稼祥）告全体红色战士书》等。

第四部分是领导人文稿。主要有毛泽东的《宁冈来信——在湘赣两省白军围剿中的军事党务工作》《进攻长沙不克的原因》等；周恩来的《冠生第二次来信——对顺直省委改组的意见》《周恩来报告——前线指挥问题》等；刘少奇的《关于顺直党内状况的报告》《巡视北京工作报告》等；朱德的《朱德来信》《朱德、彭德怀、黄公略为富田事变宣言》等。

第五部分是中共在"白区"的文件，包括党务、工人运动、农民运动、青年工作、妇女工作和军事斗争等内容。其中，中共上海区委上报中央的文件、资料，占各省委上报文件总数的三分之一。

最后一部分是"苏区"文件，包括中共苏区中央局、鄂豫皖中央分局、湘鄂西中央分局文件等苏区党组织的文件，内容多为党的建设、武装斗争、根据地的开辟、政权建设和生产等。其中有 1927 年《湘粤鄂赣四省农民秋收暴动大纲》《鄂南黄赤光报告——鄂南暴动与党的领导问题》；1928 年《毛泽东报告湘赣边界军事党务近况》；1929 年《鄂东北特委组织问题决议案》《红五军在平江、修水胜利及瑞昌、阳新的失败》等。

为了守护这些箱子，这十几个人陆续走到了一起。不过他们并不处于同一时空，而是经历了一场历时二十多年的生死接力，一直到 1949 年 5 月底，上海解放。

在党内，他们原本有自己的职务和工作，有的是中央特科的重要成员，有的是 1921 年入党的资深党员，有的是交通员，但为了管好这些箱子，为防不测，组织上要求他们不参加支部会议，不参加群众集会或游行，不参加散发传单，不参加保护文库以外的政治活动，少与外界接触，以免暴露。

他们的公开身份，也转换成了公司雇员、商店店员，或在学校当教师，有的跑单帮、摆杂货摊，有的充当二房东、老板、佣工、娘姨等社会角色作掩护，使敌人难以察觉，邻居也无从知晓。而且，党组织只派一名领导干部与文库负责人进行单线联系，中共中央其他领导成员不过问文库的工作。

他们中，有一位年仅三十多岁的"张老太爷"，负责中央文库后受周恩来直接领导，新中国成立后，历任中央人民政府情报总署副署长、政务院副秘书长、周恩来总理办公室主任；

有一位身形瘦高的"瘦子",当时是中央特科上海负责人,他和妻子一度共同保管中央文库,后来先后奉调去了延安;更有一位当过省委书记的"商人",出狱后到上海养病,却受命承担起了守护人的工作,五年后贫病交加离世……

每遇险情,中央文库必须搬迁;每换一次负责人,也要搬一次家。二十多年中,文库在上海滩辗转搬迁近十次。这些深埋的守护者,想尽了各种搬迁方式,用过三轮车、黄包车、独轮车,也曾把文件拆箱,用竹篮、面粉袋等简陋工具手提步行搬迁。

那些年中,中央文库前后到过戈登路(今江宁路)1141号、恺自迩路(今金陵中路)顺昌里、小沙渡路(今西康路)合兴坊15号、霞飞路(今淮海中路)某处、新闸路金家巷嘉运坊1839号、康脑脱路(今康定路)生生里、成都北路974号……日军占领上海期间,文库还多次辗转于富裕人家的花园洋房、普通市民的石库门房子,以及学徒工的亭子间等,确切地址已经无法考证。

"如可能,当然最理想的是每种两份,一份存阅(备调阅,即归还),一份入库,备交将来(我们天下)之党史委员会。"

那些年中,中央文库守护者每次开箱整理,都能看到中共早期领导人瞿秋白写下的这段话。

第一章
三一年

陈为人出狱了。

下了将近一礼拜的雨,终于收住了,但天还是阴阴的。1931年11月的上海已经颇有寒意,一个二十八九岁的女子一早就在监狱外等候,一头朴素短发,圆圆的鹅蛋脸,肤色甚白,是上海滩常见的少妇模样,手上拿着一件加厚的棉布长衫。

龙华监狱厚重的铁门略略开启了一点,仅容一个人出入。缓缓地,门内走出一个清瘦的男子,看上去年纪不过三十岁左右,长身玉立、眉目清秀,只是脸上带着病容,眼睛似乎不太适应并不算很亮的室外光线。他的脸上看不出欢喜还是悲伤,他甚至没有算过,这是他第几次出狱了。

十多年前,他一度在北京追随陈独秀,跟着这位倔强而刚烈的先生到处演讲、发传单。有一次,他问先生:"这样做怕不怕被抓进牢房?"他记得先生微微撇撇嘴,看了他一眼道:"我们青年要立志出了研究室就入监狱,出了监狱就入研究室,监狱与研究室是民主的摇篮。"

这回,陈为人又一次在这个"摇篮"里待了半年多,"摇篮"给他的馈赠是麻木的双腿和严重的肺病。此时,短发少妇已经快步走到他跟前,一边帮他穿上棉布长衫,一边轻声问:"我们回哪里?"

陈为人还没来得及回答,一辆有点破旧的黄包车已经停在他们跟前。车夫甚是机灵,一看陈为人行动不便,立马紧跑几步,蹲下说:"先生不要湿了鞋子,我来背你上车。"没等陈为人说话,车夫已经不由分说背起他,轻轻放在了车座上。

陈为人虽是湖南人,但十几岁就来到上海,对这个十里洋场并不陌生。他知道遇到下雨积水,有些殷勤的黄包车夫会把客人背上车,这样可以多要点小费。但对于他这个刚出狱的人,这个车夫居然也如此,有点出乎他的意料。

不由地,陈为人打量了一下车夫。他不像很多车夫那么精瘦,黑黑壮壮的,年纪大约在四十岁左右,右手小臂的衣袖空空如也,似乎是条断臂。

"太太也一起坐上来吧,可以照顾照顾。"上海滩的规矩是,黄包车一般只能坐一个成年人,但这个独臂车夫似乎看出陈为人身体不佳。少妇也不客气,刚坐上车,车夫又问道:

"先生太太去哪里？"少妇用询问的目光看了陈为人一眼，"去徐家汇吧，这地方待久了，去转转。"陈为人道。

"到徐家汇去天主教堂吗？原来先生也信洋教。"车夫带着浓重的苏北口音，说话间已经小跑了起来。

陈为人笑笑没答话，他发现车夫左手抓着车杆，用粗麻绳把两根车杆绑在腰上，拉车甚是麻利，说道："你用一只手拉车不容易啊。"

独臂车夫大声笑着，说："小时候跟村子里小把戏摔跤，把手摔断了，我们泗阳老家不像上海，哪有好郎中，看了好几个月，最后都化脓了，只好像猪蹄髈一样一刀砍掉咯。"车夫说得轻描淡写，就像在说别人的事，看起来经常会有客人问他。

陈为人趁他讲话，凑到少妇耳边上轻声问："慧英，这辆车是你叫的？"

"他最近一直在我住的弄堂口等生意，我坐过两三次。今天早上出门，他看到了就来兜生意。我想龙华这里太偏，黄包车不好叫，就坐他的车来了。"韩慧英同样把声音压得很低。

见独臂车夫一时没话了，陈为人又找了个话题："你这样拉车，一个月能挣多少铜钿？"

"我六年前从乡下到上海来，除了会种田，什么也不会。还好有一把子力气，正好有个认识的同乡在拉黄包车，原先搭班拉车的生毛病拉不动了,就叫我跟他一起拉。一个人从鸡叫拉到下半日,换个人再拉到鬼叫。"

独臂车夫东拉西扯,正是陈为人想要的,他再次凑近韩慧英:"最近你住哪里?"他们夫妇原本住在北四川路的一排石库门沿街的铺面房子里,公开登记的是一个毛巾店。但半年前他被捕后,韩慧英也立即搬离了,这是陈为人在狱中就听到的消息。

"你被捕后,我带着孩子东躲西藏,换了好几个地方。现在住在一个远房表姐家里,但她家只有一个亭子间,她还带着一个八岁的女儿,加上我和爱昆,已经住得没有转身的地方了。"

若非韩慧英主动提起,陈为人都没顾得上问两岁儿子的情况。因为这个有点奇怪的独臂车夫的出现,让他只能先挑最重要的问。

北四川路永安里有一幢单开间的三层石库门房子。时近中午,底楼客堂间里,一个三十岁出头的男子,放下正在翻阅的上海地图,走到后面的厨房,系上围裙准备做几道淮扬菜。

楼梯上,一个二十岁左右的青年人匆匆走下,那男子马上叫住他:"润弟,有空的时候帮我去买一包刮胡子刀片。"那青年人没反应,径直往后门走去。男子想起他左耳失聪,快步走到他身体右侧，指指自己胡子拉碴的脸，把刚才的话重复了一遍，又加了一句："我带来的那几把都剃坏了。"

"好的七哥，我现在就去买。"青年人停住脚步，回头微笑点点头。

他熟门熟路地走出弄堂口，来到拐角的一家烟纸店。店家拿出好几种刀片，让他自己挑，这把他难住了。虽说七哥已经来这里住了小半年，其间深居简出，白天极少出门，经常托他办点事，但买刀片还是头一回。他犹豫了一下，买了一包中等价格的。

回到家，七哥正在小厨房里忙，便把刀片递上。七哥一边切着菜，一边抬头看了一眼，抱歉地说："我的胡子又粗又硬，这种普通的刀片刮不动。是我刚才忘了告诉你，要买老人头牌。等你有空的时候再去买一下，这包刀片你留着用吧。"

在润弟眼中，这个七哥英俊严肃又和蔼可亲，令他从小就对七哥又爱又畏。七哥比他整整大十岁，在他们这一辈十四个堂兄弟中，七哥排行第七，润弟则是老小。不过，七哥并不管他叫"十四弟"，因为他的字是润民，所以叫他润弟。

润民知道，路边小烟纸店一般不进较贵的老人头牌刀片，只有百货公司才有。正好他要去趟书店，便再次走出后门，到弄堂口叫了辆黄包车。

坐在车上，回想跟七哥七嫂一起居住的这小半年，一种满足感油然而起。虽然，那天深夜的造访，让他惊出了一身汗。

1931年5月间，润民即将从上海法学院毕业，一天夜已深，正在准备论文，而妻子和两岁的儿子早已入睡。轻轻地，后门传来两下敲门声，来访者显然不希望打扰隔壁邻居。润民从当做书房用的二楼亭子间窗口探出头去，只看到一男一女两个身影，便问了句："谁啊？"

那个男子马上抬起头，对着窗口低声说："润弟，是我。"这才看清，原来是七哥。喜出望外的润民一溜小跑下楼，打开门刚要说话，那男子示意他噤声，随后两人一起闪身进门。润民这才看清，七哥穿着一件藏青色单长衫，一旁的青年女子也是一身做工考究的深色衣服，难怪刚才在昏暗的路灯下看不清楚。

"润弟，我们先到客堂间坐坐。"没等傻站着的润民回答，七哥径直走进了客堂间。随手关上门后，七哥指着身边的女子说，"这是你七嫂，你们还是第一次见吧。"一边放下手上的皮箱，一边拉着润民在身边坐下："这么晚来，没吵到孩子睡觉吧？我们估计要在这里住上一阵子，三楼随便给我们安排一个小房间就行。但你要记住，我们来这里的事，你一定不要跟外人说，也要叮嘱家里人不要外传。"

七哥说话时，是润民最熟悉的严肃但不失亲切的表情，打小虽然相处时间不长，但在他心中，这个七哥是个既能做大事，又对家人充满感情的人。他不由自主地频频点头，因为多年的习惯就是这样，对七哥的事从来不问，某种成分是不敢，又有某种成分是心照不宣。

就这样，这位历来天马行空、神龙见首不见尾的七哥，居然安心在这个小石库门房子里住了下来。此后半年，甚至极少白天出门。在润民的记忆中，七哥白天只是偶尔出去过一两次，而且匆匆即回，有时候早晨或者晚上会出去，时间也会比较长，规律是早上七点前必回，而晚上七点后等天完全黑了才出去。只是，润民不是太清楚七哥究竟是早上几点出去和晚上几点回来的，因为大多数时候他都在梦乡中。

黄包车一路跑了十几分钟，遇上了第一个红灯。

独臂车夫在路口停了下来，回头说："我以前一直在苏北老家种田，一年到头在田里忙死忙活，也吃不饱肚子。来上海拉车多好，只要知道看红绿灯，有把子力气就行了。"

陈为人停下跟韩慧英的交谈，刚要接话，旁边又停下一辆黄包车，一个精瘦的车夫一边擦汗，一边大声说："一只手阿秋，你怎么拉车拉到乡下来了？"

独臂车夫转过脸，用苏北话和上海话夹杂着没好气地说："哪里有客人就到哪里拉，阿秋我不多跑跑，屋里厢女人和小把戏吃什么？"

那精瘦车夫瞥了一眼车上,大惊小怪地说:"哦呦哦呦,今朝力气这么大,一拉拉两个人,昨日夜里你屋里厢女人给你吃啥好东西了?"边说边讪笑着。

独臂车夫故作气往上冲,涨红着脸说:"人家是夫妻,喜欢挤一挤有啥关系?再说我拉得动,说不定到地方,人家先生太太给我两份拉车钱呢。"

话音刚落,红灯已经变成绿灯,路口等着的五六辆黄包车一起起步,飞也似的冲向路口。一边跑,车夫们一边大声呼喊,吸引了路边零星路人的目光。

冲过了路口,独臂阿秋放慢了脚步,回头看看身后的那些黄包车,得意地大吼:"你们这些饭桶,都跑不过我这个一只手的!"然后又放低了声音,对陈为人夫妇说:"先生太太没受惊吧?"

陈为人来上海多年,知道上海的黄包车夫常常喜欢在路上狂跑,不仅跟别的黄包车比,还要超自行车、有轨电车,甚至汽车,也算是苦中作乐的小游戏。他便笑笑说:"阿秋,家里有几个小把戏?"

"生了七个,女人的肚子实在是太争气,全是光榔头儿子。"阿秋又叹了口气,"不过么,阿大和阿四生病死掉了。阿二人老实,十五岁了,蛮肯做的,我让他去纱厂扫地,工钱没有几只铜板,吃饭不用吃家里了。"

阿秋一路说着几个儿子的情况，韩慧英趁机低声跟陈为人说："前几天，我去了何宝珍那里，她说等你出狱后，我们可以搬去她家里住。"

陈为人想了想说："她和少奇工作都很忙，还带着孩子，少奇还是中央职工部长，我刚出来，怕有尾巴跟着，他们那里先不能去。"何宝珍是刘少奇的妻子，而陈为人十多年前参加外国语学社时，曾跟刘少奇、任弼时等聚在一起，学习俄语和无产阶级革命知识，为去俄国学习做准备。

黄包车在寒风中穿行，陈为人裹紧了棉袍，还是打了几个寒战。韩慧英伸手握住了他的手说："组织上关照，让你找个安静的地方，先养好身体，工作的事慢慢说。"

这时候，独臂阿秋已经说到了他第六个儿子："你别看小六子今年只有四岁，不过真的是聪明啊，啥事体一教就会，私塾老先生说如果不读书，就太可惜了。别的小把戏以后都送到纱厂做工，只有这个小六子，我是做死做活也要让他读书的。"

看到他谈兴正浓，陈为人更靠紧了韩慧英，把声音压得更低："顾顺章出事之后，上海的党组织的情况怎么样？"

"被破坏得很严重，不少同志被捕了，我也是最近才联系上组织的。"韩慧英轻轻叹口气，看着路上萧疏的情景，有点出神。

"胡公还好吧？"

听到陈为人这一问,韩慧英赶紧定定神:"真是万幸,听说胡公提前得到了顾顺章叛变的消息,就立刻撤离了,来抓捕的特务扑了个空。不过从 4 月份以来,一直不知道胡公的消息,说是很可能已经离开上海去苏区了。"

陈为人轻舒一口气,只听韩慧英继续道:"不过国民党最近连续登了两次报,悬赏两万大洋缉拿胡公,所以也不知道胡公到底是不是还在上海。"

这时候,独臂阿秋已经说完他七个儿子,开始说他女人家里的事了。

吃着简单的午饭,七哥随手拿起当天的《民国日报》,这是润民刚才带回来的。一眼就看到头版上刊登的一条悬赏启事,以两万银元捉拿周恩来。他毫无表情地继续翻看其他版面,此刻他注意到坐在八仙桌对面的润民,正以有点担忧的眼光看着他。

对于这个自幼身体羸弱、左耳失聪的小堂弟,七哥始终是很怜爱的。而且他还有个年轻的妻子,以及一个不到两岁的儿子,所以不到万不得已,七哥绝不愿让润弟一家涉险。

但今年的情况太特殊。他在上海的多处居所和办公地先后暴露,只能选择这个润民父亲买下的石库门房子,作为最后的落脚点。这里毕竟独门独户,只要深居简出,就不容易受外界注意。而且，外面知道他这个秘密住址的，只有一两个人。

但这样的日子，对于习惯忙碌的七哥来说，是一种煎熬。白天，他只能看看书报，或者逗逗润民顽皮的儿子，而他脑子里，一直在不断梳理着大半年来的惊涛骇浪般的历程。

这年1月7日，中共六届四中全会在上海秘密召开。其实，按中共中央的原意，只是打算开一次紧急临时会议。但没想到，在筹备会议时，共产国际代表米夫表示不同意，他认为临时会议没有权威性，不如直接开四中全会。这时候，远东局新来的代表德国人艾伯特也提出，临时会议无权改组中共中央，而不改组就无法扭转错误路线。

那天的修德坊6号里，除了远在莫斯科的中共中央代表张国焘，和在井冈山奋战的毛泽东，中共中央当时所有的领导人都出席了四中全会。工作报告是总书记向忠发作的，与会每个人都作了表态。

最终的中央领导机构改选结果在意料之中，李立三、瞿秋白等人的中央政治局委员职务被撤销，选举了新的委员和政治局候补委员。

全会虽然开得让人揪心，还是安全落幕了。但全会闭幕不等于全会结束，十天后，上海各级党组织分头秘密开会，要贯彻六届四中全会精神。其中有的会议开得气氛紧张，对四中全会文件，有人赞成，也有人反对。

就在1月17日下午一点多,多辆警车疾驰到三马路(今汉口路),特务、军警和巡捕直扑东方旅社,大搜捕开始了。旋即,逮捕了多人。

随后,警车又直奔天津路上的中山旅社,逮捕了阿刚、蔡伯真、欧阳立安、伍仲文等四人。把人押走后,仍然派人蹲点守候,将前来联络的人一一抓获。三周后,二十多位被捕的中共党员被杀害。

面对这样的局面,七哥痛心疾首。他跟身边同志说,这样的巨大损失不应该再出现了。但现在,坐在永安里的屋子里,这才是他对1931年苦难回忆的开端。

独臂阿秋放慢了步子。

他指指前面的尖顶建筑,回头说:"教堂到了,信耶稣的人都喜欢去,先生太太要进去吗?我在门口等——你这个赤佬怎么老是跟我跑,知道我头眼活络,铜钿赚得多?"

后半句话,他已经在跟后面不远处,刚才那个跟他打招呼的精瘦车夫说了。

陈为人和韩慧英对视了一眼,韩慧英说:"我们礼拜天再来,现在肚子饿了,你拉我们回家吧。"

陈为人点点头,他刚才上车就说去徐家汇,是想利用这段时间了解一下情况,可以决定先到哪里落脚。现在大致情况清楚了,还是先回韩慧英的暂住地相对稳妥。

"你和爱昆现在住的地方叫什么?"陈为人虽然还是低声问,但不太在意独臂阿秋会不会听到,因为这话很家常。

"这里过去还有点路,靠近静安寺,叫子康里。我前几天问过了,弄堂里正好有个亭子间空出来,原先的租客刚刚搬走。我问了二房东,租金是一个月六块银元。但亭子间冬天冷、夏天热,我就是担心你的身体。"

"没关系,先安顿下来,然后再联系,看接下来做什么生意。"陈为人说的联系生意,韩慧英自然听得懂,就是找到组织,让组织上安排工作,接口说:"你放心,先养病,生意总归会有的,不着急。"

这话说得并不算响,但耳尖的独臂阿秋还是听到了,马上搭话道:"现在做生意要当心啊,帮会里面要烧烧香,巡捕房也要塞点好处,连法租界里面的安南兵,那帮瘪三也晓得要好处了。"

陈为人知道独臂阿秋说的安南兵,就是法国人从殖民地越南征来的士兵,补充法租界巡捕房的人手,笑着大声说:"不当心么,就要吃官司了。"

"先生上次做生意被流氓敲了一大笔铜钿,人还被弄进去,还没死心啊?"独臂阿秋这话,是今天一早韩慧英上车时跟他说的,现在他又反过来问陈为人。

"上海滩真是鱼龙混杂，我们生意人有发财的，也有像我这么倒霉的，不过除了做生意，别的我不会啊。"陈为人半开着玩笑，独臂阿秋也一路有一搭没一搭地聊着。黄包车已经拉了七八里地，陈为人越来越冷，阿秋却满头大汗，已经有点气喘吁吁。

"上海人都说拉车的风里来雨里去，肯定短命，拉七年车肯定死。我已经拉了六年了，大概明年就要翘辫子了。"独臂阿秋高声自嘲着，虽是叹苦经，脸上却并不愁苦。

没一会儿，黄包车进入一个弄堂，拐了两个弯，停在了一个石库门的后门。独臂阿秋又要上前去背陈为人下车，被陈为人摆手制止了。韩慧英从口袋里掏出一个银元，道了声辛苦，便搀着陈为人进门了。

独臂阿秋默默地注视着两人的背影，若有所思。

吃罢晚饭，七哥坐等天黑。

已是深秋，才六点多，天色已经全暗了。七哥还是不紧不慢地喝茶，看他最喜欢看的地图，因为他的作息原则是，晚上七点之后才出门。

七点刚过，永安里这座房子的后门走出一个人，上身穿藏青色短风衣，下身穿一条蓝哔叽中式裤子，脚蹬一双半旧皮鞋，头戴鸭舌帽。今天出门，七哥选择了工人打扮。

他的步履不疾不徐，熟门熟路地穿行在小弄堂中。有些地图上没有的路，他也已经摸得很熟，多走小路、不坐公交是他这大半年来的行事风格。

　　二十多分钟后，七哥走进一个小小的电影院。一看就是一个三轮电影院，门口显得破旧，而且灯光昏暗，放的是头轮电影院两三个月前就放过的好莱坞电影。但对于七哥来说，却是一个理想场所。

　　卖票的老头提醒他，电影已经开始了一刻钟，七哥面露懊恼神情，但还是做出舍不得不看的样子买了票。放映厅里稀稀拉拉坐着十来个人，七哥看到在倒数第五排，右面里侧坐着一个穿长衫、戴眼镜的中年男人，他便走到倒数第六排，在那个人的左前方坐下。

　　"胡公，中央又来问你何时去苏区，现在继续待在上海越来越危险了。"中年男人略往前凑了凑，压低声音说。

　　七哥没回头，低声说："我刚把胡子刮了，这个胡公是不是有点名不副实了？"说着自己笑了笑，继续道："不过明天就会长出来，又是胡公了。"

　　中年男人也笑着说："谁不知道胡公是美髯公。"

　　胡公正色道："我怎么会不知道应该尽早离开上海，但这个人没找到前，我是不能走的。"

　　中年男人虽然知道前排的胡公看不到，但还是情不自禁地点点头："根据你提出的要求,这个人要懂文墨,最好是做过文字工作,要耐得住寂寞,要有家庭,要非常谨慎负责。今年4月份顾顺章叛变后,我们上海的同志有不少被敌人逮捕,其他的很多人都离开了,一时很难找到合适的人选。"

"你继续找,要外松内紧,没有合适的宁可再等一等。"胡公知道,坐在他后面的这个人比他更急,因为人选定不下来,自己就不会离开上海。他想了想又问,"龙华监狱里的那些同志们,现在营救出来了多少?"

"他们在里面很团结,斗争也很有策略,敌人抓不住把柄,最近开始陆续放人了。我这几天也在收集释放的情况,现在党组织都换人了,消息比以前慢了很多……"

胡公没等他说完,一字一字地说道:"营救工作要加快,特别是关向应、谢宣渠、刘晓、陈为人等同志,是我们党的重要干部,一定要全力营救,要用好互济会的力量,多管齐下。"

说着,胡公就要站起身,但又坐下道:"你也要特别当心,这么多文件现在由你保管,一定不能出事!"说完,便起身离开。

中年男人没有侧脸,用眼角余光看着胡公从走廊上走出,心里突然想起一个人,但已经来不及叫住胡公。

陈为人刚刚和衣躺下,韩慧英带着一个穿西装的胖男人敲门进来。

"这是郭医生,是小妹介绍来的。"韩慧英的话,陈为人当然听得懂。上午到了明月坊,韩慧英没带陈为人去自己暂住的亭子间,而是去12号找二房东,表示要租下那里的亭子间。

那个二房东是个麻利的宁波女人,四十多岁模样,看到韩慧英便道:"上次你来问我,我说六块钱一个月,不过前面的租客还没走,现在他留下了几件家具,最好阿嫂你出点转让费,他也不用搬走,你们也不用再买,很合算的。"

韩慧英知道,所谓转让费就是后续租客买下前面租客留下的家具,两厢便利,便问:"要多少?"

二房东眼睛都不眨地说:"五块银元,桌子椅子都是全的,半卖半送。"她这么迅速地接话,是为表示自己绝无从中牟利,开口报出的就是前任租客的要价。

韩慧英想让陈为人早点休息,便想答应下来。一旁的陈为人却道:"宁波阿嫂,我女人说她看过的,家具都很旧了,四块银元都不值。"他这么说,是不想答应得太爽快,不然会让这个宁波二房东觉得他毫无生意人气息。

果然,宁波二房东提高了声音道:"哦哟,先生真是生意人,价钿算得噶清爽。不过人家前头房客就是说要五块钱,这样吧,我来帮他做个主,四块五角钱,你们也别再还价了。"

在亭子间安顿下后,韩慧英就想把儿子爱昆从隔壁亭子间抱过来,给久违的父亲看看。却被陈为人阻止:"我在监狱里,肺病比以前重了,怕是肺结核,最好先找医生看看,别传给爱昆。"

韩慧英点头称是:"最近刚跟党组织联系上,派了一个叫小妹的女同志跟我单线联系,我一会儿就去接头地点跟她联系,看看能不能给你找个医生。"

待到吃过韩慧英出门前留下的晚饭,陈为人刚要躺下,便看到这个胖医生进来,心中还是很欣慰的。胖医生掏出听诊器,在陈为人胸口听了好一会儿,用带点广东腔的上海话道:"这个有点像肺结核。"陈为人倒是坦然:"那么郭医生可以给我开什么药吗?"

胖医生想了想说:"肺结核没有什么特效药,最有用的不是吃药,是要安心静养,保证营养,还要多呼吸新鲜空气。从你这个症状看,现在还是早期,只要注意调养,应该不会有大问题。"

说完,胖医生便告退,既没有留下药物,也没有收取分文诊疗费。陈为人问韩慧英:"这是组织上派来的医生?"

韩慧英道:"现在党组织被破坏得这么严重,哪里还有自己的医生。这是小妹帮我找的,说是张老太爷家里人看病也经常找他,反正还算可靠吧。"

陈为人点点头,不再说什么,他没想到自己在狱中这大半年，上海的党组织已经如此凋零。韩慧英也没再说什么，只是用眼神示意他早点休息。胖医生的话她听在耳中，心想：好好休息现在倒是不难，但呼吸新鲜空气却不好办，因为陈为人刚刚出狱，为安全起见，最好隐居一段时间再出门。而保证营养是最难的，夫妇俩没有收入，党组织的经费已经断了大半年，拿什么去买鸡鸭鱼肉？

胡公走出电影院，卖票老头已经在票房睡着了，口水几乎垂到了桌上。

他加快步伐走进了夜色中，并没走来时的路，而是走了一条新路。在街上走了十来米，便拐进了一条黑漆漆的弄堂。尽管只有微弱的月光，但他没有放慢脚步，熟门熟路地在弄堂里穿行，仿佛有一双穿破夜色的眼睛。

一路默默地走着，胡公的内心却波澜翻滚。

1月份的那次大搜捕之后，上海地下党组织损失不小，但胡公久经风浪，在他的周密布置下，转移了一批人，更换了几处接头地点，用了一两个月，就基本恢复元气。但没想到的是，4月下旬的一个凌晨，一阵轻轻的敲门声把他惊醒。

听声音是事先约定的暗号，但这天并非预定碰头的日子，客人又是夤夜来访，纵是胡公也不免心惊。确认没有危险后，胡公开门迎进了两个人，都是他负责的中央特科的直接下属：

陈赓和李克农。

两人也都见过大世面,神情依然镇定。他们对视一眼,陈赓低声说:"顾顺章叛变了。"

胡公略一点头,道:"简单说一下过程。"李克农和陈赓以最简略的话语,报告了事态过程。原来就在上个月,顾顺章从上海护送张国焘、陈昌浩去鄂豫皖苏区。在汉口,将张陈二人送走后,顾顺章可能是缺钱,居然化名登台表演魔术。他对自己的魔术技艺很自信,更自信的是自己的化妆术。但没想到,4月25日刚一上台,就被此前的中共叛徒在台下认出,立即遭到特务逮捕。当晚,顾顺章被迅速押解到国民党武汉绥靖公署行营。没有严刑拷打,也没有威逼利诱,马上叛变。

胡公摆了摆手,问:"消息是谁送来的?"

"武汉方面给南京中统头子徐恩曾发去密电,一连六封都是'十万火急',上面都写着'徐恩曾亲译'。正好徐不在办公室,钱壮飞根据已经掌握的密码本副本,才知道顾顺章叛变了。他派女婿刘杞夫连夜坐火车赶到上海,根据预先约定的紧急联络办法,找到了我们。"

胡公面色沉静地听着,脑子一刻也没停。在1月份召开的四中全会上,顾顺章刚刚被选为中共中央政治局候补委员,而且他一直是特科负责人之一,还兼任行动科科长,专门负责惩处叛徒。

"这个顾顺章掌握了中央在上海几乎所有的联络点和接头方式,我跟他很熟,这个人精干滑头、心狠手辣。更重要的是,他了解我们的思维方式、生活习惯、活动规律和伪装技巧。"胡公轻轻挥了一下手,"你们分头通知能联系上的同志,马上撤离,能立刻离开上海是最好,不然也必须立即更换住所,中央机关不能再去了。"

胡公随手拿起帽子,起身就往外走。走到门口,突然停步回过身来,差点跟紧随着他的陈赓和李克农撞个满怀:"钱壮飞同志打入中统内部很不容易,现在必须立刻撤离南京,这次他立了大功,但也暴露了,你们要尽一切努力保护他的安全。"

说完,胡公消失在门外略带晨雾的夜色中。李克农和陈赓都是心头一热,心想:这么生死存亡的紧急关头,胡公还惦记着战斗在南京中统内部的钱壮飞的安危。

此时,胡公已经接连穿过了五六条弄堂,前面不远就是永安里。他略感凉意,不自觉地加快了步伐,脑中的思绪依然汹涌。

调养了大半个月,陈为人觉得身上松快了不少。虽然时节已经入冬,但他却不像刚出狱时那么畏寒,而且胃口也好了不少,他喝稀饭时,两岁的儿子爱昆经常好奇地看着他,看着父亲津津有味吃稀饭。

吃过早饭，韩慧英买菜回来了。陈为人看到，今天的菜篮子格外丰盛，除了有日常的青菜、豆腐，居然还有半只鸡，问道："今天怎么这么奢侈？"

"组织上让小妹带来了十块银元，让我们付这个月的房租，还说给你买点吃的，调养身体。"

陈为人轻轻叹了口气："我这大半年都在监狱里，现在虽然出来了，但整天就在家里躺着吃喝。现在的局势这么不好，同志们都冒着很大的风险在工作，我却一点插不上手，还要花组织上的经费……"

韩慧英知道他心里焦急，忙岔开话题："你看我今天还特意买了尖椒，虽然医生叮嘱不能多吃，但我知道你这个湖南人，好久不吃尖椒，眼睛都没神了。"

陈为人只是淡淡一笑，继续道："你说我还能为党干什么呢？"

"你现在这身体，要像以前那样去工厂、铁路上发动工人运动，怕是不太行了。你不是编过杂志吗？还可以继续做文字工作。"韩慧英说罢，便沉默了。

没想到，陈为人却精神一振："报刊暂时停掉了，但中央机关还有一大摊工作，很多党的干部都转移了，现在应该很缺人手。像秘书处就有不少文件档案工作，如果组织上信得过我，收发文件、保存档案这些工作我倒是可以做。"

韩慧英沉默了一会儿，轻声道："文件档案这么机密的事，组织上一定是用最可靠的同志来负责。像你刚刚从监狱里出来，对你在狱中的表现，组织上肯定还要做一些调查甄别，怎么可能现在就让你做这么重要的事？再说，你这个想法，我们也不方便跟组织上提出来，工作要由组织安排，不能自己挑。"

作为1921年入党的老党员，陈为人当然知道组织纪律。但这些年东奔西跑忙惯了，即便在狱中的大半年，他也在串联狱中的党员，一起成立了"同难会"，组成特别支部，有策略地跟敌人斗争。

而现在，蜗居在六七平方米的亭子间，整天无所事事，是他入党十年来极少有的状况。这令他坐卧不安，甚至心存愧疚。

今天又是预定的接头日。

胡公起了个大早。五点刚过，他就出门了。今天穿着一件半旧的灰色棉长衫，肩头搭着个布袋子，里面放着两三卷纸和画笔，像一个早起写生的画师。

准确地说，胡公这种只在早晚出门的工作状态，直接原因并不是顾顺章叛变。4月底得到消息当天，胡公就同陈云商定对策，并在聂荣臻、陈赓、李克农等人协助下，迅速采取了一系列紧急措施：销毁机要文件；将党的主要负责人迅速转移并采取严密的保卫措施；他们的秘书中凡可能为顾顺章所认识的都做调动；将一切顾顺章所熟悉的、可能成为其侦察目标的干部尽快转移到安全地区或调离上海；切断顾顺章在上海所能利用的所有重要关系；废止顾顺章所知道的一切秘密工作方法和暗号，由各部门做出紧急改变。

但坏消息接踵而至。1931年6月22日，当时的中共中央总书记向忠发不听胡公反复劝告，擅自外出并过夜，结果被捕。刚刚调入特科的潘汉年立刻把消息报告胡公，并说其极可能叛变。更糟糕的是，向忠发不仅知道胡公的住所，甚至还有房门钥匙。

胡公当即搬到四马路上的都城饭店，并派特科行动队在自己住所附近监视，以证实向忠发是否叛变。第二天深夜，特科队员就来报告，看到一队特务押着个人用钥匙打开了胡公住所的后门。

从这以后，胡公辗转多个地方，最后来到了某僻静处落脚，并深居简出。

在大大小小的弄堂里穿行了将近半小时，胡公走进一家小饭店。这是一个街面小馆，店招非常简单，就在门口悬挂一块木板，上面写着斗大的"面"字。这种小馆子在当时的上海滩十分普遍，因为经济实惠，上海人管它叫做"普罗馆子"，就是大众餐馆的意思。

店里已经坐了不少来吃早饭的客人，胡公进来也没堂倌来招呼，他看到靠墙的桌子边，两个食客已经在收拾残羹，便径直走了过去。果然，他刚走到桌边，那两人就起身离开了。

胡公坐下，向四周扫了一眼。隔壁饭桌的长凳上躺着一个人，身上酒气扑鼻，不仅自己占了一条长凳，一只脚还搁在另一条长凳上，脸朝着墙壁正在呼呼大睡。这是一家通宵营业的普罗馆子，客人半夜吃过宵夜后，只需给伙计几个铜板，就可在凳子上过夜。

胡公招呼堂倌过来擦拭了桌子，并点了一碗阳春面，特别叮嘱要"宽汤重青"。堂倌明白，就是面汤要多，葱花也要多放。

面还没上来，门外走进一个戴眼镜的中年人，就是上次在电影院接头的人。可能是他穿着比较素雅，看着像个读书人，堂倌主动上前招呼了一下，然后走向那个躺着睡觉的醉汉，想把他赶走，让中年人坐那里。

中年人摆了摆手道："不要打扰别人睡觉，我就在这里拼个桌吧。"随后走向胡公这桌，堂倌忙上前跟胡公打了招呼，中年人便坐下了。他也点了一碗阳春面，要求却是"紧汤免青"。堂倌心里想，看你穿得干干净净，以为身上有几块大洋，没想到也只点了十八个铜板一碗的阳春面，而且这么洋盘，哪有阳春面要面汤少，还不要放葱花的？

这时，胡公的面已经上来，他低头喝着面汤，低声道："张老太爷，有合适的人选吗？"这个戴眼镜的中年人也不过四十岁的模样，但他在党内的外号却是"张老太爷"，可能是因为他办事沉稳的缘故。

"我想到一个人，他和少奇等人去苏联学习过，协助过李大钊开展工人运动，当过满洲省委书记，有十年党龄。他在1928年和今年两次被捕入狱，在狱中严守党的秘密，坚持对敌斗争。"

胡公一边吃面一边说："你说的这个人我也想到了，而且他做过文字工作，在哈尔滨编过《哈尔滨晨报》，在上海编辑过《向导》和《上海报》。"

看到胡公表示首肯，张老太爷有点兴奋，马上补充道："而且他的妻子是党的地下交通员，符合以家庭化掩护的要求。"

胡公点点头说："看来我们俩想到一起了。他出狱多久了？"

张老太爷说："应该就是上个月，在监狱里生了病，现在在家里养病，我这里的小妹已经跟他妻子韩慧英联系上了，已经接了两次头，还送了些生活费给他们……"

胡公打断道："你马上做两件事，一是按照组织规定，甄别他在狱中的表现；二是让小妹具体了解一下他现在的身体状况，是否能够继续工作。"

食客渐多，堂倌过来拍拍那个醉汉："天大亮了，起来吧。"

醉汉倒也爽气，伸了个懒腰便坐了起来，看了一眼堂倌："我也要吃早饭，有什么好吃的？"

堂倌指指身后的五个食客道："这个桌子让给他们吧，你另外找个地方。"

醉汉大手一挥："我昨天半夜就来了，凭什么要让？"

堂倌头眼活络，过来跟这桌的胡公和张老太爷赔笑："小店小本生意地方小，这里能不能再坐个人？"

胡公点点头。醉汉刚在桌边坐下，胡公也不抬头："陈赓，今天有急事吗？"

刚才一听醉汉开口，胡公便知是陈赓。他是中央特科的情报科科长，讯息最是灵通，而且若无要事，陈赓绝不会出现在这个接头地点。

没等陈赓回答，胡公对张老太爷说："刚才说的人选我觉得可以，但是对他这次在狱中的表现，还是要按规定进行甄别调查，一有结果马上跟我报告。你先走吧。"

张老太爷从兜里掏出二十个铜板放在桌上，起身就走。堂倌走过来收了钱，喃喃自语："到底还是读书人，知道付点小费。"刚要转身,陈赓叫住他:"一副大饼油条,再加一碗阳春面。"

堂倌问:"重青免青?"陈赓大声道:"面要宽汤,重青,再多加麻油、鸡蛋皮、虾皮。"堂倌答应着,心道:要加这么多料,又不肯多花钱买碗三鲜面。

胡公还剩半碗面,边吃边说:"说吧。""太饿了,都没力气说话了。"陈赓有些日子没见老领导,先调皮了一下。胡公顿了一下,"掌握在顾顺章手上的另一套中央文库,确定已经销毁了吗?"

中央文库除了留存在中共中央秘书处的一套外,顾顺章手上还留有一套。对中共来说,中央文库保存着1921年7月党的一大召开以来的大部分重要文件,是名副其实的"一号机密"。

"我派人再次确认了,顾顺章手上这个地下档案库,藏在虹口唐山路萧公馆的马房的石板下面。顾顺章叛变后,他已经派人把那些档案全部烧掉了。"

胡公点点头道:"你一定要确认是全部。"

"肯定是的。我还派人潜入萧公馆,当了一段时间用人,查清确实已经全部烧毁。"陈赓已经把大饼油条和阳春面吃了个干净。

胡公从口袋里掏出一把铜板,数了十八个放在桌上:"中央已经决定把中央机关撤到苏区，你我都要尽快撤离上海，这段时间务必谨慎。"说完起身就走，陈赓笑道："胡公这么小气，不像张老太爷那样，付两个铜板小费吗？"胡公微微一笑，掸掸自己的旧长袍："我可是穷酸的画师，哪有钱付小费。"

陈赓心中微微一激灵，心道："难怪胡公这么多年有惊无险，不仅是化装化得像，而且行为举止也要符合不同打扮的身份。"

转眼到了 12 月，天气放晴了几天，气温却越来越低。

最近几年，陈为人一直在北方工作，对上海冬天的阴冷颇不习惯，这几天又咳得厉害。晚上八点多，儿子爱昆皮了一天，已经躺下睡着了。韩慧英推门进来，直呼外面好冷。

陈为人急切地问："见到小妹了吗？组织上对我的工作有什么新安排？""见到了。刚出门，在弄堂口又遇到独臂阿秋，他问我去哪里，让我坐他的车。我去见小妹怎么能让别人知道，就说路边小店去买点茶叶，不用坐车。但我刚才回来，又在弄堂口遇到他，他问我怎么买茶叶去了这么久，我只能说路边那家店买不到你要喝的白茶，只能多走了一点路。"

陈为人皱了皱眉头，他虽自己没有出过门，但听韩慧英说，只要出门就会在弄堂口遇到独臂阿秋，这人似乎天天都在这里等生意，不知是何来路。

韩慧英喝了点热茶，继续道："小妹还是说组织上让你继续休养，先不着急工作，生活费会保证的。"陈为人有点不悦，他最不喜欢听到的就是，不为党组织工作还要拿组织上的经费。

"对了，刚才临走时，小妹问我们晚上会出门吗？我说一般不会，除了吃好晚饭会带爱昆在弄堂里玩一会儿，或者跟小妹接头，基本上不会出门。小妹说，这几天让我们晚上不要出门，还要求我们切记。"

陈为人听后想了想，觉得不对："她为什么特别关照这几天晚上不要出门呢？而不是关照这几天白天晚上都不要出门？照理说，晚上出门不是比白天要安全些吗？"韩慧英点头称是："上次跟小妹接头的时候，我把独臂阿秋天天在弄堂口的情况跟她说了，她也说让我们多加小心，这人会不会是敌人派来盯梢的探子？"

"从我出狱那天遇到独臂阿秋，我就有点怀疑。但根据正常的思路，盯梢的人应该尽量普通，尽可能不引人注目才对。你看这个独臂车夫，可能上海滩拉车的里面找不到第二个。敌人派这么让人过目不忘的人来盯梢，是不是有点笨得过头了？"

听这话，陈为人和韩慧英都笑了，韩慧英连忙捂住嘴，指指在床上贴着墙角熟睡的爱昆，示意不要吵醒他，然后轻声问："那你觉得小妹这话是什么意思？"

陈为人摇摇头，话到嘴边又咽了下去，因为他觉得自己的预感不可能发生。

这一刻，润民正坐在自家一楼的客堂间，翻看手上的《福尔摩斯》报。这是当时上海滩很出名的小报。但小报归小报，却很少登风花雪月的文字，倒是另辟蹊径，跟它的报名一样，热衷于揭露党政军和社会各界的黑幕，特别喜欢挖点新闻事件背后耸人听闻的秘辛。看到这张报纸，联想到这几天来，上海市面上军警盘查极严的景象，润民不由地担忧起住在同一个屋檐下的七哥七嫂。

进入 12 月份，以前喜欢在客堂间看报喝茶、喜欢下厨做几道拿手淮扬菜、喜欢跟润民两岁的儿子嬉闹的七哥，虽然神情依然如常，但更多的时候待在三楼自己的房间里，似乎跟七嫂有很多话要说。

尤其是前天晚上，突然有个穿长衫、戴眼镜的人来敲后门，七哥把那人迎到三楼房间后，房门紧闭足足有一个小时。那人下楼时，正在厨房烧水的润民发现，七哥站在楼梯口，神情严肃地目送此人离开。

听到楼梯声轻轻响起，润民赶紧把手中的报纸放进抽屉里。抬眼一看，果然是七哥下楼了。"孩子睡了吗？"七哥轻声问。"睡着了，他妈妈抱上楼了。"

七哥跟润民笑笑，摸了摸自己浓密的胡子道："你明天有空的话，能不能再帮我去买一下老人头刀片。我这么硬的胡子，也只有那个刀片能对付。"润民也笑了，摸了摸自己的下巴："七哥真是美髯公，我怎么就长不出这么多胡子呢，明天还要买别的东西吗？"

七哥略一思索，道："没什么了，你没事也早点休息吧。"说完转身刚要上楼，又转身叮嘱了一句："明天帮我多买几把刀片。"润民实在忍不住了："七哥，你跟七嫂是不是要走了？"七哥停下了脚步，缓缓转过身来，默默地看着润民，便转身上了楼。

夜雨绵绵，三辆黄包车穿行在黑漆漆的夜色中。

虽还只是12月的上旬，但前几天天气晴好，冷空气也趁机南下。这几天连下了两天雨，空气中弥漫着的阴冷潮气，仿佛要钻进人的骨髓。若走在路上被雨水打湿，更是寒颤连连，无处躲避。

时近八点，陈为人陪爱昆在玩游戏。床上有几张花花绿绿的香烟牌子，被爱昆抓在小手里，翻来覆去地揉捏、拍打。"爱昆，别使劲捏，弄坏了就不能玩了。"在桌边缝补衣服的韩慧英，轻声说着爱昆，然后对陈为人说，"你也不管管？""孩子小，还不懂爱护东西，过两天再去要几张香烟牌子就行了。"

那时的上海,烟草公司之间的竞争颇为激烈,为促销产品,就随香烟赠送小画片或图卡。大卷烟厂的香烟牌子大多画工和印刷都不错,还会出"红楼梦""水浒传"之类的系列,但集齐颇不容易。

陈为人自己不抽烟,这些都是宁波二房东送的。她老公是个烟鬼加酒徒,常常喝得醉醺醺,倒也不闹事,就喜欢倒在床上一根接一根地抽烟。二房东气急败坏时,会破口大骂道:"侬这只老赤佬,点把火把屋里厢和自己烧烧掉算了,倒也省心。"

看着爱昆玩香烟牌子,陈为人就会想起二房东夫妇的样子,不禁哑然失笑。他忽然又想起一事:"那天你说,小妹关照我们这几天晚上不要出门,到今天有几天了?"韩慧英停下针线,抬头想了想道:"三四天了吧。"

"你觉得小妹这话有什么特别的意思?""一开始我也觉得有什么别的意思,但现在想想,可能她觉得天气冷了,这厂天又下雨,叫我们保重身体,晚上就在家里待着,也没啥别的意思。"韩慧英继续自己的针线活。

"小妹是个很细致的人,还是老党员了,跟你接头又不是唠家常,这句话不像是随便说说的。"他们说着话,爱昆已经歪在床上睡着了,手里还捏着一个香烟牌子,画的是三国人物:常山赵子龙。

此时，三辆黄包车已经来到弄堂口。

车上走下三个人，弄堂口一个年轻的清瘦女人迎了上去："跟我来。"

在弄堂里绕了几个弯，走到12号门口，那女人低声说："就在亭子间，我刚才来看过。"

三个人中，一个头戴鸭舌帽的人说："小妹，这么冷的天，辛苦了，你不用上楼了，先回去吧。"他随后转身，和一个穿长袍、戴眼镜的人一起轻轻推门上楼。

听到敲门声，陈为人和韩慧英都是一惊。陈为人出狱以来，这里只来过两个人：上门出诊的郭医生和给小爱昆送香烟牌子的宁波二房东。

韩慧英低声道："是二房东来收房租钱了？"

"不可能，如果是二房东的话，人还没上楼，声音已经上楼了。"陈为人接着道，"没事，你去开门吧。"

两个人带着寒气走了进来，后面那人摘下了鸭舌帽，陈为人夫妇大吃一惊："胡公！"

胡公上前，按住想要起来的陈为人："为人同志，不用起来。"

韩慧英也是见过大世面的，这时已经倒好三杯热水，然后轻声道："胡公、张老太爷，你们喝点热水，我去门口放哨。"张老太爷说："后门已经有我们的同志在放哨。"

但韩慧英明白，胡公今天亲自上门看望陈为人，肯定有重要的事，按组织规矩，自己不应该一起听，便说："那我就在下面的楼梯口放哨。"胡公点头道："孩子没关系吧?"韩慧英马上说："没事，这孩子睡觉沉着呢，而且刚睡着，一时半会儿醒不了。"说完便推门出去，反手把门紧紧地关上。

陈为人兀自激动难平："胡公，现在形势这么危险，你还来看我。我在狱中这大半年，和监狱里的其他同志一起，组织成立了共难会，一起和敌人作斗争。"

胡公笑着摆摆手，轻声道："我们知道了，你在狱中不仅很英勇，而且很有策略，没有跟敌人蛮干，既保存了自己的力量，又坚持了对敌斗争的原则，干得很好。现在，其他同志也陆续出狱了，跟你在狱中的串联组织很有关系。"

听到胡公的肯定，陈为人热泪盈眶。他曾在胡公直接领导下工作过一段时间，深为钦佩胡公的为人和能力："这两年反'立三路线'有简单化的倾向，很多事情处理得过激了，我一直想找机会跟您汇报。"

"这些反映我都听到了，一定要改变这种情况。你最近身体怎么样?"

"刚出狱的时候，连走路都有点困难，咳嗽气喘，还以为是得了肺结核。后来，慧英请来医生看了，说不一定，关键是要修养调理。这一个月一直在静养，感觉已经好多了。"陈为人说到这里，正色道，"胡公，我不能继续这么躺着了，我现在什么工作都可以做。"

胡公看了看坐在一边的张老太爷，张老太爷接过话说："你知道中央有一批很重要的文件，一直保存在上海吗？"

陈为人道："你说的是中央文库？""对，中央文库还有一套在顾顺章那里。"

陈为人大吃一惊："顾顺章不是已经叛变了吗？他手上的那套文件交给敌人了？""说起来这事很蹊跷，我们一开始也以为，他手上那套肯定会交给敌人邀功，但他叛变后，却迟迟没有拿出来。"

"那他是想待价而沽？"陈为人道。"我们当时也这么认为，所以就想动用所有的力量，赶在他交给敌人之前找到那套文件。陈赓和李克农那里，派了很多人到处追查下落，但一直没有消息。"

张老太爷喝了几口热水，继续道："一开始，打探的消息是，那套文件藏在上海郊区，但郊区太大，这个根本没法找。直到上个月，特科行动队一个队员来汇报，说虹口唐山路上的萧家公馆的马房失火，内线说那套文件就藏在马房的青石板下面，被顾顺章派人一把火烧了。"

陈为人皱眉道："这就奇怪了。中央文库收藏了十分重要的文件，可以说我们党最重要的秘密都在里面，应该是顾顺章手上最大的筹码，如果拿出来交给敌人，肯定能换来很多好处。他为什么要烧掉对他来说这么重要的东西？"

陈为人看看张老太爷，又看看胡公，似乎想寻找答案。

听到这里，胡公轻轻摆摆手："至于顾顺章是怎么想的，今天先不讨论了。现在两点是肯定的，一是原来顾顺章保管的中央文库确实已经被销毁，二是保管在中央秘书处的那套中央文库成了国内的孤本，保存好它对我们党来说，已经成为最重要的工作之一。"

听到这里，陈为人早就听出胡公的来意了，他郑重地说："胡公，你是希望我来保管这个中央文库？"

胡公说："因为顾顺章和向忠发的接连叛变，在上海的中央机关受到了非常严重的冲击。我跟陈云还有其他同志商量，中央文库一定要保存在信得过的同志家里，而且这个家庭是完整的，有男女主人，最好还有小孩。然后，男女主人必须都是党的人，是忠诚可靠的共产党员。"

陈为人有点激动："我被捕了大半年，组织上还这么信任我？"胡公盯着他的双眼说："为人同志，我们按组织规定对你进行了甄别，结论是你是可靠的，你是忠诚的共产党员。"陈为人的热泪已经不能自抑，一时间说不出话来。

胡公诚恳地说:"你是1921年入党的老党员,已经有十年党龄,还当过满洲省委书记,是党的高级领导干部。让你和慧英同志一起负责保管这两万多份文件,从此要隐姓埋名,不能参加组织活动,更不能参加组织的会议,你会不会觉得亏待了你?"

陈为人一字一顿地说:"感谢组织上的信任,我和慧英之所以入党,就是希望马克思主义救中国。为党工作没有职务高低之分,更不能挑肥拣瘦。更何况,在现在的形势下,保护好中央文库这个我们党的最高机密,是组织上对我们最大的信任,也是最重要的工作。请胡公放心,我们一定会全力以赴,直到生命的最后一刻。"

胡公拍拍他的手背说:"从现在起,跟你们联系的人仍然是小妹,你们如果遇到重要问题,"胡公指指身边的张老太爷,"也可以直接跟张唯一同志联系,除他们俩,你们不能跟其他人接头,不能暴露自己的工作,必须保证中央文库的安全。"

陈为人站了起来,紧握胡公的手:"一定完成任务。"胡公也站起身来,道:"拜托了。"然后拿过桌上的鸭舌帽,准备告辞。陈为人有点激动地说:"胡公,今天我能不能叫你真名?"胡公哑然失笑,指了指熟睡的爱昆道:"被他听到没关系。"

陈为人走上一步,再次握住胡公的手:"恩来同志,我和慧英一定完成你的嘱托,请你放心,请党放心。"

送别胡公，陈为人久久不能平静。他把周恩来布置的工作，一五一十跟韩慧英说了，韩慧英也激动得不能自持。

两人默然无语好久，韩慧英站起身清理一下床铺，拿下了握在爱昆手上的香烟牌子，看着上面赵子龙的画像，对陈为人说："你说恩来同志像不像这面画上的浑身是胆的常山赵子龙？"陈为人点点头："恩来同志不仅有赵子龙的胆识，还有诸葛亮的智谋和关云长的忠义。"

韩慧英接着道："那我们是什么人呢？"陈为人微笑着说："如果后人还记得我们，应该自有评说吧。"

第二章
黄包车

转眼已是 1932 年的元月。周恩来夜访陈为人，已经过去了大半个月，但下一步工作的安排，却迟迟未到。

这段时间，陈为人已经下了几次楼，走路也比刚出狱时轻松了许多。他下楼散步或买东西，一般是在午饭后，这时候阳光比较充足，适合他这样久病初愈之人。

这天中午，他吃罢午饭，下楼散步，顺便按韩慧英所嘱，到弄堂外面的毛巾店里买几块洗脸毛巾。刚走到弄堂口，忽听身后有人打招呼："张先生，今朝又出门啊。"转头一看，独臂阿秋坐在自己的黄包车上，笑嘻嘻地看着自己。

最近，陈为人每次下楼，都会在弄堂口遇到这个车夫，有一次还问他贵姓。陈为人就说姓张，这是他地下工作中的众多化名之一，他在狱中时，就自称"张明"。

陈为人笑笑点点头："出去买点东西就回来。弄堂口风大，当心着凉。"

"没啥关系，我们拉黄包车的天天风里雨里，不是享福的命，假使这种天气还会伤风，那就索性回家当老太爷了。"阿秋平日里说话跟一般车夫没什么区别，但一遇到陈为人或者韩慧英，他就斯文很多，话里还夹着几句上海话，显得高级一些。

陈为人买好毛巾，回到弄堂口时，看到阿秋正跟一个客人谈价钱。只见阿秋一个劲地摇头，说道："不去不去，太远了。"

那个客人看上去六十多岁，身形偏瘦，应该是黄包车夫比较偏爱的。如果是大胖子，车夫拉起来会累很多，有时候为此还要加车钱。只听他说："这里过去，你拉拉也就刻把钟，再说我又不少给你车钱，为什么不去？"

阿秋正不耐烦，见到陈为人走过来，便不理那个老头，走上几步说："张老板，正想跟你说个事。我家的小六子非常聪明，今年已经五岁了，我是想让他以后读书出头的。你肯定读过很多书，有空能不能教教他，那个嗯，古文观什么的，还有孔老夫子的书？以后你和太太要坐我车，我都不收钱，白拉。"

陈为人一怔，道："我一个生意人，能读过多少书，你们家小六子这么聪明的话，应该找个好的老师教。"

阿秋还想说什么，陈为人马上把话岔开："有生意为什么不做，宁可在弄堂口吃西北风？"阿秋有点尴尬地笑笑，低声说："今朝小腿有点抽筋，他要去的地方不算近，再说他又不肯加车钱。"

陈为人加快脚步往弄堂里走，一边对身后的阿秋说："拉一趟说不定就好了。"

韩慧英看到陈为人推门进来，高兴地说："你的身体最近确实好多了，楼梯走上来也不怎么喘。"经她一提醒，陈为人才注意到，心里也很高兴，因为这样可以更好地工作了。但一想到工作，他又皱起了眉头："胡公上回来已经都快一个月了，怎么张老太爷还不跟我交接？"

"前天我跟小妹接头，也问起这事。她说上级没跟她说什么，她也不好问，她只是把这个月的生活费给我了。"陈为人闷闷不乐道，"我现在成了寄生虫了，这不是我们最讨厌的人吗？"韩慧英忙安慰道："那天胡公冒着风险，亲自上门来布置任务了，你还担心没事情做，可能张老太爷手上事情多，要再过几天找你。"

陈为人想了想说："要不这样，你下次跟小妹接头时，请她给张老太爷带个信，说我想尽快跟他见个面。"韩慧英点头说好，"那要下个礼拜了，你也别急。"

"慧英，我刚才在弄堂口又碰到独臂阿秋了，他有生意也不想做，好像就是守在这里。""我出门时，不说每次都能碰到他吧，至少十次里能遇到七八次，每次他都很客气地跟我打招呼，还老是问起你，问你身体好不好啊，最近有没有重新开始做生意啊。"

陈为人点点头，道："他很留意我们。"

"对了，前几天那个宁波二房东阿嫂也在说，弄堂口怎么老蹲着个一只手臂的车夫，这人还怪怪的，要坐他的车一副不情愿的样子，经常说路远不去，哪有车夫嫌路远的，路远不是好赚钱吗？还有，二房东说他收的车费比其他车夫贵不少，她说这个一只手的说不定是贼骨头。"

"但你坐他的车，他有没有多收钱？"韩慧英听这话，若有所悟地说："不但不多收钱，每次还远远地就打招呼，问我要去哪里，他拉我去。"她顿了顿说，"他真的是来盯我们的梢的？"

陈为人若有所思，没再说下去，只是关照韩慧英："尽快通过小妹联系上张老太爷。"

这次，陈为人要晚上出门了。

昨天下午，韩慧英带回来的消息是："小妹说了，让你明天晚上七点半，到三马路（今汉口路）上的宁波饭店二楼见。"

出门前，韩慧英特意给他戴好帽子、围好围巾，嘱他注意安全，早去早回。走下楼梯，陈为人脚步轻快，心中有一种说不出的兴奋：从入狱到现在都快一年了，又可以像以前那样，走街串巷为党工作了。

走出弄堂口，独臂阿秋并不在，陈为人转个弯继续朝前走。这里到三马路有六七里路，对他这个病未痊愈的人来说，步行前往是办不到的。但他不想在弄堂口叫黄包车，而是想往前走一段，走过几个弄堂，再看看有没有车。

刚走了十来米，只听身后一阵匆匆的脚步和车铃声，"张先生，这么晚还出门啊？"陈为人停下脚步，转身看到阿秋一手拉着车追了过来。站定后，阿秋喘着气说，"是要出去吃夜饭还是见朋友，我送你去。"

这样的情况，在陈为人的预料之中。他点点头说："天这么冷，我还发愁叫不到车。我到四马路（今福州路）上的老正兴馆子，多少车钱？"阿秋拿毛巾擦擦汗说："张老板坐我的车，是看得起我阿秋，随便你给几钿。"说着，就伸手来扶陈为人上车，陈为人摆摆手说："不用扶，我身体好多了。"

阿秋一路小跑，说道："我刚才去弄堂口那边的阿福记小饭馆吃了夜饭。这种店你们读书人是看不上的，不过我们拉车的吃吃蛮好的，一大碗饭四个铜板，再加二十个铜板有两块大排骨，排骨下面有鸡毛菜打底，二十多个铜板，就吃得很饱了。"

他跟着打了一个饱嗝，随后又咽了一下口水。陈为人说："你是要多吃点，拉车是体力活，天还这么冷。"阿秋哈哈笑了一声："我是讲白相的，这是看过就算吃过了，二十个铜板吃两块大排骨，我哪里有这么好福气，就算狠狠心买了，也要带回家给几个小把戏吃啊。我吃了一大碗饭，六个铜板喝了一碗豆腐汤，再加了点给排骨打底的鸡毛菜，上面还有点排骨的汁水，味道来得个好。"

他又咽了一下口水，接着道："张老板是去老正兴吃大餐吗？四马路真闹猛，可惜张太太管得紧，不然你吃过晚饭、喝饱老酒，还可以去隔壁地方开心开心。"

四马路是当时上海滩最热闹的马路之一，吃喝玩乐的地方应有尽有，阿秋说的可以开心开心的风月场所，当然也是必不可少的。

陈为人明白阿秋说的意思，他淡淡一笑说："去见几个生意上的朋友，身体慢慢好起来了，以前停下的生意又要做起来。不然的话，不是要坐吃山空吗，老婆小孩也要养的。"

在阿秋眼中，陈为人既是生意人又是读书人，所以对他的称谓经常在"先生"和"老板"之间随机切换。"张先生，听说你以前生意做得很大的？""大也大不到哪里去，但日子还是很好过的。后来被生意场上的对头陷害了，赔了本钱吃了官司，要不然也不会住在这种小弄堂里了。"

阿秋忽然放大了声："是啥人害你的，你跟我说说，我带几个兄弟去教训他。"陈为人说："对头很大，你不要说打他，见都见不到他。现在我就想过过安生日子，重新把生意做起来。"

黄包车停在老正兴门口，陈为人给了阿秋三角钱车费，对于这种拉了不到半小时的生意来说，不算大方也不算小气，倒也符合陈为人这个落难生意人的身份。

陈为人慢慢往店里走，走到门口，他似乎在打量四马路的夜色，转头看了一眼，余光扫到阿秋并没有走，还蹲在路边。他便径直走进店里，一个跑堂马上迎上来："先生几位？"

陈为人道："我找朋友。"

"那我带你找。"

"不用了，我自己找。"

陈为人慢慢往里走，东看看西看看，一副找人的样子。看到跑堂已经在招呼别的客人，便加快脚步从后门走了出去。

这是四马路边一条僻静肮脏的后街，陈为人用围巾包住了半边脸。寒夜中，这样的包裹毫不违和。转了几个路口，走了不到十分钟，陈为人来到了三马路上的宁波饭店。相比四马路，三马路要安静不少，行人也少了很多。

饭店里倒是热闹，一楼几乎坐满人，里面有黄包车夫、扁担苦力这种底层的"短衫帮",也有穿着长衫、围着围巾的读过一些书的人,这种被称为"长衫帮"。两类人并排坐在一起,各自吃各自的,有面条有简单的饭菜,有的还咪着老酒。

这里不像老正兴,伙计各忙各的,没人来招呼他。陈为人扫了一眼周围,没发现有谁注意自己,便上了楼。

到了二楼,耳边一下子就清净很多。不像一楼是长条桌、长条凳,这里全是八仙桌、靠背椅,看上去干干净净,沿着窗户还有几间小包房,更是清净。陈为人一眼看到,前面右手边一个八仙桌上,坐着张唯一,他依然穿着灰布棉长袍。看到他选的这个接头地点,地下工作经验丰富的陈为人,也不禁暗暗称赞。

先看饭馆。选在热闹的四马路边上的三马路,交通便利,易于撤离,而且这种既做大众生意,又在楼上设雅座的"半普罗饭馆",也是可以隐身于众人中,但又有相对清净的交谈环境。

再看选座。张唯一没有选一楼,因为晚饭时间人多太嘈杂,如果吃早饭的话,相对人少些,一楼这样的大众部也可以。而且,张唯一在二楼没进包间,避免让别人觉得两个男人在密谈,也没有挑最角落的八仙桌,恐怕也是这个道理。有时候,故意离群索居,反而更引人注目。

这时候，张唯一已经站了起来，向陈为人招手："张老板，来来，这边坐。"

陈为人走过去拱手寒暄，便也坐下。桌上是一碟黄泥螺、一碟烤薹菜，都是传统宁波凉菜。

张唯一招呼伙计过来，既然上了二楼雅座，就不能只吃面条或普罗饭菜了，点了两个宁波家常菜。伙计又问要什么老酒，张唯一是中共中央秘书处负责人，多年的文秘工作养成了他谨慎细致的性格。若非如此，以他四十岁不到的年纪，也不会有"张老太爷"这个外号。他平素很少饮酒，但他觉得在这里，两个男人如果都不喝酒有点奇怪，便要了一壶绍兴黄酒，并叮嘱要加热。

"张老太爷，那几本书什么时候能给我？"

陈为人管中央文库叫"那几本书"，张唯一当然听得懂，他低声道："最近街面上盘查得紧，所以我考虑再等一等。对了，你们一家的住处，就是那间亭子间吗？"

"是的，这间还是我出狱后新租的，原来慧英带着孩子跟她一个同乡住在另一个亭子间，也在那条弄堂里。"

张唯一摇摇头："这样怕是不行。你知道那两万多份文件，要装多少个箱子吗？大大小小有二十多个，要是都搬到你家，能占掉你一大半个房间。"

"那我和慧英就抱着文件睡觉，这样倒也踏实。"

这话说得一向严肃的张唯一也笑了："胡公临走时特地关照，保管文库的地方最好是独门独院，这样才安全。"陈为人马上停箸不食，问道："你说胡公临走时关照，他已经安全离开上海了吗？"

"前两天刚刚传来确切消息，他已经到苏区了。"

陈为人长舒一口气："像胡公这样大智大勇之人，一定会逢凶化吉的。"说着，给张唯一和自己满上一杯酒，也不邀张唯一同饮，自己举杯一饮而尽。张唯一也喝了半杯，又帮陈为人满上："听到好消息，喝酒都不用菜了。"

"好消息就是山珍海味。那我现在应该做什么，找房子搬家？"

"对，找一个独门独院的房子，尽量在市中心的租界里，因为除了保管文库，等风声慢慢平息一点后，还会经常有文件送过来存档或者调阅。租金你不用担心，组织上已经有安排。"

虽然陈为人入党是1921年，比张唯一早了六年，而且以前的党内职务也高于张唯一，但根据胡公临走时的安排，现在张唯一是他的直接领导。对此，陈为人并不在意，以请示的口吻说道："请组织上放心，我和慧英会尽快找到合适的地方，而且除了我们几个之外，我们的新住处不会让其他人知道。"

第二道菜是雪菜大汤黄鱼，陈为人有点感慨地说："前些年我刚从湖南来到上海，跟蔡和森、瞿秋白、陈独秀等人来往比较多,有一次他们请我吃这道菜,我还吃不惯,觉得太腥气。今天吃着却觉得很美味,也不知是环境改变了人,还是这家馆子做得好?"

"恐怕两种因素都有,我们还是湖南同乡呢,我以前也吃不惯。现在别说这个了,连臭冬瓜都能吃了。"

陈为人带着豪气低声道:"我们干革命的,就不应该有吃不惯的菜。等将来革命成功了,要让全中国人民都吃上咸菜大汤黄鱼。当然,我们两个的那份里面,最好再加点辣椒。"两人相视而笑。

这顿饭吃了不到一个小时,但陈为人出门时,感觉寒气明显更足了。有两辆黄包车停在门口,看到陈为人出来就招呼他上车。陈为人刚要上车,忽然想到什么,转身往四马路走去。

他沿着原路返回,从刚才出来的老正兴后门走进去,一个打杂模样的人道:"先生,这里是后厨,吃饭从前门走。"陈为人道:"我就出门撒个尿,还要从前门回去吗?"

那个打杂的也就没再拦,陈为人走进大堂,这里的吃客比刚才少了至少一半。几个跑堂都在满头大汗地收拾翻倒在地的椅子,有一个看到他从后门进来,也以为他出去方便或者买香烟回来,就没过来打招呼。

陈为人想了想,主动走过去跟一个跑堂说:"今天把你忙坏了吧?"跑堂一边擦着汗,一边说:"要说这种事情也常有,一两个喝醉了也好弄,不过今天没想到,两桌人都喝醉了,还动了手,拉都拉不开。"

陈为人摇头笑笑,从前门走了出去。不出他所料,独臂阿秋还蹲在不远处,正朝这里张望。看到陈为人出来,忙拉着车跑过来。"张老板,这么快就吃好了?"

"你还在这里啊,在外面蹲着很冷吧?"

"没得关系,我身子壮,我怕你出来叫不到黄包车,就在这里等着,刚才好几个人给我做生意,我都回掉了。"陈为人道了声谢,便坐上了阿秋的车。阿秋一路拉着车,问道:"这家饭店我经常拉客人来,就是没进去过,味道蛮好吧?"

"可以的,草头圈子做得正宗的。"

阿秋又问:"坐在里面吃着舒服吧?"

陈为人道:"比一般小饭店要好多了。"

阿秋追问:"饭店吃饭就怕有人喝醉,不过只要不打架,也没什么关系。"

陈为人说声是的,故意没再说话。

阿秋也停了一会儿,然后说:"张老板吃得老开心。"

"开心啥啊,两桌子人都喝醉了,还打架,要不我们还要谈一会儿生意呢。"

阿秋大声笑着说:"我在外面就听到打架骂人的声音,有好几个被跑堂的拉出来,还不肯,又要冲进去打。听隔壁店里出来看热闹的人说,喝醉常有,不过打架的最近倒是不多。"

陈为人暗想:"还好刚才留了个心眼,问了一下跑堂的。不然阿秋这么刨根问底,我如果不知道今天店里有人醉酒打架,岂不是说明没在老正兴吃饭吗?"

到家,韩慧英已经搂着爱昆睡着了。

陈为人躺在床上,却辗转反侧。想到接下来怎么找房子,找到房子后怎么把二十多箱的文件运过来,都是需要很谨慎小心地做。特别是想到周恩来离开上海前的最后一件事,就是到自己家里来布置保管文库的工作,说明这事在他心目中有多么重要的地位,自己又如何能不倾尽全力?

早上六点刚过,陈为人便被楼下一阵嘈杂声吵醒,只听有个人扯着嗓门在喊:"我走啦,今天不来了,要倒的快点来。"

身边的韩慧英一骨碌爬起身,打开窗对外面喊了句:"等一等。"然后转过身,拎着马桶匆匆下楼了。

这是当年上海一景,每天清晨会有倒粪工走街串巷,上门一家一家地收粪。一般五六点钟就会来,摇着铃喊:"拎出来哟!"这时候,家庭主妇们便睡眼惺忪地拎着马桶出来。

不过,也可以前一天晚上就把马桶放在自家后门口,倒粪工看到也会帮着倒掉。昨晚韩慧英怕陈为人晚归还要用,就没有放在门口。倒粪工在结束一条弄堂的工作后,临走时还会大声吆喝:"我要走了,今天不来了。"意思是催促那些睡懒觉的主妇们,再不出来就错过了。

过了好一会儿,韩慧英才拎着清洗过的马桶上来,爱昆还兀自熟睡。陈为人道:"今天马桶倒了这么久?"

"刚刚倒老爷在讲一个新闻,时间就长了些。""倒老爷"是那时对收粪工的戏称,韩慧英听邻居们都这么叫,也叫顺嘴了。

韩慧英继续说:"倒老爷说南面过去几条小马路,有个弄堂叫明月坊,有家人家老婆外面找了姘头,把老公杀掉了。隔壁邻居都围着在听,宁波二房东阿嫂也在,她拉着不让我走,叫我一起听完,她说啥辰光把她家那个抽烟喝酒的老棺材也一刀杀了算了,但又怕一刀杀不死,反而让那个老棺材抢过刀把她自己杀了。"

两人都忍不住笑出声来,陈为人道:"她家男人倒也不是什么坏人,就是好吃懒做,上海滩上这种人太多了,不知道用什么办法能让他们觉醒。"

然后,他把昨天张唯一的要求传达了,"现在先要找一个独门独院的房子,然后才能把中央文库转移过来。"韩慧英点点头:"找房子倒不难,像那个二房东阿嫂手上就有很多消息,难的是不能让别人知道,那就只有我们自己去找,这恐怕需要点时间。"

"我昨晚在想,从今天开始我们轮流出去找,我前几天出门,看到一些弄堂大门口贴了房屋出租的红纸广告,我们可以顺着广告找房子。一个人出去找,另外一个人就在家负责带爱昆。"

"那也好,今天下午我先去找吧,你昨晚回来得晚,下午可以睡一觉。"韩慧英道。

一连转了一个多礼拜,全无收获。

房屋出租的广告倒是不少,但一般都是出租厢房、三层阁、亭子间之类的,整幢石库门房子一起出租的几乎没有。因为当时很多房子都是被二房东从大房东手上先租下来,而后由二房东分拆开来分别出租,这样房子小、租金低,比较容易租出去。大房东也愿意让二房东赚点钱,自己少操份心。

那天,陈为人在外面转到傍晚六点多到家,对韩慧英说:"我们像没头苍蝇这么找怕是不行,时间会拖得太长。"他一心要早点把中央文库搬过来,早点为党工作,焦虑越来越重。

"我也是觉得这样找不行,还是要问有消息的人,他们知道哪里有整幢的房子出租。"

"你觉得找什么人呢?"

"宁波二房东阿嫂消息很多,那个独臂阿秋也知道很多消息，但这两个都不行。"

陈为人说："你这不是白说嘛，刚才又在弄堂口碰到阿秋，他又来问我这几天去了哪里，怎么不坐他的车。"韩慧英安慰道："你也别太急，再过几天就要过春节了，想出租房子的人也不急着这时候了，肯定要过完年再说。我们继续分头找，如果还是找不到，过完年去找可靠的人问问看。"

第二天早上五点多，听到弄堂里传来倒老爷的喊声和铃声，韩慧英便赶紧起床拎着马桶下楼。昨天爱昆有点拉肚子，只能把马桶放在房间里。

他们这片弄堂，一直是由一对姓王的中年夫妻管收粪。两个人看上去都五十多岁，女人高个子水桶腰，无论是接过马桶倒粪，还是倾倒别人放在家门口的马桶，这些活都是她来做，她干活卖力却很少开口，人家叫她"金口难开倒奶奶"。

男的高颧骨尖下巴，黑黑瘦瘦的，有时候人家把马桶都已经递到他手边了，他朝他老婆那边努努嘴，意思是交给她去倒。他喜欢讲各种小道消息，经常说得唾沫星子乱飞，这里的人都叫他"赛门腔倒老爷"。

韩慧英拎着马桶往粪车那边走，听到"赛门腔倒老爷"在说："你们还记得那个给她老公捅刀子的女人吗？你们知道她的姘头是谁吗？"听他这么一说，倒好马桶的主妇们都不走了，围着十来个人，倒老爷更起劲了："昨天巡捕房查出来了，哎呦喂乖乖隆地咚,不是其他人啊。前厢房钱家阿婆,你上个月的倒桶钱还没给我吧?"

后面半句话,已经对着人群边上一个胖胖的老太太在说。那老太一脸想听的样子,又有点不想跟倒老爷凑得太近。听到说她,钱家阿婆挥挥手说:"晓得哦,两角钱的倒马桶钱,谁会躲着你啊,等你讲完我就回去拿。"

倒老爷得意地撇撇嘴:"一个月两角钱,不但天天倒马桶,还能听到这么多新闻,这种好事哪里去找?"众女人已经在起哄了:"好啦好啦,快讲谁是姘头。"所有人都伸长了脖子想听,只有"金口难开倒奶奶"还在一桶一桶地倒,有的人把马桶拎在手上,已经忘了要倒,被倒奶奶一把拿过去,倒好又塞回到她手上。

"就是住在她家楼上的跷脚阿金。那个被杀掉的男人,在外面有女人,天天要么不回去,要么弄到深更半夜才回家,回去也不碰自己老婆。你们知道他老婆几岁,二十七岁啊,正是这个年纪,这样子怎么吃得消。"说着,倒老爷拿眼梢瞥了瞥站在人群中的后客堂朱阿姐,那女的白净风骚,有不少人为她争风吃醋。

"赛门腔,快点说啊,不要一直看着后客堂朱阿姐,你们有啥话,倒好马桶找个地方舒舒服服地说。"众女人又在起哄,后客堂朱阿姐也拿眼梢瞟着倒老爷,只有"金口难开倒奶奶"

还在认真地找，看哪个人手上的马桶还是满的。

"这个事情呢，被楼上的跷脚阿金知道了，他就趁那个男的不在家的辰光，一跷一跷下楼去关照那个女人，一来二去么，你们也知道关照到啥地方去了。女人也真是狠的，为了跟那个跷脚做个长久夫妻，一天夜里拿把大剪刀，就把她男人刺死了。"

众人唏嘘着，便散了。

韩慧英走到家门口了，远远地还听到"赛门腔倒老爷"在喊："钱家阿婆，马桶不能白倒，新闻不能白听，两角钱记得拿来。"

回到家里，她把刚才听到的花边新闻跟陈为人讲了。陈为人有点不解："赛门腔是什么意思？"

"这是上海这边的方言，门腔就是猪舌头，说一个人话多，就形容他像门腔，赛门腔么你想想就知道了。"

陈为人说："你最近怎么这么爱听小道消息？"

"你以为我真爱听啊？我是觉得这个倒老爷消息很灵通，上个月还在听他说哪里哪里有房子要出租，说他再倒几年马桶，说不定也能租得起了。"

陈为人点点头："小妹那里也没有消息吗？"

"小妹也在留意，她还说会找可靠的人问问看房子，但我们也不能太急。"

陈为人答应着,虽嘴里说不急,吃完午饭放下筷子,又出门找房子去了。

如此这般天天找房子的日子又过了好几天,1932年的春节就在眼前了。

这段时间,韩慧英干脆不把马桶隔夜放在外面了,而是每天清晨听到倒粪车的铃声,便自己拎下去。

这天倒粪车来得晚,都快七点了还没来,不少主妇已经拎着马桶等在弄堂里了,纷纷七嘴八舌地在议论:"赛门腔倒老爷跟金口难开倒奶奶不开心了?""会不会昨天夜里两个人打相打了?""会不会是倒老爷跟那个后客堂朱阿姐私奔了?"

旁边有人轻轻推推她:"瞎猜什么,你看看那边站着的是谁?"那个人顺着手指的方向一看,朱阿姐也拎着马桶一脸着急地等在那里。

远远地一声铃声传来,一辆倒粪车从弄堂拐角处转了过来,往常都是倒奶奶推车,今天却换成了倒老爷。

众人就像看到救星般一拥而上,围住愁眉苦脸的倒老爷说:"哪能来得这么晚,你看买菜时间都没有了。""今朝怎么一个人,倒奶奶呢?""是不是倒奶奶遇到小白脸了?"

倒老爷顺手拿起粪勺,从粪车里舀了一勺粪水,作势就要往说小白脸的那女人嘴里塞:"嘴巴烂掉了,用这个漱漱口。"

众女人哄笑着,一个个自己倒马桶。因为倒奶奶不在,倒爷爷是不肯接把手的,每个人只能自己倒。

宁波二房东跟倒老爷很熟,问道:"赛门腔,倒奶奶不舒服了?""过年过节的,不要触霉头好哦,"倒老爷白了二房东一眼,然后又跟众人说,"今朝想听新闻吗?"

倒老爷满心觉得,他这话一出口,这帮最爱听小道消息的女人们一定会像平时那样围上来。哪知却没人搭理,一个个倒好马桶就急匆匆拎回去冲洗,头也不回。

"今朝哪能了?"倒老爷不解地问宁波二房东。

"谁叫你今天来得这么晚,每个人屋里厢都有事体的,有的要烧早饭,有的要买小菜,啥人有空来听你的。"

倒老爷若有所悟,看到只有二房东阿嫂和韩慧英还没走,便压低了声音道:"你们知道我今朝为啥来晚了?我一早推着倒粪车,经过明月坊那个杀人的房子,看到大门开着,里面一个人也没有。隔壁邻居说,这个三层楼房子里面,原来住着五家人家,现在杀人的事情一出来,这房子就成了凶宅。据说讲,五家人家里面,最快的一家当晚就搬走了,最慢的那家昨天找到了新房子,也连夜搬走了。"

宁波二房东问:"那个房子现在空掉了?"

"对啊,一个活人也看不到了。房东早上也在,她说她老公正好生意上有笔钞票要急用,问有啥人要租吗,租金好说。"

宁波二房东道:"这么急啥,等事体过掉,租给新来上海的乡下人,现在出租能租几个钱?""这个房东手里房子不少,平常早上有家里用人出来倒马桶,今朝可能也是想放放消息。"赛门腔倒老爷越说声音越轻,宁波二房东道:"啥事体说话这么轻,又不是说见不得人的事体?"

只见倒老爷朝着身后好几个在洗马桶的女人努努嘴:"讲得响给她们听到,一面刷马桶,一面听故事,便宜她们了。"

回到房中,韩慧英把倒老爷的话学说了一遍。陈为人切中要害:"也就是说,现在明月坊有个独门独院的石库门房子要出租。"

"对啊,你还说我每天喜欢听小道消息。"

陈为人想了想说:"但那个房子不适合。"

"你也怕凶宅?"

"我们信马克思主义的,怎么会怕这个。但你想,现在明月坊里的人都知道那里刚刚出过人命案子。而且经过倒老爷这么到处传播,这方圆几里地的人都知道了。然后,再经过小报一渲染,整个上海滩也知道了。如果这时候我们不信邪搬进去,还带着一个小孩,你说别人会觉得异样吗?"

韩慧英点点头,又道:"如果我们装成是刚来上海的外地人,不领市面,稀里糊涂就租了这房子呢?"陈为人在窄小的屋内来回踱了几步:"还是不妥。哪有马上要过年了,一家人匆匆赶来上海租房子的?这样做,也势必引来怀疑。"

韩慧英一时无语。

陈为人又道:"但你刚才说,倒老爷说那个大房东手上有好几个石库门房子?"韩慧英眼前一亮:"对的,他是这么说的,我们可以问问大房东。"陈为人点头称是:"不过还是先过年,过好年再去找她。对了,倒奶奶今天为什么没来,身体不好吗?"

韩慧英知道,陈为人最是关心贫苦百姓,即便像倒奶奶这样跟他素不相识的,也忍不住要关心一下,便道:"我刚才问了,说是因为马上要过年,回南通乡下看她父母了,过两天就回来。"

她没说的是,刚才倒老爷说这话时,还咬牙切齿地说:"这个女人假使后天不回来,我把她扔到粪坑里汰个浴。"

转眼已是元宵夜。

吃过晚饭,陈为人夫妇带着小爱昆出门看灯。刚走到弄堂口,又碰上独臂阿秋。今天跟平日有点不同,弄堂口停着好几辆黄包车。

没等阿秋打招呼,韩慧英先开了口:"阿秋,今天怎么这么多黄包车都在弄堂口等着?"阿秋没开口先骂了一句:"张太太,今朝外面马路上都是印度阿三,看到黄包车就要查,有的人走路也被拦下来。我们没生意了,只能在这里喝西北风。"

他们住的地方属于公共租界,有不少印度巡捕,但平日里还算相安无事。如果黄包车夫跟乘客起了争执,他们就会来处理,如果乘客是洋人,他们便肯定偏向洋人。这时候如果车夫不识相,继续争辩,印度巡捕就会挥起手中的棍子,把车夫赶跑。他们有时候会敲诈黄包车夫,车夫也只能孝敬一点,一边嘴里狠狠地骂着:"红头阿三死赤佬。"

今天阿秋倒没有招呼他们上车。陈为人一家走出弄堂口刚拐个弯,就看到路口站着好几个印度巡捕在盘查过往车辆和行人,再看前面路口也是同样。他们夫妇对视一下,便抱着爱昆往回走。

爱昆不高兴了,挣扎着不肯回家,嘴里喊着:"看灯灯!"陈为人哄道:"今天停电咯,没有灯看,我们回家吃元宵好不好?"爱昆眼泪已经掉下来,哭道:"不要,不要,看灯灯。"

韩慧英凑过来说:"妈妈回家给你吃汤圆,想吃几个就吃几个好不好?"爱昆一听有汤圆吃,马上就破涕为笑,一边小嘴嘟囔着说:"不要吃元宵,要吃汤圆。"陈为人夫妇俩都被儿子逗乐了,原来他不知元宵就是汤圆。

又在弄堂口遇到阿秋,这回阿秋先开口:"张老板,外面查得严吧,今年元宵节也别看灯了。我们车夫日子难过啊,家里几个小把戏要没饭吃了。"

陈为人问道:"这是怎么回事,这么多印度阿三查什么?"旁边一个戴着草帽、容颜苍老的车夫接口道:"啥人晓得他们查什么?那帮红头阿三自己也说不清楚,说上面交代要查共产党,要天天查。"

回到逼仄的亭子间,给爱昆下了一碗汤圆。韩慧英问他要吃几个,回答说二十个。韩慧英笑着给他下了十个,结果刚吃了三个就吃不下了。毕竟,晚饭刚吃了不久。

爱昆继续在床上玩香烟牌子。陈为人说:"过好元宵就算过完年了,明天开始继续找房子吧。"韩慧英知道他心里天天惦记着,一个春节熬下来,到今天才说实属不易,便道:"好啊,要去找明月坊里那个大房东吗?"

"我们再继续自己找三四天,然后去找那个大房东。元宵节过去了,我们这种乡下人应该出远门了,但路上走走,过几天到才对。"

韩慧英对丈夫的谨慎细致,一直是很佩服的。接着道:"自己找也就是碰运气,那个大房东怎么找呢?要不要我明天早上问问倒老爷。"

陈为人沉吟道:"先别问,你问了他,他肯定要问你是不是要租房子，然后这里一条弄堂的人都知道了。""何止一条弄堂，他管的这一片所有弄堂肯定都知道了，有人要找凶宅的大房东，"韩慧英笑着说，"我也觉得问倒老爷不大妥当，那我们自己找过去？"

"我们反正已经知道明月坊了，到那里找个人一打听，肯定有人知道。"

第二天吃过午饭，韩慧英说她出门去找找看，被陈为人一把拦住："我歇了这么多天了，坐在家里太闷了，今天我去。"说完，没等韩慧英回答，便转身下楼了。

陈为人已经打好主意，今天就直奔明月坊，但先不找那个大房东，而是看看地形是否适合保存中央文库。果然如倒老爷所言，往南走三条马路，便是明月坊。这是一片三层楼的石库门房子，都是单开间，房子与房子之间紧挨着。

走进弄堂里，行人很少，家家户户基本上都关着门。这段时间市面上紧张，闲逛的人少了很多，又是午后，在家的人估计都在歇午觉。陈为人有点自责："这片石库门房子离家不算远，前段时间怎么就没往这里跑一跑。"其实他出狱后才搬过来，一个多月没出门，对这一段人生地不熟，不知道明月坊也在情理之中。

他在交错的小弄堂里走了两圈，发现这里有三纵两横，有三个弄堂口，很方便人员流动。不像现在住的地方，出入只有一个弄堂口,一个独臂阿秋在弄口蹲着,避都避不开。仅此一点,陈为人便很满意。

这时候,他绕到主弄口,弄口上方的青石板上,刻着"明月坊"三个字。他往门楼两边的墙上看,如果有房屋租赁广告,一般都会贴在这里,因为不容易淋到雨。看到贴着五六张纸,一张张看过去。有两张是出租亭子间,一张是出租前客堂间,一张是出租二楼前卧室,还有一张上面写着:三层石库门出租。

陈为人如获至宝,记下门牌号,便转身往弄堂内走去。这幢石库门在明月坊的中间偏西,并不临街,看上去跟其他的别无二致,只是窗口外面空空荡荡,不像别的房子窗外都晾晒着东西。

前门紧闭,陈为人绕道后门一看,同样紧闭。但见后门上贴着一张纸条,告知租客,要找房东的话,到往东头第三间石库门去找,还写着门牌号:23号。

陈为人按图索骥,来到23号门口,前门也是紧闭,兜到后门一看,倒是半开着,里面传来了麻将声。他想了想,决定今天先不进去,还是按原计划,过两三天再来。

走近自家弄堂口,陈为人习惯性地远远看一眼独臂阿秋在不在,今天居然不在。上楼进房,看到爱昆正在午睡,心想这孩子真是不吵不闹，一点都不耽误夫妻俩的工作。刚想跟韩慧英说找房经过，慧英拉着他先说了一件事。

"刚才你出门后，我陪爱昆玩了会儿，等他睡着了，我就收拾了一包垃圾拿下去。推开后门一看，独臂阿秋就蹲在门口，看到我出来，他有点尴尬，只问我要不要出门，可以坐他的车。我今天也没给他好脸色，就说孩子睡了，今天不出门。"

"以前他是不进弄堂的，现在越追越紧啊。"陈为人淡淡说了一句。

"这个车夫，怎么越看越像来盯我们梢的？"

陈为人道："现在我们没什么行动，有没有人盯梢都没关系。但以后中央文库交给我们保管了，经常会有交通员来送取文件，再有这么一个人盯着，那是要出问题的。"

"怎么甩掉他？"韩慧英双目紧看着陈为人。

陈为人先没接她的话，而是把刚才去明月坊看房的事说了。"现在看来，就算那个空着的三层石库门能租下来，还是离这里太近了。这个独臂阿秋发现我们搬走了，肯定会到处找，他们拉车的天天走东串西，认识的人多，找到我们新的住处应该不难。"

"你还觉得他是真的拉黄包车的？"韩慧英不解地问。

"我仔细观察过，别看他只有一只胳膊，但拉车技术很好，体力也不错，而且浑身晒得黝黑，尤其是脖子后面已经晒得黑里透红，应该不是特务假扮的。你说，国民党的特务谁肯假扮成黄包车夫啊，他们要假扮也至少是饭店掌柜之类的。"

韩慧英连连点头，想了想道："你说的对。那个房子我也觉得离这里近了点，独臂阿秋多半会在附近找我们，你可以不出门，但我还要买菜，还要定期见小妹。"

"但过几天，我还是想去找一下那个房东。倒老爷不是说她手上房子多吗，说不定她有别的房子出租呢。"

陈为人三天没出门，韩慧英也只是一大早去买个菜，回家也就不再出门。好在，这两天独臂阿秋也没有再找上门。第四天，照样是午饭后，陈为人出门了。刚走到弄堂口，看到独臂阿秋坐在黄包车上，身边还坐着个男孩子。

阿秋看到陈为人出来，马上站起来高兴地打招呼："张老板，这是我们家小六子，我跟你说过的，很聪明喜欢读书的那个，跟我们家其他几个小把戏一比，就像不是一个娘生的。"陈为人走近一看，小孩子虽然瘦骨嶙峋，但脸面白净，眉眼十分清秀，尤其是双眼有神，一看就是个聪明孩子。

看到陈为人走过来，小六子马上跳下车，轻轻说一声："老板好。"

"张老板，前几天我到你们家后门来，可不是想偷你们家东西，我是想来问问看，上次说的张太太能不能教教小六子，他已经五岁了,我们也没钱上学,总要让他识点字。"

看到阿秋在为前几天的事解释,陈为人越发觉得此人不是一般车夫可比。他走上前摸摸小六子的头,称赞道:"阿秋啊,你这个儿子一看就是读书的料,不过我最近生意忙,我太太也要帮着照应,教他识字的事,你还是要找老师。"说着,从口袋里掏出五角钱,塞在小六子手里,道:"给孩子买点吃的,看他这么瘦。"

独臂阿秋连声感谢,陈为人笑着摆摆手,小六子在阿秋指点下,口中说道:"张老板黄金万两!"

陈为人这次熟门熟路,先到明月坊主弄堂口,看到墙上贴的三层石库门出租的广告还在,便来到23号。前门依然关着,今天后门也关着,陈为人仔细一听,里面麻将声清晰传来。

他轻声叩门,就听到里面传来苏州口音的女声:"谁啊?来哉。"门打开,出来一个三十多岁微胖女子,打扮得很雅致素净。那女子上下打量一番,道:"先生找谁?"

"我是看了弄堂口的租房广告,想来租房子,你就是房东太太吧?"

那女子掩着嘴笑了几声,对里面灶披间里的人说:"这几天,哪能好几个人都把我当成房东太太了。"然后对陈为人说:"我可不敢当,房东太太出门去了。"

陈为人有些失望，问道："那你知道房东太太什么时候回来？我刚从外地来上海，急着想租房。"那女子又看了陈为人一眼，心道：这个人像个书蠹头，怎么还会自己说刚从外地来，急着想租房，这样还怎么跟房东讨价还价，说不定房东一听这话，马上坐地起价。她说道："我们太太出门收房租去了，她手上有不少房子，不知道今天去收哪几家，啥时候回来说不准的。"她一开始说的是苏州话，说着说着似乎不大标准了。

"那她明天在不在？"

"最近先生太太都很忙，不过明天是礼拜三，太太一般不出去的。"听那女子的话，似乎是这家的用人，陈为人想：这家人连用人都这么素净。

他看看问不出什么，便道谢告辞。那女佣却叫住他说："先生是做什么的，房子几个人住？"陈为人根据事先跟张唯一商定的说法道："我是做湘绣生意的，在老家做得还行，想来上海滩闯闯看。我们一家三口，夫妻俩和一个孩子。"

那女佣又问："你们一家三个人要租一幢三层房子？有用人吗？"

"我们生意做得可以，所以想住得宽敞些。用人么，等房子找到了，还要麻烦阿姐帮我们找找看。"

那女佣笑着说："这个不难。对了，先生是哪里人？"陈为人是湖南人，便说："我是湖南人，来上海做生意。"

那女佣却收起了笑容，语气有点冷淡地说："我们太太租房子，可是很讲究租客是哪里人的。像先生这种湖南人，太太可不一定把房子租给你。"陈为人一怔，他知道有些上海人会看不起外地人，所以要把这事情问清楚："我听阿姐是苏州口音，房东太太喜欢苏州人？"

"先生刚来上海，倒听得出我是苏州口音。其实呢，我是镇江人，不过我们太太要我们在家里都说苏州话，我也就洋泾浜说说了。"

陈为人问韩慧英："你明白我的意思了吗？"

韩慧英笑笑说："这你还来考我，你是想让我明天去找房东太太，说苏州话。"

"对了，我知道你会讲苏州话。但这是其一，还有一点你听出来了吗？"

韩慧英摇头道："你跟那个女佣就聊了这么几句，我还能听出什么？"

"她问我，你们三个人住一幢三层石库门，也没个用人？"

韩慧英马上领悟："明白了，我们三个人住这么多房子，没个用人会让别人起疑心？"

陈为人说："这事先不急，明天你去找那个房东太太，就说我们看中了明月坊的房子，但听说是凶宅，问她还有没有别的独门独户的房子。"

韩慧英又想起一事："你想过没有,等我们把房子租好后,那二十多个箱子两万多份文件,怎么安全地转移过来?现在外面查得这么严,二房东阿姐说,她老公昨天坐着黄包车出门,来回两次都被巡捕房查了。"

陈为人问："查出什么了?"

"去的时候带着一只空包,被巡捕房的人骂了句穷鬼。回来的时候装得鼓鼓囊囊,打开一看都是香烟老酒,巡捕房的非说他走私烟酒,只能孝敬了两包烟一瓶酒。"

陈为人笑道："那二房东阿嫂又要骂她老公了?"

"已经从昨天骂到今天了,说他偷了自己这个月收来的房租钱,去买的这么多烟酒,这是真正强盗抢,应该抓进去吃官司。"

陈为人正色道："现在的局势越来越紧张,我们还是按计划一步一步来,先租到合适的房子,然后我跟张老太爷再商量具体的运送办法,一定要万无一失。"

最后一句话,似乎是说给韩慧英听的,但也像是说给自己听的。

第二天下午,韩慧英根据陈为人画给她的草图,很容易就找到了明月坊23号。

前门今天开着，里面一群人在热闹地说着什么。韩慧英隔着四五个石库门房子站定了，远远地望着前门。过了一会儿，里面走出七八个人，其中一个女人甚是显眼，看上去五十多岁，身形瘦高，旁边站着一个年纪相仿的矮胖男人，足足比那个女人矮了一个半头。他们像是夫妇俩，应该是吃罢午饭，在送几个穿西装大衣的男人。

送走客人后，这两人转身进门，咣当一下就把门关上了。韩慧英绕到后门，敲了好几下门，里面都没人应声。

韩慧英加重了力道，却把隔壁25号的后门敲开了，里面探出一个老头的脑袋："轻声点，阿拉屋里厢小人在睡觉，天天这么多人敲门，哪能吃得消。"

韩慧英跟老头点头表达了歉意，这时后门打开了，那个素净女佣用苏州话问："寻啥人？"

"谢谢阿嫂，我看到租房广告，来寻房东太太。"韩慧英也用苏州话回答。那女佣略一想，道："请进来吧。"把韩慧英让到客堂间，还倒了杯水。

没一会儿，那个瘦高女人走了进来，看上去年轻时有几分姿色，说道："太太想租房子吗？我就是房东，我们可是三层石库门一起租的。"一口原本应该软糯的苏州话，被这个房东太太一说，却是一分客气、九分精明。

"是的，我看了广告，想问问房租多少。"

"昨天下午来的，是你的先生吧，说是做湘绣生意的，湖南人。"房东太太没有半句废话。

"是的，昨天正好你不在，今天他去谈生意了，就让我过来。"

房东太太看了韩慧英一眼："你是苏州人？"

"我是河北人，在苏州的伯父家里寄养过几年。"韩慧英担心自己的苏州话不够地道，便留了退路。

"难怪，你的苏州话听着不大标准，不过呢，比我们家阿珍好多了。"说着，指了指站在边上的那个素净女佣。没等韩慧英说话，她继续道，"那幢三层房子位置很好，晚上很安静，不会吵到小孩，里面家具都有，你诚心要租的话，我看你是半个同乡，二十块银元一个月，不还价的。"

韩慧英刚要开口，房东太太抬了抬手，示意听她说完："不过呢，也不好欺负你们外地来的，那个房子上个月刚发生过命案，所以租金便宜些，要不然，每个月三十块都有人要。"

韩慧英问道："那你怎么不分开来租，不是更好租吗？"

房东太太盯了她一眼，道："以前是分开租的，太麻烦了，现在我手上这么多房子，那样分开租忙不过来。再说，你不就是想要独门独院的吗，还问这个做啥？"

看到她反将了自己一军，韩慧英暗自好笑，显得很犹豫地说:"房子里出过人命,总归有点吓人。太太有没有别的房子空着,租金好商量的,只要是独门独院就好。"

房东太太再次用她犀利的眼神盯了一眼:"其实有啥关系呢,你还怕阴魂不散?另外么,有倒是还有一套,不过我还是明话讲在前面,里厢住过向导女的,你不要说连这个也觉得不适意。"

韩慧英当然知道,上海滩上所谓向导女,其实就是半个妓女,只是听起来好听一点。但她必须装不知道:"什么是向导女,马路上帮人指路的?"

房东太太白了她一眼,没好气地说:"就是妓女。"

韩慧英装得有点脸红:"原来是这个,虽然也不好,不过比出过人命总归要好,房子在哪里?"

"就在明月坊。"

一听房东太太这话,韩慧英心里凉了半截,心想费了半天劲,居然在一个弄堂里。

此时,午饭后爱昆玩了好一会儿,刚刚睡着,陈为人又在盘算怎么运送中央文库。

一阵轻轻的敲门声,打断了他的思路。侧耳一听,三快两慢,是跟小妹约好的暗号。开门一看,果然是小妹。

"小妹,进来坐。"陈为人马上关好门。

"我不坐了,张老太爷让我转告你,现在形势太紧张,中央可能要把他也调往中央苏区,他让你尽快租好房子,尽快完成文库交接。保证安全的前提下,越快越好。"

说完,小妹便走了。

陈为人心想:以张唯一的老到沉稳,居然让小妹带来的口信中,连用了两个"尽快",和一个"越快越好",看来已经迫在眉睫。不知道慧英今天能不能租到合适的房子?

那边,房东太太又在嘲笑韩慧英,但韩慧英却被说得心花怒放。

"要说你们这些外地人,真是一点市面都不领。一听到明月坊,就以为在这条弄堂里。连阿珍也晓得,上海滩有两个明月坊,一东一西,这里是明月西坊,我说的那房子在东坊,离开这里要三里多地了。"

韩慧英虽然高兴,但还是要问问清楚:"房东太太真是上海通,我只晓得上海滩有两个渔阳里,一个在环龙路(今南昌路)上,一个在霞飞路(今淮海中路)上,倒不晓得有两个明月坊,这里厢有啥原因呢?"

听到她这么请教,房东太太态度又好了一些:"将近十年前,两个大老板出钞票造了两片石库门,等快要造好了,发现他们想到一起了,都起名叫明月坊。官司打到工部局,工部局老爷讲了,这有啥难的,你们一个在东面一个在西面,名字不用改,还是叫明月坊,不过注明一下,一个是明月东坊,一个叫明月西坊。"

韩慧英恍然大悟,房东太太感慨了一句:"到底是工部局吃过洋墨水的,脑筋就是灵光。不过那个房子不能这么便宜了,二十五块银元一个月,老规矩不还价。"

"房东太太,能不能明天去看一下,我想叫上我先生一起看。"

"这当然,当家的总归是男人嘛。像我们家里,我一个女人说了算的,大概只有上海滩才会有。"说着,得意地笑了几声。

第二天,陈为人夫妇一起去看了明月东坊的那幢石库门,弄堂虽比西坊要嘈杂一些,但好在独门独院,关起门来成一统。

陈为人还是让韩慧英跟房东太太还了价,一是为组织上能省则省,二是这样也更像租房人,不还价反倒不正常了。最终是以二十二块银元成交,房东太太似乎也还满意,扔下一句话说:"这个房子风水很好,那个向导女后来跟了上海滩上大老板了,张老板住进去后,生意也会发达的。"

陈为人多个心眼,追问了一句:"那个向导女为什么要租三层房子?"

"这有啥好奇怪,那个向导女还有别的姐妹,每个人一个房间,做她们这种生意的,又不能住在一个房间,客人来了怎么招待?现在她自己发达了,就带着其他姐妹一道享福去了。张老板、张太太,你们不要看不起她们,这种人真的会有福同享。"

陈为人夫妇心知,这些上海滩上的市民阶层,大多养成了一种价值观,就是笑贫不笑娼。或者说,多笑贫而少笑娼。

两天后是韩慧英跟小妹的接头日,她让小妹把找到新房的情况报告张唯一。没想到半个月过去了,小妹始终联系不上张唯一,但她跟韩慧英说应该不会有事,可能他被特务盯上了,暂时避一避风头。

又过了一个多礼拜,那天韩慧英回来兴奋地说:"小妹说,张老太爷让我们尽快搬进新房,他随时可能把文库转送过来。"

"小妹有没有说,张老太爷最近为什么不露面?"

"她说了,张老太爷前一段一直发现有人盯梢,为了文库的安全,他就没回家,住在外面旅馆里。前两天,特科同志把那个盯梢引到郊外,摆脱了。"说到这里,两人心里都忽然想到了独臂阿秋,但谁也没提。

沉默了一会儿,韩慧英说:"我想跟你商量个事,我前一段一直没有找事情做,主要是为了照顾你,现在你身体好多了。我想等中央文库转运过来之后,出去找个事情做,补贴一点家用,不能所有支出都靠组织经费,现在形势多难啊。"

"我们想到一起去了,我在想是我出去真的做点湘绣生意,还是你出去?"

韩慧英笑了:"你这人哪有做生意的脑筋,你做生意是包赔不赚,反过来还要给组织上加重负担,帮你付亏本的钱。还是我出去吧,我是保定第二女子师范毕业的,当个小学国文老师应该没问题。"

陈为人点点头,道:"那幢石库门里倒是家具一应俱全,我们这里的东西都不用搬了吧,不然容易被这里的邻居注意。"

这时,楼下传来一阵楼梯响动,一听脚步声,便知是宁波二房东来了。韩慧英没等她叫门,就先开了门。

二房东进门就问:"夜饭还没吃啊?小夫妻灯也不开,在做啥好事体?"韩慧英指指正在地板上玩的爱昆,笑着说:"陪他在玩,灯都忘记开了。"

二房东拿出一些香烟牌子,对爱昆说:"小昆昆,又有新的了,这次是《西游记》,你看有孙悟空、猪八戒、沙和尚,要不要啊?"

爱昆高兴地从地上爬起来,接过香烟牌子,拿到一边去玩了。

"阿嫂,这么多啊,给小孩子玩可惜了。"陈为人道。二房东连连摆手:"张老板客气来,我们家老东西买香烟送的,给小孩玩最好了。对了,听张太太说,你最近生意越做越好了?"

韩慧英最近一直在跟二房东放风说,陈为人的生意越来越好了,也在为接下来退租亭子间做些铺垫。陈为人笑笑说:"生意是一阵一阵的,最近还可以,不知道能好到什么时候。"

"不好这么说的,张老板的生意肯定一直好下去的。好了好了,我走了,你们也好吃夜饭了。"走到门口,她忽然想起什么,拍着脑袋说,"你看我这个脑筋,被那只老东西的香烟熏坏掉了。刚才对面弄堂口开老虎灶的刘阿毛碰到我,让我来跟你说,说张老板昨天说过今朝吃好夜饭要去那里洗澡,他说他会给你留着地方的。"

陈为人和韩慧英都吃了一惊。因为小妹跟他们说过,对面弄堂开老虎灶的刘阿毛也是自己人,但不到万不得已,不要联络。

韩慧英把二房东阿嫂送到楼梯口,转身进来把门关上道:"昨天你说要去洗澡?"

"没有,看来是有人要找我。"

"你现在是生意越做越大的湘绣批发商,到这种老虎灶洗澡,掉不掉身价?"韩慧英带着点调侃。陈为人说:"没关系,我是落魄商人,最近刚刚有点转机,现在天气热起来了,去那里洗澡也说得过去。"

晚饭后,韩慧英让陈为人歇一会儿再去,因为一般都是七点后去洗澡的。陈为人勉强等了将近半小时,眼见七点差十分钟,便道:"把换洗衣服给我吧。"韩慧英知道丈夫急于去接头,连忙递上准备好的内衣道:"洗好澡早点回来。"

此时已是1932年的3月下旬,这几天天气已经转暖。走到弄堂口,独臂阿秋不在。最近天一擦黑,阿秋便没了踪影,不像前段日子要蹲到七八点钟。

陈为人穿过马路,走了二十多米,便在街边站定。多年的地下工作,让他养成了去一个地方之前,先远远观察一番的习惯。

但见十多米外的另一个弄堂口,一个小小的老虎灶正烧得热气腾腾,前来打热水的人不少。只见一个三十岁开外的小瘦子,在店门口忙进忙出,帮着客人打水。这人左脸颊上长着一颗绛紫色的痣,上面长着五六根毛,所以别人都叫他刘阿毛。

看了几分钟,没发现有什么异样,陈为人便走了过去。刚到门口,正在打水的刘阿毛抬眼看到了他,大声道:"张老板,洗澡的地方给你留好了。"

那时候,老虎灶可能是上海滩最普遍的小店,一般是终年无休,尤其是天寒时节生意更是兴隆。大多数老虎灶不仅供应开水,还会设几张茶桌,兼做茶馆。到了晚上,把茶桌一撤,在里面墙角放几个木盆，外面用棉布帘子挡上，便又成了简易澡堂，颇受家中没有洗浴条件的里弄居民欢迎。

陈为人跟刘阿毛不熟，只是有几次路过时，刘阿毛会笑眯眯地跟他点点头。刘阿毛生来一副讨喜的模样，见谁都笑脸相迎。后来，小妹跟韩慧英说刘阿毛也是自己人时，陈为人路过时会多看几眼，但遵循组织纪律，没大事绝不联系，也不攀谈。

刘阿毛把陈为人领到里面，墙角拉着一道深蓝色棉布帘子，刘阿毛伸手撩起，笑眯眯道："小店太小了，张老板屈尊了。"

陈为人低头钻了进去，刘阿毛放下帘子便去招呼别的客人了。果然店太小，只放得下两个洗澡木盆，中间还拉着一道薄薄的帘子。陈为人看到，自己面前的澡盆里已经倒好了热水，用手试了一下，感到略微有点烫，便放慢了脱衣服的速度。

隔壁澡盆并无声响，应该是空着的。这时候只听刘阿毛在店门口说："阿大爷叔，今朝汰浴客满了，要么再晚点来，要么索性明朝来，对不住啦！"听了这话，陈为人更确定今天组织上有人要找他，而且这人十有八九是张唯一。

陈为人慢慢地坐到澡盆中，再慢慢地躺下，略烫的水温让他有着说不出来的惬意。隔壁帘子那头，忽然传来水声，似乎也有人刚进入澡盆,或者是从澡盆里坐起。然后只听到:"猜到是我吗?"

陈为人轻声笑笑:"张老太爷找了个好地方,我们坦诚相见。"布帘那边也传来轻轻的笑声:"我们这叫坦诚相谈。"

两人便开始了隔帘相谈。

第三章
明月坊

"小妹跟我说了,你们新找的房子在明月东坊,我今天上午去看了一下,虽然进不了门,但总体还是符合要求的,这个地方找得不错。"

陈为人有点听不清,不得不要求张唯一再说一遍。因为这时候泡开水的人越来越多,虽然一般不进门,只在门口的老虎灶口接水,但说话声和嬉闹声还是直传墙角边。

张唯一略略提高了点声音,陈为人把头伸到幕帘边上,总算听清了。他的嘴巴紧贴着幕帘说:"你把耳朵伸过来。"

1932年的初春夜,两个中年地下党员,就这样赤身躺在老虎灶的澡盆中,隔着布帘交头接耳,共商大事。

"小妹说,你最近遇到盯梢?"陈为人问道。

"对,所以前段时间家里也不能回,怕把盯梢带回家,我自己没关系，文库重要啊。不过，这个盯梢已经摆脱了。既然你们房子找好了，就抓紧转运文件吧？"

陈为人虽知对方看不到，但还是点点头，问道："你看怎么运？"隔壁沉吟了一小会儿，道："我最近也在想这事，可能还是用黄包车比较好，坐出租汽车的话太扎眼，用独轮车的话没有遮挡，这么多箱子也太引人注目。"

"那要分好几辆黄包车了，车上还应该有人护送。"

张唯一说："可以让慧英和小妹分头护送，你的身体还没痊愈，就留在明月坊负责接收吧。"

"我身体没问题了，请放心。最近租界里查得很严，巡捕和印度阿三都在查，怎么确保文件在路上不出事，是个问题。"陈为人继续道，"每个箱子里，最好在上面塞一些别的东西，万一查到可以掩护一下。"

"你不知道，那二十多个箱子都塞得满满的，里面再塞东西有难度，要么上面铺些报纸？"

陈为人摇摇头，又想起布帘对面看不见，说道："报纸怕是起不到多少掩护的作用。我前几天听慧英说，我家那个二房东的老公，有一次坐黄包车出门买东西被印度阿三查到了，直接送了几包烟和酒，就放过去了。"

张唯一马上说："可以，这些我来准备，你们叫好黄包车，后天晚上八点，到恺自迩路（今金陵中路）我家里去取，叫小妹一起来，具体地址她知道。"

"好的，让慧英明天去找小妹。"

"不用，小妹会来找你们。"

陈为人还想问张唯一，他是不是最近奉命要去中央苏区。但想到这是党的秘密，他不说，自己就不便问。只听张唯一说："我比你到得早，你再继续舒服一会儿，后天晚上见。"

陈为人掀开棉布帘子出来时，张唯一已经走了好一会儿了。这时候打水的人渐渐少了，只见刘阿毛在门口的长凳上坐着，脸上写着疲惫，正慢吞吞地抽着烟。看到陈为人出来，也只是对他笑了笑。

陈为人顿生感慨：不知道在这个夜色浓重的上海滩，在寻常巷陌中，有多少像刘阿毛这样的地下党员，在默默地为党辛勤工作着。很多年后，人们或许会淡忘他们，但他们并不会在意是否会被别人记住，而只会关心，自己能否为党的事业尽一份微薄之力。

韩慧英把爱昆送到宁波二房东家里。走进她住的隔壁后客堂间，屋子里烟雾缭绕，只见她老公有点喝高了，正斜靠在床头吞云吐雾。

"阿嫂，又要麻烦你了。"

二房东一把牵过爱昆，摸了摸他的头说："客气啥呀，邻舍隔壁的，应该照应的。老头子，叫你香烟不要吃了，你看小孩子都要被你呛到了。"她对着床上大吼一声，老头子不知是真没听到还是假没听到，依然自顾自地抽烟，爱昆却被吓了一跳，大声哭了起来。

二房东放开爱昆的手，一个箭步跳过去，伸手抢过老头子嘴里叼着的香烟，扔到地上用脚踩灭了。她老头子慢悠悠地从床上坐起来，说道："你这个女人，你不给我吃香烟，好的，我明朝去吃鸦片！"

韩慧英忙过来打圆场，二房东再次拉着爱昆的手，一边哄着一边说："不要紧的，你抓紧去吧，去帮张老板照应生意要紧。我还盼着张老板生意越做越大，我手里还有大一些的房子，到时候可以租给你们，要不要明天去看看？"

韩慧英连声说改天去看，就从后客堂间退了出来。

弄堂口，独臂阿秋坐在自己黄包车上，正往弄堂里瞧。看到韩慧英出来，老远就打招呼："张太太，这么晚了要去哪里？"

韩慧英暗自一惊。将近一个月来，晚上在弄堂口都看不到阿秋了，但偏偏今晚，他却守在这里。既然已经避不开，韩慧英便快步迎了上去，"阿秋啊，最近夜里不大看到你。"

"是啊，最近有个常客，天天夜里要出门，今朝正好那人不出门，我就来这里等等生意。我刚刚从小饭馆里出来，老远看到好像张老板出门去了。张太太去哪里，坐我车吧。"

韩慧英心想，陈为人没有撞上独臂阿秋就好，"今朝有几个生意上的朋友从外地过来，他去照应一下。"

"我也是只差一步就能碰到张老板，早晓得最后那口汤就不喝了，喝掉还看到碗底有只死苍蝇。我去寻饭店老板，他说吃只把苍蝇怕啥，这叫饭苍蝇，不腻腥。我拿起苍蝇就要塞到他嘴巴里，我说你相信吗，我以后天天坐在门口，跟人家说这是一个苍蝇馆子，菜里汤里都能吃出死苍蝇，说不定这一叫就叫出名了，以后上海滩不清爽的小饭馆都叫苍蝇馆子。他只好讲算了算了，今朝饭钿不收你了。张太太，上车吧。"阿秋说得起劲，最后却也不忘叫韩慧英上车。

韩慧英脑子在高速运转："如果上他的车，随便说个地方，他肯定要等着拉我回来，今天的事情就办不成了。如果说就在隔壁买样东西，他等在这里看我半天不回来，就知道我存心要甩掉他。"

正此时，看到老虎灶刘阿毛摇摇晃晃走过来，像是要去哪个饭馆吃晚饭。韩慧英看到他，顿时想到一个办法。

"刘老板，吃饭去啊？"韩慧英背对着独臂阿秋，右手放在肚子上，指了指背后的阿秋。刘阿毛马上会意，走过来焦急地说:"啥刘老板,我一个开老虎灶的,张太太叫我刘阿毛就好。我不是去吃饭的,是来找阿秋。"随即拉着阿秋唯一的胳膊:"阿秋,今朝帮阿哥一记忙,我店里有人闹事情,你帮我去镇一下。"

阿秋道:"这啥世道,老虎灶也有人闹事情,不过张太太要坐车,等我拉好回来再过来。"韩慧英连忙道:"阿秋你赶快去,这种事慢不得的,你不用管我了。"

这边,刘阿毛一把拉过阿秋就往对面走:"阿秋快走,慢一点我的老虎灶要被人敲掉了。"

另外雇了一辆黄包车,韩慧英按照小妹昨天给的地址,让车直接拉进了恺自迩路上的一条弄堂。

她跟陈为人和小妹事先说好,为避免引人注目,三个人错开一点时间,分头叫车过来,拿好箱子就直奔明月东坊。

车刚在后门停下,还没敲门,门就开了。张唯一拎着三只箱子走出来,放在了韩慧英坐的黄包车上。刚要转身回去,忽然瞥到有个去弄堂口上厕所的邻居,停住脚步看着他们。他马上大着声跟韩慧英说:"阿嫂,姆妈要的冬天衣服都在这里了,就跟她说,天眼看就要热了,这些衣服找个好天晒晒就收起来吧。"

韩慧英自然领会,也大着声说:"阿弟你放心,我会关照姆妈的。"说完，就让车夫出发了。

　　陈为人比韩慧英早到了二十多分钟，此时已经在回去的路上了。他叫的黄包车上，放着五个箱子，两个垫在脚下，两个放在身边，还有一个实在放不下，就抱在手上。

　　拉车的人蒙着脸，步履有点艰难，拉得很吃力。在当时的上海滩，黄包车夫蒙着脸并不少见，主要是遮挡些灰尘，另外也可保暖。

　　陈为人心里在盘算，来的路上一路顺畅，希望回去也同样安全。恺自迩路在法租界，这时候车已经进入公共租界，拐个弯再过两条马路，右手边就是明月东坊了。

　　看到离家越来越近，陈为人紧绷的神经也放松了一些。黄包车刚拐弯，陈为人就看到前面路口站着三个巡捕模样的人，他连忙对车夫道："不要过路口，进左手边那个弄堂。"

　　车夫却似乎没有听到，反而加快了脚步直奔路口，陈为人连叫几声也丝毫没用。这时候，三个巡捕已经看到了黄包车，挥手示意停车。车夫将车靠边停下。三个巡捕走过来，一个领头的华人巡捕指着箱子问："这么多大箱子，里面装着什么？'

　　陈为人心知，华人巡捕往往比印度阿三难弄，因为中国人最了解中国人，印度阿三说着洋泾浜中文，有时候还好糊弄。依然镇定地说："我是做湘绣生意的，箱子里都是绣品。"

华人巡捕道:"打开看看。"旁边两个印度阿三帮腔道:"打开!"陈为人知道,此时不打开是不行的,便轻轻打开自己腿上那个箱子的锁,慢慢掀开箱子,里面果然放着不少湘绣,最上面是一幅颜色鲜艳的仕女图,虽然灯光昏暗,但依稀也能看出是上乘绣品。

一个印度巡捕用蹩脚中文道:"旁边,箱子,也都打开。"陈为人伸手从打开的箱子里拿出三幅湘绣,送上道:"巡捕老爷,这些湘绣是上品,很值钱的。"

另一个印度巡捕伸手接了过去,说道:"这个,绣的,是什么,东西?"陈为人正要回答,华人巡捕伸手接过去看了一下,说道:"这几件绣品就想打发我们?"

陈为人伸手从自己口袋里摸出了六包香烟,递上去道:"巡捕老爷辛苦了,抽根烟解解乏。"一个印度巡捕马上伸手接过烟,夜色中凑近了细细辨认是什么牌子的香烟。那个华人巡捕说:"烟我们收下了,不过那几个箱子还是要打开。"

陈为人正想如何应对,就听身后传来急促的脚步声,一个女声传来:"巡捕老爷,下雨了,箱子里的湘绣如果淋到雨,就卖不出钱了。"

说话间,韩慧英坐的黄包车已经赶到。原来,陈为人虽然早走二十多分钟,但他的车上箱子多,车夫拉得慢,这一耽搁,反而被韩慧英坐的黄包车追上了。

韩慧英从口袋里掏出十个银元,道:"这是我先生,我们开个湘绣店不容易,今天刚刚去进了货,老价钱了,如果淋湿了卖相不好,就真的要蚀老本了。"她见到有华人巡捕,故意说上几句上海话,或可套套近乎。

两个印度巡捕看到银元,比看到湘绣要高兴多了,连忙伸手接过。那个华人巡捕刚要说些什么,被他们一把拉过去:"郑Sir,下雨了,我们,一起,吃酒去。"

车到明月坊里停下,小妹已经到了,简单说了句"箱子在客堂间,我再去拿下一批",便走了。

陈为人问蒙面车夫:"刚才叫你不要往前拉了,你为什么还要继续拉?"那个车夫眼神中现着茫然,用很重的苏北口音喏喏道:"那会子没得听清楚,还以为先生叫我快点拉。"

这时候雨下大了,车夫的面罩已经打湿,他伸手将面罩扯了下来,陈为人和韩慧英都是心中一凛,借着月光,看到这车夫样子很老,深深的皱纹刻在脸上纵横交错,就像刚犁过的地。看着样子,似乎有八十岁了。

陈为人问道:"你有多大年纪了,怎么还在拉车?"那车夫一边拿出毛巾擦脸,也不知是雨水还是汗水,一边口齿含糊地说:"明年就七十岁了。工部局老爷说了,拉车的年纪不能超过六十岁,查到要吊销执照。我只好天天戴着头套拉车,这样巡捕老爷看不出来。"

陈为人轻轻叹口气道："刚才你说车费六角钱？"

"是的先生，我年纪大了，车子拉不快，比别人都要得便宜，这个来回拉下来，年纪轻的肯定要你八角钱。不相信，你问太太。"

为韩慧英拉车的，果然要了八角钱。韩慧英心中不忍，掏出一块银元给了那车夫："你这么大年纪了，拉车太辛苦。"那车夫接过大洋，千恩万谢道："太太不知道，我十几年前从苏北乡下来上海，那时就开始拉车了，这里的日脚比乡下已经好多了，能吃饱饭。我老太婆生了好几年病，已经爬不起来了，我不拉车，两个人就一起饿死。"

说着，就要帮陈为人提箱子，陈为人摆手制止，自己把箱子拎下车。他一是看到这个年老车夫心中不忍，二是那几个装文件的箱子很重，车夫一提便知里面装的不仅仅是湘绣。

老年车夫又道了几声谢，拉着车走了。陈为人看着他的背影，跟韩慧英一起提着箱子进门，轻声说："现在你知道，我们和同志们甘心情愿冒风险的原因了吗？"

韩慧英说道："为这样的人不再饥寒交迫。"陈为人提着箱子上楼，没有说话，只是重重地点了点头。

韩慧英带着爱昆住进明月坊，已是四天后的中午。这几天，韩慧英来来回回了两三次，把那边亭子间里的衣物等搬了过来，而陈为人没有出门，盘算着怎么整理文件。

陈为人已经做了简单的饭菜，三人吃过后，爱昆就到天井里去玩了。看到这个新家，爱昆甚是兴奋，因为玩的地方比以前大多了。

陈为人问韩慧英："事情都顺利吗？"韩慧英说，昨晚她去二房东那里接了爱昆，因为孩子已经熟睡，也就没跟二房东说搬家之事，抱着爱昆回亭子间睡觉了。"今天一早，我在倒马桶的时候跟二房东阿嫂说了，她很吃惊，说你们怎么说搬就搬。我说其实已经看了一段时间了，前几天定下来的，因为房子里面有前面房客留下的家具，我们出了点转让费，今天就能搬过去。她也就没再说什么，就说以后会想爱昆的。"

陈为人又问："独臂阿秋今天在弄堂口吗？"

"也奇怪，自从那天晚上运文件时遇到他，这几天一直没出现。今天倒马桶时，我听钱家阿婆高兴地说，那个独臂阿秋家里出事情了，最近应该不会来了。"

陈为人奇道："别人家里出事情，她高兴什么？""你不知道，这个钱家阿婆最吝啬，不但欠赛门腔倒老爷的倒马桶钱，还坐过好几次阿秋的黄包车，据说也欠着阿秋的钱。对了，今天我还碰到了老虎灶的刘阿毛，我们互相点点头，那天晚上多亏他机灵，不然阿秋会一直缠着我。也不知道那天他把阿秋拉到老虎灶，是怎么把话圆过来的。"说着，便把那晚的事简单跟陈为人描述了一下。

陈为人笑着说："这有何难，他只需要对着店里问，刚才来闹事的人呢，别人被问得摸不着头脑就不会搭腔，然后他可以对着门外喊几声，有本事不要跑，不要做缩头乌龟。最后，再谢谢阿秋帮忙，不就行了。"

这时候，爱昆从天井里跑进来，缠着韩慧英要到二楼去玩。

这是一个典型的单开间石库门房子，前门进来是一个小天井，再往里依次是前客堂间和后客堂间，然后是灶披间。二楼朝北是一个亭子间，往南有个狭小昏暗的后卧室，再往前则是亮堂的前卧室。三楼其实是后来搭建的，前三层阁有窗，中间高约两米，边上只有一米五左右。而朝北的后三层阁只有一个小窗，中间都站不直人，边上更是高不足一米。

韩慧英带着爱昆在二楼几个房间转了一圈，爱昆看到往上还有楼梯，便吵着要上三楼。韩慧英把他抱起说："三楼有老鼠，只有大人才能上去，小孩子上去要被老鼠咬的。"

她之所以连哄带骗不让孩子上三楼，是因为陈为人已经跟她商量好，三楼的后三层阁专门用来放装文件的皮箱，而那个前三层阁，陈为人要把它作为工作室，开始他夜以继日的文件整理工作。

那天在老虎灶接头,陈为人听张唯一说起,周恩来有一次查看文库时,曾批评文件保存不够规范,重要的是不能把文件一放了之,应该将文件材料条分缕析,进行分类整理。为此,周恩来专门请中央机关的同志找到瞿秋白,请他撰写了一份《文件处置办法》,这也是中国共产党历史上第一个档案工作规章制度。

但后来接着出现顾顺章和向忠发叛变,在上海的中央机关处于风雨飘摇中,这份《办法》只能被闲置,没能得到执行。"胡公希望你不仅能保护好文件,还要发挥你的长处,根据秋白同志拟定的《文件处置办法》,做好文件的分类整理工作。"张唯一这样向陈为人托付。

从这时起,陈为人便一头钻进了文件堆。

他要做的第一件事,就是找到那份《文件处置办法》。

比他想象的容易,在第二个箱子的第一层,就看到了瞿秋白的亲笔所书。陈为人跟瞿秋白一起工作过,对这位文弱的读书人老上级,内心颇有敬意。

打开《文件处置办法》,第一页便要求中央文库的管理实行"三分开":首先,将文件、电报与书报刊物分开;其次,将文件按成文机关或地区分开;第三,将重要文件与事务性文件分开。

陈为人看到这里，不禁暗暗点头，但也暗自摇头。点头是赞许秋白老领导毕竟是这方面的行家里手，摇头是感觉要将两万多份文件全部实行"三分开"，绝非易事。

入夜，陈为人把三层阁的窗帘紧紧拉上，每次还嘱咐韩慧英走到弄堂里去看一下，三层阁是否有灯光外泄。因为他每天要工作到下半夜，如果经常被邻居看到灯光，恐生疑心。

陈为人发现，虽说中央文库的收藏重点是党的文件和电报，但里面也夹杂着不少书报和刊物。根据《文件处置办法》规定，凡报刊上登载的党的文件，"必须剪贴"。陈为人将文件从报刊中裁剪下来，归并到文件中，而被裁剪过的书刊在登记目录后便可销毁。

单此一项，就很繁重。比如，他在中央文库库中记录了一份"中字文件第二部"（一般决议）文件目录，上面登记的文件是二百七十七件，在备注中写明文件来源于报刊者达六十多件。

1932年6月间，一天晚上九点多钟，整条弄堂已经寂静无声。韩慧英陪着爱昆在二楼前卧室睡下了，她前一段时间发现又有了身孕，最近请医生号脉，说有三个多月了。陈为人天天叮嘱她早点睡，更不要半夜起来给他煮粥消夜了。

而此刻，陈为人一天中最重要的工作时段开始了。白天，他还经常要出门转转，装作出去做生意的样子，而且爱耍调皮，总要缠着父亲陪他玩。而此刻到后半夜，时间就都属于陈为人和他视若生命的中央文库。

突然，楼下的前门外一阵急促的脚步声，接着就是重重的拍门声。陈为人连忙站起身来，先把灯关掉，然后把窗帘拉开一条缝。只见自家前口外站着一个人，嘴里嘟嘟囔囔说着什么，右手在用力拍打铁门。

说来也怪，原来寂静的弄堂，顷刻间恢复了生气。一家接一家的灯眨眼间都亮了，已经有动作快的人一边披衣服一边走了出来。一下子就有五六个人把门口的人围住，只听有人七嘴八舌道："来看啊，是个洋人。""哦哟，大概吃醉了。""要不要去巡捕房报个信？"

陈为人立刻快步下楼，首先要阻止有看热闹的人去找巡捕，这样事情就闹大了。在二楼楼梯口，差点跟韩慧英撞个满怀。韩慧英拉住他说："我先下去看一下，你管好文库。"

陈为人一听，马上回身上到三楼，继续隔着窗帘往外探望。

韩慧英下到一楼，略一考虑，没去开前门，而是从后门绕过去。她担心开了前门，会有人直接冲进来。

这时候，前门口已经聚了十几个人，上海市井居民看热闹的速度，确实令人望尘莫及。韩慧英一看，一个一头卷毛二十多岁的洋人，一边拍门，一边嘴里用洋文喊着什么。还没等韩慧英开口，弄堂口开煤球店的老杨头说话了："不要拍门了，who are you looking for?"居然说了句洋泾浜洋文。

那洋人好像听懂了，把手放了下来，身体打着晃大声道："我找四小姐！她去哪里了？"这把围观的人吓了一跳，居然是一句带着洋腔的上海话。

老杨头看到他会说中文，便用上海话说："四小姐上个月搬走了，你是她什么人，要找她干什么？"

那洋人嚷道："她是我的girlfriend，我们半年前讲好要结婚的，怎么现在人都找不到了？"

老杨头招呼那洋人坐下，这时候韩慧英上前问老杨头："四小姐是什么人？这个洋人为啥来拍我们家门？"

老杨头道："张太太，原来你不知道啊。四小姐就是原来住在你这个房子里的。"凑近韩慧英低声道："是个向导女，她和另外两个向导女住在一起，出门叫得亲热来，阿姐，阿妹。这个洋人以前看到过，经常来找四小姐，有时候就住在这里，最近倒是有段时间没来了。"转过头大声问洋人："你被四小姐踢掉了？"

洋人怔怔地看着他，显然是没听懂。老杨头说："就是说，四小姐是不是给你戴greenhat了？"听到这话，围观者笑得前仰后合，有的已经直不起腰了。市井小民往往最喜欢聊这种事，更何况今天是亲眼所见，但也有人意犹未尽地说："啥人去把四小姐找来，这样更加闹猛。"

那洋人自然更听不懂了，韩慧英认真问了几句。原来，这是个美国水手，去年在上海上岸后，流连于这里的花花世界，还搭识了在外国人酒吧陪酒的四小姐，一来二去便同居了半年多，把他当七八年水手的积蓄全部花完。

半年前，四小姐看他已经是穷瘪三一个，便支他继续去出海跑船。因为怕他不肯去，就骗他说，等你这次出海回来就结婚。

那洋人坐在地上嚎啕大哭，用英文夹着上海话说："三百美金，三百美金啊，全部用在她身上了。你们叫四小姐还我三百美金，我马上就走。"老杨头看到他在耍赖了，便威胁他说："你再不走，一会儿巡捕房来了，把你捉进去。"

这个美国水手似乎对上海滩不大了解，被老杨头这一吓便有点胆怯。其实，他这次下船后，四小姐已经让她一个姐妹找过他，给了他一些钱，警告他马上滚出上海。因为四小姐跟了一个上海滩的有钱人，她也不想事情闹大。美国水手只是今天酒喝多了，冲到旧爱的地方来出口恶气。

看着这个美国水手跟跟跄跄地朝弄堂外走，看热闹的人充满无限流连地渐渐散去。只听有人说:"刚才有谁去叫巡捕房了吗?"有人接口道:"啥人会这么热闹的事情不看,吃饱饭没事干去叫巡捕?"

陈为人在三楼窗口看完了这一幕。他刚拉紧窗帘,打开电灯,准备继续工作。韩慧英走了进来,问道:"你都看到了吗?"陈为人点点头。

"这个洋人应该不会是敌人派来的探子吧?"

陈为人说:"不会,如果是探子想来火力侦察,无论如何应该装作喝醉,冲进来看一看。我看他被你和老杨头几句话就劝走了,应该不是。"这时,两人几乎同时想起了二楼的爱昆,韩慧英说:"我下去看看。"

又过了两个多月,已是盛夏酷暑。上海的夏天最是闷热,陈为人却不为所动,天天工作到下半夜。他所在的三层阁是简易材料搭建的,又是顶层,里面更是闷热异常。

以前,爱昆还常常会闹着上来找爸爸,还要哄着才肯离开。前几天,他趁着陈为人下楼吃午饭,一个人偷偷溜到三层阁,但只待了几分钟便满头大汗,气都快喘不上了,飞也似的逃了下来。这以后,叫他上去都不上去了。

陈为人却耐得住。

他的工作已经进展到另一个繁琐之处——给每件文件标明

准确时间。听上去，这事很简单，因为照规矩，每份文件都应该有签收时间，但这些年遇到形势紧张，很多机关发出的文件能简化尽量简化，很多不再注明年月日，因为发件人认为中央机关应该知道时间。

但陈为人看下来，觉得这是个大问题。因为一旦进入中央文库，就成了历史档案，没有明确的年月日以后就看不懂了。而且，他发现瞿秋白早就看到了这个问题，《文件处置办法》第一条指出：中共中央文件应分四大类，并且"均按时日编，切记注明年月日，愈详愈好"。

为此，陈为人决定，自己来为每份文件注明年月日，这又是一项艰巨的大工程。好在，他是1921年中国共产党成立之年入党的老党员，后来长期追随陈独秀、李大钊、瞿秋白、周恩来等工作，对党史是比较熟悉的。但要为每份未注明时间的文件加注所属年度，又要做到尽可能准确，还是需要花费大量精力。

陈为人想了几个办法。第一种是有收文戳记的，根据中共中央秘书处加盖在文件第一页右上角的收文时间，来推算出文件的成文时间。他发现在中央文库的地方文件目录中，登录了一百四十八份中共河北省委1930年1月以后的"一般决议"文件，目录中有九十一件注有收到年月日，其中有一件写的是《顺直会议记录——反立三路线问题》，此文没有写成文年月日，但有收到时间"1931年1月17日"，由此可以判定这份文件是在此以前形成的。

第二种是无法判定文件的成文时间，而且没有收文年月日时的，那就根据成文机关的历史、领导人的变更，以及文件内容所记载的重要历史事件等，将文件归入"相应时期"内。为方便工作，他把积存文件分为三个时期：1927年中共五大召开以前的文件；1927年7月到1928年7月，中共五大闭幕至六大召开前的文件；1928年7月中共六大闭幕以后的文件。凡是难以判定准确年份的文件，就凭机关、人物和事件等几大要素，来推断相应时期，并在文件上注明。

这一天，吃过晚饭，陈为人照例要到三层楼继续他的工作。这一天天气极为闷热，一顿饭吃下来，爱昆已经满头大汗，吵着要去弄堂里乘风凉。

这是夏夜弄堂里的上海风俗。无论是外出做工的，还是在家里待了一整天的，这时候已经在自家逼仄窒闷的小房子里待不住了，纷纷拿着小凳子、蒲扇，有时候还带上席子、菊花茶和瓜果等，来到弄堂里享受一下穿堂风。

此时，韩慧英已经显怀，日渐增大的肚子让她增添了负担，也让她热得有点透不过气来。她对着已经走上楼梯的陈为人道："我陪爱昆出去坐一会儿。你也别老是闷在家里，到门口去乘乘风凉,透透气。"陈为人嘴里答应着,脚步却没停下,兀自顺着狭窄的楼梯上楼了。

韩慧英母子带着一把蒲扇,走出后门时,发现弄堂里早已坐满了乘凉的人。有些人三五成群在聊天,也有些人在打牌、搓麻将。两个在破草席上下象棋的人,不知为何突然吵了起来。

一个大声嚷道:"下作胚,不能赖棋子,落子无悔这句话你听到过吗?"对面那人嗓门更响:"啥人下作胚,你昨天下棋的辰光,有一步棋棋子已经放到棋盘上了,还要缩回去,讲这步不算。你可以赖,我就不能悔一步棋?"

"侬懂啥,下棋的规矩,我昨天棋子还捏在手上,只不过是碰到了一点点棋盘,棋子还没落定在棋盘上,不算悔棋的。你看看你,这只车已经在棋盘上摆好了,侬看到送到我的炮口上了,就硬是要拿回去,这就是下作胚。"这个老头越说越气,一手就把棋盘掀翻了。

这时,旁边乘风凉的邻居纷纷来劝:"老杨头,今朝煤球店生意真好啊,弄得你火气这么大。"又有人拉住坐在对面年轻一点的人:"乘风凉下啥象棋,杀来杀去不是更加热了吗?来来来,一起喝茶聊聊天,多少开心。"

两人原本就是近邻,刚才下棋一语不合,才对骂了几声。看到众人解劝,也就顺着台阶下了。看到韩慧英带着爱昆出来，老杨头招呼道："张太太到这里来坐，这里有穿堂风，惬意来。"老杨头平日里话多也热心，并不招人讨厌，韩慧英便牵着爱昆走了过去。

看到他们过来，老杨头马上起身到隔壁的家里，一会儿搬出一把椅子来，让他们坐在原来他坐的位置："张太太现在不好坐小板凳了，坐在椅子上舒服。这里穿堂风最大，张老板好几天没看到了，生意蛮好吧？"

"还好，他这段时间生意还可以，经常要出门。"

旁边爱昆不解道："爸爸不是在家里吗，又钻进阁楼了。"

韩慧英伸手打了一下爱昆的屁股，道："今天是在家，前几天不是早出晚归的吗？"说着，瞪了爱昆一眼，小孩吓得转身到墙角玩蚂蚁去了。

老杨头只是随口问问，并没在意爱昆说的话。他好像忽然想起一件事："张太太，这两天没碰到你，有件事要跟你说。你还记得两个多月前，有个吃醉酒的美国人来拍你家门吗？上次被我们吓回去了，我也以为他不会再来了。但是三四天前，我在煤球店里看到一个洋人走进弄堂，人样子很像那天来的美国水手。你晓得，天热煤球生意不大好，我就跟在他后面，就看到他在你家门口转来转去。"

韩慧英问："他好像没来敲门？"

"对啊，我看他有点鬼鬼祟祟的，就上去问他怎么又来了，四小姐早就搬走了。没想到他问，现在这里住着什么人。我说这关你什么事，他又看了几眼你们家房子，就走了。"

没等韩慧英说话，旁边刚才跟老杨头下棋的男人说："这有啥奇怪的，洋人也是人，这叫旧情难忘，上次夜里来黑咕隆咚的，这次白天来要看看清楚。"老杨头没好气地说："阿水，照你说起来，这个洋人还是个情种啊。"

"要讲起情种，我今天早上在弄堂口吃阳春面，听到一个吃客讲个故事。说他住在附近一个两开间的石库门房里，他住二楼亭子间，二楼东厢房住着一个三十多岁的标致女人，天天穿着旗袍，两只手臂两条大腿比面粉还要白。"

老杨头打断道："好啦好啦，白有啥稀奇，随便什么女人，到我煤球店里一坐，都白得像面粉。"一旁围坐的众人哈哈大笑，催阿水挑重要的赶紧说。

阿水白了一眼老杨头道："你懂啥，听我说。那人说，那个面粉女郎一个人住，但是经常看到一个西装革履的男的来，有时候还过夜。"旁边的人插嘴道："就是轧姘头咯。"另一个说："你懂啥，这个女人是一个人，这个不是轧姘头，应该是那个男人的外室。"

阿水摆摆手："你们还让我讲不讲？那个吃客说，忽然有一天，看到一个穿着僧袍的和尚，进门直接去了东厢房。他心中奇怪，心想这个面粉女郎还姘和尚啊？于是就等在楼梯口，从中饭等到晚饭，从晚饭等到宵夜，终于看到那个男的出来了，借着灯光一看，就是那个西装男人，只是平时这人戴着一个铜盆帽，遮住了光头。原来啊，那个面粉女郎是这个和尚的外室。"

众人啧啧称奇，只听老杨头道："这就不对了，这个男的平时西装革履，那天难道换件衣服的时间都没了，穿着僧袍就来找女人，心这么急啊。"说得众人都猥琐地笑了。这时，边上几个人拉起了胡琴，唱起了京剧《游龙戏凤》。胡琴拉得荒腔走板，一男一女唱得更是刺耳。韩慧英便想带着爱昆回家，抬眼却看到，陈为人走了出来。

这时，老杨头已经打起了招呼："张老板，到这里来，你太太和小孩都在这里。"看到陈为人空着两只手，便站起来拿过自己坐着的小板凳："张老板难得出来跟我们一起乘风凉，快坐快坐。"

陈为人连忙说："不用不用，我回家去拿，我坐了你的，你坐哪里啊。"但见老杨头已经一屁股坐在了破草席上，刚才上面放的棋盘已经被阿水收好了。老杨头说："张老板是读书人，做大生意的，能出来跟我们坐在一起，已经很看得起我们了。像我天天做煤球，有张草席坐坐已经很舒服了。"

陈为人知道，再跟老杨头客气，便会让他觉得被看不起。

对这样市井中的豪爽之人,不能过于客套。老杨头问:"我听张太太说,张老板是做湘绣批发生意的,最近生意好吗?"

陈为人笑道:"大热天,生意只能说马马虎虎。"他不想跟人多聊自己的事,便转移话题说:"我看你们刚才说得很热闹,在说什么呢?"旁边阿水道:"张老板见笑,我们弄堂里瞎聊天么,总归是说说小道消息、男男女女,不上台面的。"

只听老杨头说:"张老板虽说是读书人,不过好白相的事情谁不喜欢听啊,张老板你说对吗?"陈为人点头道:"这么热的天,大家开心开心,正好解解暑。"

老杨头听陈为人这么一说,更是高兴了:"刚刚阿水讲了个瞎七搭八的故事,十有八九是人家编出来的。"看到阿水要辩解,一手捂住他的嘴巴道:"阿水,我来教你一个好办法,包你哪天出去轧姘头,不会被人家老公捉牢。"

众人都好奇,纷纷凑过来,老杨头便说开了:"法租界一条弄堂里,住着一对夫妻,开了一间咸肉铺。卖肉娘子脾气大得来吓人,天天夜里骂老公的声音,我们公共租界都能听到。有一天,咸肉铺老板要去金华进一批火腿,打算备足年货赚笔铜钿。他前脚刚走,卖肉娘子就把她相好接到了家里。没想到,肉铺老板出门前被他娘子骂了一顿,稀里糊涂把买肉本钱忘在家里,走到半路想起来,只好连夜回家拿。"

这时,天色已暗,爱昆倚在韩慧英怀中,接连打着哈欠。

韩慧英心想，这种市井故事不适合小孩子，便想起身回家。但看到一旁的陈为人却听得很有兴致，就又坐下。

老杨头正说得高兴："肉铺老板一推后门，发现门锁了。心里奇怪，平日里没有这么早锁门的，但再一想，自己出门在外，早点锁门也正常。于是敲了几下门，还是没有人应，就大声叫卖肉娘子开门。"

"但见卖肉娘子打开门，一脚把肉老板踢飞。"阿水学着说书先生的样子，插了一句。老杨头没理睬，接着说自己的："只看到二楼房间灯亮了，卖肉娘子问，怎么又回来了？肉老板在门外说，忘记本钱了。肉娘子和相好一起轻轻下楼，她让相好等在后门，自己却走到前门，打开门高声道，人呢，刚才还在叫门，现在死到哪里去了？肉老板在后门听到，连忙跑到前门说，我刚才在后门呢。随后，一起双双进门了。"

老杨头看看四周张大嘴巴的众人，问道："故事讲光了，你们听懂了吗？"众人都摇头，阿水问："卖肉娘子看来是刀子嘴豆腐心，还让肉老板走前门，真是客气来。"

老杨头做势一拳要打过去，只听陈为人在旁边说："这是调虎离山之计。""对啊！"坐在破席子上的老杨头，一拍大腿道，"到底是读书人听得懂，卖肉娘子把肉老板调到前门，她相好的就能趁机从后门溜走了。"

众人恍然大悟，但阿水还是不解："卖肉娘子也可以先去打开前门，放她相好走了，再去开后门接肉老板。"老杨头已经气得不想搭理了："假使这样在屋里厢心急慌忙跑来跑去，不要说做生意的肉老板，就是戆到像你这样子，听到也会起疑心的啊！"

过了八点，乘风凉的人慢慢散去，但也有人铺好了席子，打算睡到半夜再进屋。陈为人抱着熟睡的爱昆，扶着韩慧英走进后门。韩慧英问道："今天你怎么这么大兴致，还听什么调虎离山之计？"

"你不觉得这是个办法吗？我在北平的时候，有一次在一个同志家里开会，突然有警察来敲门查户口，那位同志也是用的这个调虎离山的办法。有句老话怎么说，民间有高人。"陈为人笑道。

此时，他们已经把爱昆放到了床上，因为天热，只在化肚子上盖了一块毛巾。陈为人又扶着韩慧英坐到椅子上。韩慧英说："现在不用扶我，再过两个月，我肚子更大了，你再扶我。对了，你刚才出来是找我有什么事吗？"

陈为人说："刚才我出来，一是今天三层阁里特别热，我跟你一样，也有点喘不上气；二是我想到一件事，想出去买个炭火盆子，没想到一出门就被老杨头叫住了。要不你明天出去买菜的时候，帮我带一个回来。"

"这么热的天,买炭火盆子来做什么?你准备热上加热,以毒攻毒吗?"韩慧英开玩笑道。"是这样的。我越整理这些文件,越觉得太多太杂,而且要用这么多箱子装,万一这里暴露了,搬运太不方便。我打算对文件做一些裁剪,裁下来的边边角角最好是烧掉,如果当垃圾扔容易被人看到。"

"炭火盆买回来,你打算放在哪里?天井里烧?"

"放在天井里的话,爱昆顽皮会去玩,更重要的是,对面房子的二三楼窗口里可能会看到,不够隐蔽。我想还是放在三层阁里,我裁剪好随手就可以烧掉。"

韩慧英道:"这么热的天,你再放个炭火盆在三层阁,你不怕热出病来,你的肺病可才刚好点。"陈为人没有回答,他心里已经打定主意:就放在三层阁,这样最保险。

他认为,自己作为中央文库保管人,分类整理工作是他必须做的。另外,陈为人还要做一件独创性的工作,就是裁剪文件四周的白纸边。这样可以大大缩小文件体积,他的目标是至少减少一半的箱子。

第二天,韩慧英买回了炭火盆,她也拗不过陈为人,只能让他把盆子拿上了三层阁。但她关照陈为人:"等空白纸边积存一些再烧,最好一天只烧一次,烧的时候你可以下楼来,不要在三层阁里被呛到。"

陈为人只试了一次,便知这个办法不行。因为一堆纸集中烧的话，会冒出很多烟雾和焦味，势必引来邻居的注意。他就在整理的时候，一直点着炭火炉子，随时随地地烧。这样倒是烟味不大，但他自己却在烟雾中度日了。

又过了两个多月，天已入秋。

一天下午，韩慧英挺着大肚子从外面回来。到家就喊陈为人下来，最近因为肚子越来越大，上到二楼就很吃力，她已经无力顺着狭窄的楼梯上到三层阁，去帮助陈为人一起整理文件了。

陈为人应声下楼，一路走一路咳喘连连。韩慧英道："怎么最近咳嗽又严重了，前段时间不是已经好多了吗？"

陈为人道："可能是天气转凉了，转换季节的时候，最容易咳嗽了。没关系的，加点衣服就行。"他不能跟韩慧英说，自己日夜与烧着的炭火盆为伴。

"不光是添加衣服，最好还是找医生调理调理。刚才我去跟小妹接了头，这是下个月的组织经费。组织上现在这么困难，还要为我们付一大笔房租和生活费，我一想起半年前贿赂那三个巡捕的十块银元，就觉得肉痛。"

"那是必须花的钱，如果没有那十块银元，很可能就没有今天这些文件。这个我们不要吝啬，不过我们以后的生活费还是可以再省一点。"他看着韩慧英的大肚子，又补充了一句：

"特别是我,每天吃点素菜足够了。"

韩慧英点头道:"今天小妹还说了一件事。"陈为人说:"是不是觉得你肚子越来越大了,以后接头会不方便?"

"是啊,我跟她说我们也想过,如果换成你出来接头,怕不安全。小妹说,她跟张老太爷汇报过了,张老太爷说再给我们派一个同志过来当交通员,她在这里的身份是我们家用人。张老太爷说,现在你的身份是湘绣批发商,一家人住一幢独门独院的石库门,如果家里没个用人,容易让人怀疑。"她跟陈为人一样,说到张唯一总是用张老太爷代替,就像哪怕是私下说起周恩来,一般也都用胡公代替。

"准备派哪位同志来,我们熟悉吗?"

"小妹说,这个人选还在物色中。因为掩护的身份是用人,所以必须是女同志。"

此时,前门响起了敲门声。从轻到响,节奏迅速加快,听得出,敲门人是个急性子。"房东太太来收房钿了。"韩慧英道。

陈为人也听出来了,他们搬到这里后,来访者极少。即便有人来,按习惯一般都走后门,而只有这个房东太太,每个月来收房钱时,都是大模大样走前门,用她的话说:"后门是给用人走的。"

保险起见,陈为人还是按地下工作的规矩,从二楼窗口看了一眼，果见门外站着身材瘦高的房东太太："是她，一个人，我去开门。"韩慧英道："刚刚从小妹那里领了这个月的经费，房东太太鼻子真灵，闻到银元的味道就来了。"

陈为人打开前门，愣了一下。房东太太身边还有个人，就是她那个当买办的矮胖老公，足足比她矮一个半头，身体宽度却是房东太太的一倍还不止。陈为人明白了，她老公太矮，以至于二楼窗口看下去居然没看到他。

"哦呦，辛苦张老板亲自来开门，张太太呢？"房东太太也不等陈为人请，一闪身就进门了，回头招呼她老公，"进来呀，站在外面做啥。"只见胖买办缓缓移步进门，就像在放慢镜头，而房东太太已经直奔前客堂间，动作之迅捷像在放快镜头。

这时韩慧英也已从二楼下来。房东太太大呼小叫道："张太太，不是我说你，开门还叫张老板来开，你们生意做得这么大，家里也不用个用人。这给别人看到了，要以为你们是共产党派来的假夫妻呢。"

韩慧英正要开口，房东太太连珠炮似的说："我讲讲白相的，张太太不要不开心哦。哦呦喂，张太太，一个月没见，你的肚子大了这么多。这是我先生，今朝我们一起出来吃中饭，吃好饭又搓了会儿麻将，就一起来看望你。"

只见她拿过胖买办手上一个小袋子，塞给韩慧英道："马上就要中秋节了，吃点月饼。你这个肚子啊，尖尖的、翘翘的，你转个身，你们看看，后面一点都看不到肚子，保你生大胖儿子。"韩慧英笑道："我们已经有个儿子了，生女儿更加好。"

"张太太，你这话不对的。假使是小户人家，儿女双全当然好，但是你们张老板是做大生意的，多生几个儿子，以后一起帮着做生意。我的眼光很准的。"说着指着胖买办的大肚子道，"你看他的肚子，如果肚子里有货，那是生女儿的。"胖买办摸摸自己的肚子道："还好我的肚子里没货，不然养小孩住医院，要花交关铜钿了。"

这时，房东太太已经穿过后客堂，走进灶披间，拉开橱门，朝里面观看："张太太，大肚子要吃得好一点，怎么橱柜里清汤寡水的，只有一点青菜。"韩慧英连忙跟过来："这是中午吃剩的，荤菜都吃掉了。"

但见房东太太已经抬脚上了二楼，走进前卧室，又是一声大惊小怪："张太太，那个四小姐的床你们扔掉啦？换成了这个木床？"韩慧英刚刚气喘吁吁地爬上楼："是啊，向导女的床再好也不适合我们，生意人这点要讲究的。"房东太太摆摆手说："这倒是的，我看到你们把原来那些花里巴拉的家具都换掉了。"

陈为人搬到新家后，马上嘱咐韩慧英把原来的家具都换掉，韩慧英一开始还有点不解："这些家具看上去花是花了点，不过我们现在没收入,换家具不是又要用组织上的经费吗,是不是将就一下?"

陈为人耐心跟她说:"我们吃的用的都可以将就,但有些要给外人看到的东西,不但不能将就,还应该讲究。你看这些家具,一看就是轻佻女子用的,我的身份是生意不错的湘绣批发商,你还想去当小学老师,如果把这些向导女的家具全盘接收下来,外人来这里,就会对我们的身份产生怀疑。这不是花几个银元的问题,关系到文库的安全。"

韩慧英想起数月前陈为人的这番话,再看看眼前这个到处打量的房东太太,心中由衷地佩服陈为人。当时,陈为人还开了一张要购的家具清单,上面是这样写的:书柜一个、藤桌一张、木床一张、圆木椅两把、圆木凳一个、放花凳一个、衣架一个、厨房用具若干。这些家具及家庭布置,符合陈为人夫妇的假托身份,也符合隐蔽和安全的要求,还最大程度上为组织节省了支出。

这时候,房东太太拔腿就要往三楼走。韩慧英心中大急,心想陈为人怎么不跟上来。哪知此时陈为人心中更急,无奈被房东太太的胖老公缠住,正在教他在上海滩生活的各种省钱门道:"所以讲,你坐黄包车一定要挑年纪大的,越大越好,因为他们知道自己拉得慢,不敢跟你多要钱。他跟你说多少铜钿,你至少再还掉他一半,他要是不肯,你就说那就去报告巡捕,说他超过年纪了。你最多被几只老瘪三心里骂几句,但是你铜钿省下来啦。"

这时听到韩慧英在叫他,陈为人马上有了借口,立刻快步登上二楼,看到房东太太已经登上了四五级楼梯。他急中生智,沉下脸来道:"房东太太,你上次说得好好的,这个石库门是三层楼,结果呢,三层楼是后来搭出来的,就是几块木板和油毛毡,一个夏天是热死人。那天我们来看房的时候,就想上去看看,被你拦在楼梯口,说什么那几个向导女孩留下一些没用的东西,都堆在三楼,龌龊来兮,你们今天先把房租交了,第二天叫阿珍来收拾好,你们住进来一定满意。"

陈为人学着房东太太的语气,把当时的话说了一番。房东太太稍稍愣了一下,马上走下楼梯笑着说:"张老板也会生气的呀,消消气,我当时其实一番好意,第二天确实叫阿珍上去收拾了,你们搬进来看到三层阁是不是清清爽爽的啊。"

房东太太市面见得多,避重就轻说了几句,便也不上去看了。只听一阵哼哧哼哧喘着粗气声,她的胖老公也慢慢爬上了二楼。房东太太更是有了可以转移的话题:"你上楼做什么,你三百多斤的块头,别把楼梯踩塌了。"拉着他作势就要往下走,对陈为人夫妇说道:"那我们走啦,这个月房钿不急的,我过几天再来拿。"只见她的双脚却像生了根似的,站定了纹丝不动。

韩慧英心知,他们今天过来就是来收房钿的,怎肯空手回去?马上回到房间,拿出了银元。房东太太高兴地说:"张太太这么客气做啥啦,人家不知道的还以为我们今天是特地来收房钿。"说话间,拉着胖买办就下楼,她动作太快,胖老公脚下拌蒜,差点摔下楼。

走过前客堂间,胖买办看到桌上自己带来的那盒月饼,马上站定,伸手打开盒子,从里面拿出两个月饼,一个塞给了房东太太,对陈为人夫妇高声说:"这盒椰丝月饼老好吃的,你们一定要尝尝啊。"

入夜,待爱昆入睡后,陈为人照例拿着炭火盆下楼了。只见他走到天井里,把炭火盆中的纸灰倒入下水道,然后提起一桶水冲了几遍,直到没有纸灰的痕迹。这是他每天必做的事,有时候烧出来的纸灰多,他就在下半夜再倒一次。

虽然燃烧一整天的炭火盆,正在加重他的肺病,但最近文件整理和裁剪的进展不错,这令他十分欣慰。他就像又回到了过去:回到了莫斯科,在东方大学中国班那一整年的培训;回到了长辛店,组织铁路工人罢工;回到了奉天,带领党员同志们发放反日传单……

陈为人觉得,自己又有用了。这既让他倍感兴奋,又让他不断给自己的工作加码。在裁剪文件的同时,他又开始着手做更为繁杂的工作：为两万多份文件分类归档。

他以文件、资料多寡作为分类依据，文件多的设大类、部类和项目，文件少的则设一大类或若干分类。以这个原则，分三种情况设立类别。第一种是按成文机关设类，比如中共中央组织部、中央宣传部、中央军委、中央特委和中央秘书处、共产国际等，都是一个机关的文件作为一个大类。这样的话，陈为人就要先把一个机关的文件集中在一起，然后再按年代先后为序，进一步细分。而且，有些机关还要设分类。像共产国际的来文作为一个大类，在大类下面设有"远东执行局""职工国际"和"共产国际执委会"三个分类。简单地说，就是以第一级机构文件为大类，以第二级机构文件为分类。

第二种是按地区设类。比如一个省、一个边界特区的全部文件资料作为一个大类，像中共上海区委、中共湖南省委、中共湘赣边界特委等都设大类。由于一个地区所属单位多、文件数量也多，因而在地区这一大类内，又要根据不同内容设若干部类，中共上海区委文件大类下面设有九个部类："沪字文件第一部"为中共上海区委指示；"沪字文件第二部"为区委一般文件；"沪字文件第三部"为对外宣传文件；"沪字文件第四部"为党内书刊；"沪字文件第五部"为中共上海区委以下文件；"沪字文件第六部"为群众团体文件；"沪字文件第七部"为"外县"文件；"沪字文件第八部"为上海区委各种会议记录；"沪字文件第九部"为其他文件。

第三种是按文件的内容和性质设类。按照瞿秋白在《文件处置办法》上的规定，中共中央全部文件分为"最高决议及指示""对外宣言和告民众书""会议记录"和"一般决议、通告"等四大类。有的大类内文件数量太多，不便管理，就在大类之下再设诸多个部类。比如，中字文件第一部为"最高决议及指示"；中字文件第二部为"一般决议"及指导性文件；中字文件第三部为"对外"发表的宣传文件；中字文件第四部为"个别指示"；中字文件第五部为"对国际的报告"；中字文件第六部为"指导性文件"；中字文件第七部为"组织"文件；中字文件第八部为"对外刊物"；中字文件第九部为"秘密工作文件"；中字文件第十部为"特科及军委"文件；中字文件第十一部为"苏准会"文件；中字文件第十二部为"烈士绝笔"；中字文件第十三部为"政治局及常委会议记录"。

其中，第一部类的最高决议及指示、第四部类的"个别指示"、第九部类的"秘密工作"、第十部类的"特科及军委"文件以及第十三部类的"会议记录"等都是重要而绝密的文件。而第三部类和第八部类是"公开材料"。根据文件的重要忄、机密性及内部传阅和公开发行区分材料，不仅使文件、资料管理有序，而且符合地下斗争中保护党的机密安全的要求。

说来也怪，只要一钻进这间夏天炎热冬日寒冷的三层阁，陈为人可以完全忘了身外之物，全身心地投入到档案整理中。在他心中，这些档案既是党的机密，也是自己的亲密伙伴，与他们日夜相伴是自己最大的幸福。

但有些事，还是要让陈为人分心。特别是韩慧英越来越大的肚子，眼看下个月就要临盆，让他犯愁的是，一个产妇、一个调皮的爱昆和一个即将到来的婴儿，还有这么多亟待整理的文件，自己如何应付得过来？

秋后的一个午后，明月坊进入了一天中除了晚上之外最安静的时段，弄堂里只有几个小孩在嬉笑打闹。

一个衣着朴素、肤色略黑、身材健壮的女子，提着篮子从弄堂口走了进来。她一路看着门牌号，走到陈为人家前门看了一下，又走到后门，看看四周，便准备敲门。这时候，一个小男孩飞奔而来，差点直接撞上她。

那孩子气喘吁吁地问："你到我们家找谁？"那女子笑笑说："找你妈妈。"男孩伸手敲门，里面却无动静，又敲了一会儿，门才打开，门后是反手托着腰的韩慧英。

看到这个差不多三十岁出头、跟自己年纪相仿的女子，韩慧英觉得面熟，但一时却想不起来在哪里见过。

看到两个大人没有马上打招呼，淘气的爱昆道："妈妈，这个阿姨说找你。"那女子低声道："慧英，小妹叫我来的。"

韩慧英赶紧让她进来，随手就要关门，只听爱昆叫道："我还要出去玩。"听他这一叫，韩慧英还是关上了门，低声对爱昆说："出去玩可以，不许出弄堂口，也不要跟人说家里来了客人。"爱昆点头答应，自己伸手开门，一溜烟地跑了出去。

此时，陈为人已经听到声音，正走下楼梯。一看到那女子，喜出望外："沫英，你怎么找到这里了？"韩慧英道："原来你们认识。"那女子笑道："我跟陈为人同志是狱友。"

原来，这个叫李沫英的女子，也是入党好几年的老党员，1931年上半年被捕入狱，跟陈为人等一起关在龙华监狱。在狱中，李沫英是陈为人的得力助手，在组织"同难会"与敌人斗争中，经常是陈为人拿主意，李沫英在放风时及时传达。

"慧英，你应该见过沫英啊，我们在北平工作时，沫英到我们家来开过一次会，你不记得了？"陈为人道。韩慧英这才想起来，难怪刚才觉得在哪里见过，只是当时开会时，韩慧英负责在门外放哨，跟李沫英只是一面之交，印象不深。

陈为人请李沫英在客堂间坐下，问道："沫英，今天是有什么重要的事吗？"因为根据张唯一的规定，陈为人的家处于严格保密状态，不允许党内其他同志知道，更别说上门了。

李沫英喝了一口韩慧英端来的水："地址是小妹告诉我的，

任务是张老太爷布置的。从现在起,我就是你们家的家庭成员了。"陈为人夫妇听了更是高兴,陈为人说:"沫英,你是老同志了,让你来我们家当用人,实在有点说不过去。"

李沫英道:"我们为了工作,假扮夫妻都是常有的事,当用人有什么关系,革命工作没有高低贵贱之分。再说你这个大商人,太太肚子这么大,小孩这么小,家里居然没有一个用人,别人看到了,不起疑心才怪了。"

韩慧英拉着她的手说:"沫英,你来真是太好了,我最近一直在发愁,眼看着下个月就要临盆了,不知道这个家该怎么弄呢。"

"我来之前,张老太爷要求我把这个家担起来,让为人同志一心放在文库的整理工作上,让慧英同志安心养胎。明天起,早上倒马桶、买小菜、煮饭做菜、照顾爱昆,还有交通员的工作,都由我承担了。"

陈为人兴奋地说:"你们看我们三个在这里一坐,可以猜个谜,打一出京剧戏名。"韩慧英和李沫英想了想,都说不知。

"你叫李沫英,她叫韩慧英,名字中都有一个英字,不是三国演义里的一出大戏《群英会》吗?"李沫英道:"我和慧英加起来只有两个英,最多是双英会,怎么会是群英会呢?"

陈为人笑道:"这个连慧英也不知道。我小时候的名字叫陈蔚英,后来信仰了马克思主义,我想一辈子为人民、为劳苦大众,就自己改了名字。今天,我们三个英聚在了一起,不是一出热热闹闹的《群英会》吗?接下来,周瑜巧施妙计,引得蒋干盗书,这就要让曹操自乱阵脚,马上便是孙刘联军五万破百万,把曹操大军打回北方去,把国民党反动派彻底消灭!"

虽然不像陈为人这么熟读历史并酷爱京剧,但对于这段妇孺皆知的故事,李沫英和韩慧英都是听到过的。两人被陈为人的巧思所感染,更被陈为人的豪情所激励,一起鼓起掌来。

这时候,后门又传来敲门声。韩慧英道:"爱昆玩到现在,还算知道自己回来。"李沫英站起身道:"我去开门。"

"敲门的不是爱昆。"陈为人道。

第四章
老虎灶

　　李沫英站定道："你隔着门也能知道？"陈为人道："你听这敲门声是从门的上面传来的，爱昆人小个子矮，他敲门的话是在门的下方。"

　　再一听，果然如陈为人所言。"还是我去开吧，我是新来的用人。"李沫英看到陈为人点点头，便走过去打开后门，门外站着的是那个卷毛美国水手。那水手人高马大甚是魁梧，他学着中国人的样子，朝李沫英拱了拱手："阿姐，我是弗朗克，以前就住在这里。"

　　当年的上海滩，往来的洋人不少，即便是引车贩浆之徒，对洋人也是见惯不怪的。李沫英道："那你有什么事吗？"

　　"我有件东西放在这里忘了拿，就在三层阁，我上去找一下。"说着就要往里走，被李沫英伸手拦住："这里是张老板的家，你怎么能随便进去，你如果硬闯，我要叫人了，巡捕也马上会赶过来。"李沫英处变不惊,甚是干练。那个弗朗克嘴里嘟嘟囔囔,似乎也讲不清楚,便要往里硬闯。

"站住,这里是公共租界,是讲法律的,你这叫私闯民宅,抓进去要吃官司的。"陈为人在北方组织过多年工人运动,对付流氓自有一套。转头对韩慧英说,"你去弄堂口,把煤球店老杨头找来。"

韩慧英看到弗朗克壮硕的身体,把后门都挡住了,便站起身从前门出去了。

陈为人问道:"你是不是有天夜里来过,喝醉酒来这里找四小姐?"

"我今天不是来找四小姐,我是来找我自己的东西。"弗朗克看到陈为人出来,多少有点忌惮,不再往里硬闯。

"上次已经跟你说了,四小姐早就搬走了,搬走前房子就清空了,没有见过你要找的东西。"

弗朗克似乎找到了一个破绽:"你没问我要找什么,怎么就说没有呢?"

以陈为人的经验,这种事情必须推个干干净净,如果问他要找什么,然后再说没有,便似乎那个四小姐确实有东西留了下来。听洋人这么说,陈为人怒目圆睁,义正辞严喝道:"清空!我说的清空,你懂不懂?清空就是所有的东西都拿走了,房子是空的,什么都没有了!你再胡闹,我拖你到巡捕房去!"

正在此时,老杨头匆匆赶到,"这只洋瘪三怎么又来了?"他一只手里拿着根扁担,另一只手里还抱着个孩子,两人脸上身上都是煤灰,尤其是那小孩成了黑脸包公。陈为人细一看,才认出是爱昆。原来刚才老杨头在煤球店里面卸货,爱昆跟在后面玩,弄了个小黑脸。

煤球店要为顾客准备扁担和竹筐,方便他们挑回家。老杨头听到韩慧英说,有人上门找事情,抄起扁担就过来了。但一看到弗朗克,老杨还是在脸上堆了笑:"你怎么又来了,找到四小姐了吗?"上次弗朗克晚上来闹事,因为喝得醉醺醺的,老杨头就恶语相向威胁了几句。现在是白天,弗朗克又神志清醒,像老杨头这样的上海滩市井平民,素来是畏惧洋人几分的。

"四小姐不肯见我,不过我见到了她的姐妹,她们说我留下的东西还在这里,四小姐没带走。我就上楼去找一下,找不到马上走。"

"你说了半天,到底要找什么东西?"老杨头问。

"三百美金,我临走时留给四小姐的。她的姐妹说,四小姐没有用过,就放在三层阁了。"

他这一说,老杨头明白了,这个洋瘪三是没钱了,上门来敲竹杠了。如果放他上楼去找,他会给你翻个底朝天,最后还说钱是被你吞掉了,要你赔。这种事情在上海滩上并不少见,只是不知道这招是谁教给他的。

老杨头正想怎么对付,李沫英在旁边看了这么一会儿,已经大致明白事情的来龙去脉。她看到韩慧英气喘吁吁地刚刚走进前门,走过去轻声道:"慧英,去拿一个银元来。"

然后对弗朗克说:"你听好,你要的东西这里没有,你自己去问四小姐。这点钱是让你去吃顿饱饭,你要是再敢来,"指指陈为人,"张老板叫几个手下的工人来,打断你的腿,扔进黄浦江下馄饨。"

这时,门外已经围了不少看热闹的人,他们平日常受洋人欺负,也连声应和:"对,下馄饨,喂王八!"

不知是被李沫英的话和众人的叫声吓住了,还是那银元起了作用,弗朗克一把夺过银元,恶狠狠地瞪了一眼,转身就走。围观的人一阵欢呼,只听有人道:"看到哦,我老早讲过,不要看洋人凶,他们吃硬不吃软,硬过他们的头,他们也就成了软脚蟹了。"

老杨头看弗朗克走了,便问陈为人:"这个阿嫂能干的,是你们家亲眷?"陈为人说:"我们刚请的用人,以后还要麻烦你多关照。"老杨头嘴里发出啧啧声,说道:"张老板眼光好的。"

三人谢过老杨头,李沫英刚把前后门关上,韩慧英便问她:"这个洋人一看就是上门来敲竹杠的,你给了他钱,他尝到甜头以后还会来的。"

陈为人接过话道:"沫英这一块银元给得值。一是试探一下,如果他是听到了中央文库的风声,要上门来找,别说一块钱,十块钱也挡不住他。二是先把眼前的事解决,如果人越聚越多,真的把巡捕招来,对我们不利。"

李沫英点点头,问道:"你觉得这个洋人还会再来吗?"

"从那天晚上和今天的情况来看,我觉得这人不像探子。只能说,上海滩这个地方真是光怪陆离,各色人等鱼龙混杂。"

待到晚上,韩慧英陪着爱昆睡下了,陈为人下到一楼灶披间,看到李沫英还在忙碌。便招呼道:"沫英,来这坐坐吧,真是把你当用人了,一来就让你忙成这样。"

李沫英笑笑,洗干净手,便在后客堂坐下,轻声问陈为人:"你真觉得那个洋人一点都不可疑?"陈为人在她对面坐下,摇头道:"怎么不可疑?很可疑。"

李沫英不解地说:"那你下午说得这么肯定,说这人不像探子。你是知道的,我们党在上海开一大会议时,会开到一半,就有密探装作走错门,直接冲进了会议室,虽然被赶了出去,但代表们都警觉到这人可疑,马上转移,后来到嘉兴南湖继续开会了。"

"这我何尝不知,但你看慧英快要临盆了,不能让她担惊受怕,我才故意说那个洋人不可疑。"

"那你觉得，中央文库要马上转移吗?"

"我刚才也一直在想这个问题，也跟你一样，想到了一大会议的情况。但现在和一大会议时不一样，当时巡捕房起了怀疑，所以派密探闯进来摸摸情况。而今天，那个洋人闯进来，只看到我们一家三口，而且正好你今天来了，还有你这个用人，这是非常合理的商人家庭。即便他是特务或巡捕房派来的探子，下午这一幕也不至于让他们马上采取行动，毕竟文庠没有暴露。"

李沫英听了，也点头称是："那我们要做什么吗?"陈为人摆摆手："要以变应变。我们马上要做两件事，一是要向组织上汇报，这个你来做，你让小妹转告张老太爷，听他有什么安排。"

"第二件事呢?"

"这个我来做，你别看三层阁屋顶是油毛毡铺的，但墙壁还是砖砌的，我要在三楼砌一道夹壁墙，让中央文库再隐蔽一些。"

陈为人做过工务过农，十八般武艺都会一些。

李沫英是个头眼活络的人，她每次出门买菜或购物时，看到有废弃的砖头，便捡一些回来。再加上三层阁本来楼层就不高，有的地方站不直人，不到半个月工夫，一道夹壁墙便砌成了。

但砌墙容易，整理文件却耗时费力，丝毫也急不出来。这段时间，陈为人继续在裁剪文件。因为天气转凉，炭火盆在三层阁里烧纸所散发的热量，已经不让人觉得闷热难当了，陈为人便加快了裁剪进度，炭火盆越烧越旺。

不过，陈为人依然不开窗，有时候烟味呛得他实在待不住了，就到朝北的后三层阁待一会儿。一天晚上，在二楼已经入睡的爱昆也被呛醒了，啼哭不已。韩慧英让睡在后卧室的李沫英照看一下，自己艰难地爬上三层阁。

打开门一看，只见屋里窗户紧闭，陈为人蹲在地上，用一根湿毛巾捂住嘴和鼻子，一边在剧烈地咳嗽，一边还在继续往炭火盆添加文件裁下来的边角料。

韩慧英带着哭腔道："为人，你这么不顾惜自己的身体？"陈为人看到韩慧英进来，连忙站起来说："我没事的，今天这点烧掉就结束了。"

"你就算自己不要命，大半夜地烧纸，烟味还是会传到外面去的，隔壁邻居天天闻到烟味，也会起疑心的。"

"我想已经入冬了，所以每天可以多烧点，因为冬天很多人家要烧炉子取暖，散出去一点烟味问题不大，但是不能开着窗户烧，这样烟味太大了。"

韩慧英哼了一声："你想把这些烟都自己吸掉啊，你的肺本来就不好,这样怎么行?"

看到韩慧英已经哭了出来,陈为人连忙把手中的那些纸烧掉,然后用包着毛巾的右手端起炭火盆,左手扶着韩慧英一起下楼。边走边道:"我不是跟你说了,叫你别上三楼吗?这些烟味对你肚子里的胎儿不好。"

第二天下午,李沫英从外面回来,很少见地直接上到三层阁。见到伏案整理文件的陈为人,李沫英道:"为人同志,今天有两件事要跟你报告。"

陈为人看到她,也略有点惊讶。平时李沫英一般不上到三楼,因为中央文库中有大量机密文件,李沫英遵从的规矩是,不叫她,她就不主动上来。

"今天有什么重要的事吗?"

"下午刚去见了小妹,她转达了张老太爷的指示。对于那个上门滋扰的洋人,他完全同意你的判断,中央文库目前应该还是安全的。另外,他说考虑到现在慧英的特殊情况,我们这里还需要有人照应。比如出现洋人上门的情况,不能都依靠卖煤球的老杨头来帮忙。"

对于这个问题,陈为人早就想到了,但考虑到现在上海的党的力量被严重削弱,人手紧缺,而且他的工作属于高度机密,不能让更多人知道,所以他也没提出增加人手。"张老太爷要给我们增加人手?"

"也是也不是。张老太爷说,他让刘阿毛换个地方开老虎灶,搬到我们附近来。刘阿毛已经找好地方了,新的地方就在我们弄堂口,老杨头的煤球店往东大概两三个门面。"

陈为人点点头道:"刘阿毛是个很机灵很能干的同志,他来助一臂之力当然好。不过,中央文库的事又要多一个人知道了。"

"这倒不会,张老太爷只是让刘阿毛换个地方,没跟他说文库的事。特别叮嘱他,有事我们可以去找他,但他不能来找我们。"

"这很好。刚才你说两件事,还有一件事呢?"

"慧英是不是今天一天都没理你?"

陈为人尴尬地笑笑。

"昨晚慧英下楼来,在我这里哭了半天,她说你躲在三层阁里天天烧东西,还不肯开窗,你的肺怎么吃得消?"

其实,陈为人早就猜到,韩慧英会去让李沫英来劝自己,便道:"这些边角料已经剪裁将近一半了,这样吧,我每天少烧一点,多花些时间在文件目录的编制上,边裁纸边编目录,让她不用担心我的身体。"

目送李沫英下楼,陈为人心中颇觉欣慰。这位干练的女同志,是在他和韩慧英最需要帮手的时候来到这里,而且不仅把家里弄得井井有条,还承担起了原来韩慧英承担的交通员工作,同样干得很出色。

更重要的是,他发现韩慧英很愿意听李沫英的话。他相信,李沫英去劝解的话,慧英不会再赌气不理他了。

回到桌边,继续自己的整理工作。这几天,陈为人按照《文件处置办法》的要求,在文件分类基本完成的情况下,确如他跟李沫英所言,一边继续裁剪文件,一边开始做编辑分类目录工作。

根据瞿秋白的要求,中央文库必须依据分类号"再编扎一本分类目录"。中央文库目录的栏目有:文件、资料的类别、文件起止年月日、文件总类号、文件分类号、文件标题(名称)、文件发出时间、文件收到时间、文件数量统计和备注等。

其中,第一项就是以"代字"表示大类。在目录第一页第一横行第一句要注明,如"中字文件"即指中共中央文件,"际字文件"指共产国际文件,"沪字文件"指上海的文件,"浙字文件"指浙江的文件,"鲁字文件"指山东的文件等等。除每一个省给一个"代字"以外,对每一个革命根据地也给一个代字,湘鄂赣的代字为"孔",湘鄂西的代字为"贺",鄂豫皖的代字为"沈",湘赣边界代字为"永"等。

然后,要用英文字母表示文件所属类别和内容。每一部类内文件按政治、党务、工人运动、农民运动、青年运动、妇女运动、军事工作、政权工作等内容划为八个分类。其中，属于分类的文件不再抽出集中，而是在原部类按时间先后顺序排列。分号的数字前边均有一个英文字母。比如，"A"代表政治，"B"代表党务，"C"代表工运，"D"代表农运，"E"代表政权，"F"代表青运，"G"代表军事，"H"代表妇运等。这样，一看分号中的英文字母，就知道这份文件的内容是什么。看目录，查文件便会方便很多。

再接下来，便是编制目录兼统计表。目录第一项是"总号"，即文件资料顺序号，一顺到底，目录最后一份文件的总号，也就是这份目录登记的文件总数，这是第一种统计；目录第二项是"分号"，即文件分类号，例如政治类"A"，目录中，第一次出现政治类文件为"A1"，以后出现的顺序为"A2"、"A3"，以此类推。当每一部类编出目录后，必须在目录首页右上端作出分类统计，即政治类若干份，党务类若干份，工运类若干份等。

比如，"中字文件第一部"最高决议及指示的目录第一页上注有"A18，B6，C3，D1，F1，G2"等，这个数字表明"本目录中有政治类文件十八件，党务类文件六件，工运类文件三件，农运类文件一件，青运类文件一件，军事工作类文件两件，共计三十一件"。而且分类统计数必须与目录第一横行中文件起止年月日数字相符。各种统计互相印证，文件登记与数字统计互相印证。

虽然整理工作繁琐而枯燥，但陈为人甘之如饴。他总是想象着，等全国解放后，中央文库为人民大众所拥有，不仅党的领导干部，连普通老百姓都能查阅这些文件，从而了解党的历史，知道在建党初期的真实状况和党的成长的艰难跋涉，该是多么有价值的一件事。

由于弄堂里白天人多嘈杂，陈为人整理档案的黄金时间是晚上。夏夜乘凉的人多，要到晚上八九点后才真正散去。入秋之后，天气渐凉，即便有些邻居晚饭后还会出来走走，但已经不会坐下闲聊，遛个弯消消食也就回家了。

在明月坊中，在沉睡的弄堂里，在拉得严实的窗帘内，在日夜不息的炭火盆边，有一盏灯会亮到天色微明，有一个人会伏案工作到金鸡报晓，有一种信念会相信暗夜必然过去，光明就在前方。

又是隆冬时节，天气越是寒冷，距离韩慧英分娩的日子就越近。这一天晚上，在吃晚饭时，李沫英说："慧英，你想过去哪个医院生孩子？这里往西两三里地，有一家教会医院，听人说医生看病还算尽心的。"

韩慧英停下筷子说："这事我跟为人商量过，如果到医院去生的话，诊疗费加住院费不少钱，西医院就更贵。我们两个没有别的收入，组织上给的经费是让我们保管中央文库的，怎么能用来生孩子？再说，你看那些邻居们，如果不是难产的话，大多是请个接生婆在家里生的。"

看着陈为人也在点头，李沫英道："不去医院也没关系，不过是不是请个医生来看看胎位，不要到临盆时手忙脚乱？"陈为人说："这样最好。我有一次出门，从弄堂口往东走，过两个路口右转大概二三十米，看到有一个私人诊所，招牌是用中文和日文的，可能是日本人开的。"

"我也看到过。不过当时觉得奇怪，日本医生不是应该把诊所开在虹口那一带吗，那里日本人多。这样吧，我明天去问一下，看慧英的肚子，再过十天半个月就要临盆了，这事要抓紧。"李沫英心想，陈为人的心思都在那些文件上，慧英则是一心要为组织上省钱，生孩子的事看来得自己多操心了。

第二天上午，李沫英领着一男一女从后门进来。男的年近六十岁，穿着一身西服，女的大概五十岁出头，胖胖的脸上堆着笑。见到陈为人，中年男人一鞠躬，用熟练的中文道："我是广用医生，外科和妇产科是我的专长，这是内子蒲慧子，她是经验丰富的护士长。"

陈为人带他们上到二楼，两人为韩慧英检查了一番，然后鞠躬下楼。李沫英忙问："胎位怎么样？"

"夫人胎位很正，完全不用去医院生产。"广用医生又转头看着陈为人道，"当胎儿发动的时候，先生可以打电话到我的诊所，也可以请人来叫我，我和内子随叫随到。到时候，家里只需多备开水就行。"

看到陈为人在不断咳嗽，广用医生又道："我进门后一直听到先生在咳嗽，我也可以帮你看看。刚才忘了说，外科、妇产科和内科都是我的专长。对了，如果夫人觉得我是男医生有些不方便的话，到时候接生可以由蒲慧子独立完成，我在外面等着就行。"说着，接过李沫英递给他的一块银元出诊费，再次鞠躬离去。

陈为人跟李沫英说："日本人就是看上去很谦卑的样子，但不知道医术怎样？"李沫英说："我刚才去他的诊所，看到有两三个病人在看病，而且如果正如他所说胎位很正的话，接生应该不难。"

一个多星期后，陈为人又是伏案工作了一夜，清晨时分，天色微明，弄堂口的老槐树上，传来几声冬天较少听到的鸟鸣。陈为人正待下楼休息，只听李沫英在二楼叫他："为人，赶紧下来。"

下楼一看，李沫英正扶着韩慧英躺到床上，原来是羊水破了。陈为人道："要不要去请广用医生？""还是我去吧，你来照顾慧英，就让她这么平躺着。"李沫英甚是麻利，没一会儿便带着广用夫妇来了。

只见蒲慧子脱下外套,撩起袖子,伸出两条白白胖胖的肉胳膊道:"你们都不要进来,都交给我吧!"对着众人一鞠躬,进到卧室里忙碌起来,中间只是叫李沫英送了一次开水。广用医生悠然地坐在门外椅子上,对陈为人道:"放心,内子的接生术是在日本最好的医院学的。"他看到陈为人又咳了几声,忙道:"内子对肺病病人的照料,也是在那个医院学的。"

时间过去了将近一个小时,屋里只传来韩慧英难忍疼痛的叫声,和蒲慧子日益粗重的喘息声。广用医生一开始还强作镇定,到后来被李沫英一把推进了屋。

过了一会儿,广用医生出来道:"夫人难产,必须打一针催产针,十个银元一针。"李沫英气道:"上次你不是说胎位很正吗?"

广用医生有点尴尬地说:"大概,肯定是这几天胎位又动过了。"陈为人道:"一针催产针要十个银元?"

"这是货真价实的英国货,只有马上打一针,才能加快宫缩,把胎儿从子宫里推出来。"广用医生吞吞吐吐地解释着,此时李沫英已经取来十块银元,放在椅子上道:"马上打针,打下去再不行,你的诊所别想开了。"

广用医生再次鞠躬回房间,李沫英不放心,也跟着进去。又过了一个多小时,才听到一声婴儿啼哭声,陈为人夫妇的小儿子陈爱仑出生了。

折腾了一上午,先是韩慧英憋不住的喊叫声,后来是婴儿的啼哭声,明月坊里的邻居们都知道了:做湘绣生意的张老板,又添了一个大胖儿子。傍晚时分,敲门声从后门传来。正在灶披间做饭的李沫英走到门口问:"是谁啊?"门外的人高声道:"是我啊,煤球店老杨头。"

门一开,老杨头把提着的鸡蛋和红糖塞到李沫英手中:"我上午就知道了,不过那时候在煤球店做生意,身上跟煤球一样黑,现在关了店门洗了脸,才来跟张老板道喜。"

这时,陈为人也从二楼下来,向老杨头道了谢。老杨头压低了声音问:"我上午看到,那个东洋医生和女人,一道满头大汗地从弄堂里出来,张老板的小儿子是他们接生的吗?"

看到陈为人点头,老杨头又道:"哎呀,早晓得你们会请他们,我就跟你们说了,那对东洋人夫妻,老早是在虹口开诊所的,后来听说看死了一个他们自己的东洋人,那里待不住了,只能到苏州河南面来。这人是不是蹩脚医生?我不识字,不过听人讲,那个医生姓广用,加在一起像个庸医的'庸'字,那个东洋女人叫蒲慧子,这个连我不识字的都知道,听声音就是'不会治'。"

李沫英诧异道:"我一个礼拜前去他们诊所,还看到好几个病人进进出出,生意好像还可以啊。"老杨头把头凑过来,用更低的声音说:"你们不知道,这对东洋人养了三个儿子两个女儿,都是小流氓,天天换了不一样的衣裳,在诊所里进进出出,让不晓得的人还以为诊所生意老好的。不过这是小道消息,听过笑笑就好。这就叫,张公子吉人自有天相,张太太心善当有福报,张老板子孙一定满堂。我走了。"

这个老杨头平时爱听苏州评话,也学说书人的样子,做了几句打油诗。

陈为人看看李沫英,两人都是暗暗后怕。陈为人苦笑道:"这个上海滩啊,真不知水有多深,人有多杂,世道有多乱。"

爱仑的出生,为这个严酷环境下承担特殊使命的家庭,平添了几分轻松与快意。

1933年的春天很快就来了。或许是天气渐暖,又或许是因为担心烟雾熏坏幼小的爱仑,陈为人略微减少了剪裁焚烧文件的数量,他的咳喘也略见好转。虽然每次咳嗽发作的时候,韩慧英和李沫英都劝他去看医生,但陈为人都会笑道:"好啊,我明天就去找广用医生看,还有蒲慧子夫人,不是说她在日本最好的医院,专门学过接生和肺病病人护理的吗?"

每次说到这里,三人都会哈哈大笑,爱昆不知所以,但也会跟着笑。有时候,襁褓中的爱仑也会凑巧露出微笑。看病的事，便这么一次次地一笑而过了。

接下来的几个月，可能是陈为人奔波冒险的革命生涯中，最为安定的时期。每天一早六点不到，"用人"李沫英便会第一个起床，洗漱完毕、倒好马桶之后出门买菜。到小菜场去，要走出弄堂右转，过三条马路。过第二条马路时，李沫英有时候会转头往右侧前方，看看广用医生的诊所还在不在，不知哪天会被人砸了招牌。

根据陈为人以前定的规矩，家里一个礼拜吃一次荤菜，平时只允许买两个素菜。以至于，爱昆常会嚷肚子饿，有时候到老杨头家里玩，遇上老杨头就着猪头肉喝二两酒，爱昆会在旁边静静地看着，嘴巴里口水直咽。老杨头看到后，便会在爱昆小嘴里塞一块猪头肉，口中道："做生意人就是做人家啊，屋里的小孩竟然馋我的猪头肉。"

李沫英来到这个家后，提醒过陈为人，家里的日常饮食要符合他商人的身份，不要过分节俭。陈为人总是摇头道："我们家独门独院的，关起门来谁知道我们吃什么。我现在用的每一个铜板都是组织上的，我们没有权利大吃大喝。"

李沫英反驳道："我只是希望每天要有个荤菜，慧英需要补身子，你身体不好也需要营养，爱昆这么小的孩子，经常会说肚子饿。如果他像馋嘴猫似的，看着邻居吃肉不肯走，他还像个做着大生意的商人的孩子吗？"

但不管李沫英怎么说，陈为人依然坚持一礼拜吃一次荤菜。待到爱仑出生后，李沫英再次提出这个要求，韩慧英因为营养不够还导致了奶水不足。陈为人才勉强同意一礼拜吃两次荤菜，并说为期三个月，之后恢复原样。

有一次，李沫英半开玩笑地对韩慧英说："你说我老是要求多买点荤菜，为人会不会觉得是我自己要吃？"韩慧英笑道："这怎么可能。他一直在我面前说，你是真正艰苦朴素的共产党员。他就是每个月拿着组织给的经费，心中不安。上次买催产针的十块银元，他说以后等有钱了，一定要归还组织。"

这天是一个礼拜中第二个开荤日，李沫英刚走到鸡鸭摊前，摊贩便站起身说，今天的鸡是刚刚杀的，问她要一只还是半只。

李沫英心里想的是买半只，因为家里虽然爱仑还在吃奶，但还是有三个大人一个小孩吃，再说要吃午饭和晚饭两顿。但她记得，上次买了半只鸡回去，被陈为人说了一顿，要她以后别买这么多。便道："斩半只里的半只。"

摊贩一愣，道："阿嫂，你这是在熟食店里买白斩鸡，我这里是卖光鸡，哪能好买半只里的半只？"李沫英连说好话，还说就自己一个人吃，吃不了会坏掉的。那摊主才老大不情愿地斩了四分之一给她，嘴里嘟囔着："今朝第一笔生意，也算开张吧。"

又买了两样蔬菜，李沫英便急着赶回家，这时候爱昆应该醒了，爱仑如果也要吃奶的话，韩慧英会有点费力。而习惯于通宵工作的陈为人，此时应该刚躺下不久，不但是韩慧英，连爱昆也养成习惯了，绝不去打扰陈为人休息。

不过，到家前，李沫英照例还要做一件事，就是要把早饭带回去。

回家这一路，有四五家普罗饭馆，里面吃早饭的人比刚才多了不少。这些小饭馆里，早上会供应各种面条和馄饨，也有简单饭食，大多食客都会要一碗阳春面，花销便宜而且吃着舒服。

李沫英对这些视而不见，她直接走到弄堂口的大饼店。这种店生意最好的是早饭时段，卖的是上海人爱吃的大饼、油条、粢饭、豆浆、油饼等。李沫英按惯例买了两副大饼油条，这是她、韩慧英和爱昆三人的早饭，因为爱昆还小，三个人分着吃两副就够了。

陈为人并不需要她带早饭。因为每天早上五六点睡觉前，陈为人会下到灶披间，拿出昨晚的剩饭，用开水泡一泡，就着湖南的辣椒酱吃。他说这是上海和湖南饮食的最佳组合，远胜大饼油条之类。

大饼店的隔壁，就是刘阿毛新开的老虎灶，再过去三四间门面，则是老杨头开的煤球店。李沫英心里想：刘阿毛挺能干的，这个地方选得好。因为老虎灶贴着大饼店开，对双方生意都有好处。当年上海的老虎灶，除了供应开水外，另一块收入是当简易茶馆。茶客们可以边喝茶，边吃点热货。

这时候，刘阿毛瘦小的身影在老虎灶店里忙碌，天已经转暖，泡开水的人不算多，但一早来喝茶的却不少，好几个人手里还拿着隔壁店里买的大饼油条。机灵的刘阿毛用余光已经瞥到李沫英了，侧着脸对她笑笑，继续招呼客人。

刘阿毛这家老虎灶开得不易。虽然店面正好空着，他一眼就看中了。但正当他租下店面，开始砌灶头时，两条弄堂外的另一家老虎灶店主，却找上门来，告诉他这里不能开老虎灶。因为根据上海老虎灶同业公会的规定，在一家老虎灶的四十八丈之内，不允许开新的老虎灶，这是为了保护老店，避免过度竞争。

这七八年来，刘阿毛一直以开老虎灶的身份，进行地下活动。对于这个同业公会的规定，他当然知道。但一来，这个规定其实就是废纸一张，很少有人遵守；二来，他去看了那家老虎灶，距离明显超过四十八丈。但那家店主口出恶言，扬言他要是敢在这里开店，当晚就来砸店。

刘阿毛在上海滩上这么多年，对付这种人自有办法。他在混迹于附近的一群小流氓里，物色了三个最流氓的，给了他们每人一块银元,让他们天天去骚扰那家老虎灶。等到那家店主忍无可忍时,可以告诉对方是他刘阿毛派去的。

那之后一连四五天,那家老虎灶门口便多了三个小流氓模样的人。有人来泡开水,他们会说:"昨天夜里,灶头里刚刚跳进一只老鼠,不过水多,一只死老鼠不要紧的。"有人来喝茶,他们就说:"老鼠汰过浴的开水,泡茶交关香。"有人来洗盆浴,他们倒是不说老鼠了,只是把挡着的布帘子高高掀起,对浴客说:"今朝太阳好,老板关照,要让老浴客晒着太阳汰浴,这样邪气适宜。"

这么一闹,客人锐减。到了第四天,那家老虎灶一天居然只做了不到十笔生意。那个店主只能来跟刘阿毛讨饶,刘阿毛道:"这么客气做啥,你也可以叫几个流氓到我店里来闹。"

那个店主心道:"算你狠,你的店还没开门,叫小流氓怎么闹?"如此一来,算是暂歇兵戈,但也耽搁了一段时间,所以才刚开门不久。

刘阿毛没想到,他的店开得这么及时。开张刚两三天,便遇上了熟人。那天早上八点多,正是早市将落未落之时。刘阿毛的老虎灶边上,还三三两两坐着几个茶客,边喝茶边吃大饼油条。刘阿毛正在给一个茶客续水,只见门外走进一个人。

那人上身穿一件深灰色长袖单衣,下面是一条黑色单裤,裤腿挽到了膝盖处,脚上一双草鞋,一副黄包车夫模样。那车夫虽戴着帽子,但一进来刘阿毛便觉得眼熟,再看他转身离开时,一只袖筒空空荡荡,刘阿毛顿时心里一惊:"独臂阿秋!"

但他吃惊归吃惊,手上倒水并没有停下,到刚刚要满时,右手轻轻向上一撩,并无一滴开水洒到桌上。

"阿毛手势好啊!"背后有人叫好,听声音是老杨头。原来他忙过了早上的生意高峰,来跟刘阿毛要杯热水喝。老杨头生性自来熟,这家老虎灶没开几天,他已经跟刘阿毛混得像几十年的老邻居。

"你这个老虎灶来了交关好,吃口热水方便多了,我以前要走到两条马路外头的那家老虎灶,就是被你教训过的那家。"老杨头一边自己倒水,一边继续对刘阿毛说,"你刚才看到吗,有一个车夫要进来,刚进门调头就走了。那个车夫好像只有一只臂膀,一只手也能拉黄包车,上海滩真是奇怪的事情样样有。"

刘阿毛一边应答着老杨头,一边心里想:这个阿秋如果直接走进店里,喝杯茶坐坐并不奇怪,因为拉车的要在整个上海滩转,那就只是正巧遇到了。但他刚才明显是看到我之后,才转身退出的,就是说他不想看到我,这就有点奇怪。

他再一想:阿秋会不会是来找陈为人的?

这次任务,是张唯一亲自去他原来的老虎灶布置的,张唯一说得很清楚："派你去，是在关键时刻出手帮助陈为人和韩慧英同志，另外还有李沫英同志，她的掩护身份是他们家的用人。平时如果他们不找你，你不要去找他们，有什么情况可跟小妹联系。但如果事情特别紧急，你可以破例去找。"

今天的情况，显然不属于特别紧急，连紧急也谈不上。但是，肯定是一个情况。

去年初夏，陈为人夫妇突然搬离那个亭子间后，独臂阿秋一开始并不知情，继续在弄堂口守了好几天，后来去问宁波二房东，才知道陈为人夫妇已经搬走。然后，他便从弄堂口消失了。

对此，刘阿毛都看在眼里。他也把这事跟小妹说了，让她跟张唯一和韩慧英转达。张唯一和陈为人各自判断了一下，觉得不管这个独臂车夫有何目的，现在已经搬到了离原址较远的新住处，可以暂且不理。

刘阿毛想到这里，心里盘算：如果阿秋确实是来盯梢，那么他肯定要再次出现在弄堂口。如果他不再出现，就是说今天早上只是碰巧。但如果是前者，奇怪的是，陈为人长年深居简出，韩慧英又刚生了小孩，更是不出门，进进出出的只有李沫英，但阿秋应该不认识她。

想到这些，他便打定主意，如果没有新情况出现，等下次跟小妹接头时，跟她说一下。如果有新情况出现，他就直接跟李沫英说。

一个多礼拜过去了，新情况并没有出现，跟小妹也没有接头。

这些天里，每天早上照例看到李沫英从老虎灶门口经过，她最多朝店里瞥一眼。每次刘阿毛瞥见她，就想把独臂阿秋的事跟她说，但想到张唯一说的不到万不得已不主动联系的组织纪律，便没有开口。

这一天中午时分，老虎灶只有两个茶客，刘阿毛正坐在一边吃隔壁大饼店早上卖剩下的油饼，对他来说就是一顿午饭了。这时，门口闪进一个人，黑壮身形，布衣短衫，头戴一个西式便帽，空着一只袖子。

还没等刘阿毛开口，独臂阿秋径直走向他，笑着说："阿毛老板，你生意越做越大了，开新店啦。我上个礼拜就看到你了，放下客人就要进来找你，刚要进来，想起黄包车停在弄堂口不要被人偷掉，就回去拿车，正巧有个生意，就没再进来。"

刘阿毛心想：这个阿秋是个厉害角色，他上个礼拜来过，怀疑被我看到，今天一进来就把这个事情圆了过来。马上给阿秋倒了杯茶，笑着问道："那今天怎么又来了？"

"正好拉一个客人到隔壁弄堂口，想起你阿毛老板，就过来看看你。"用手一指门外，"你看车子就停在门口，不会挡掉你生意吧？"

刘阿毛摆手道："不会不会，吃好中饭本来就没啥生意。再说来泡开水的，不像坐你黄包车还要考虑考虑，走到这里总归会进来的。"

随便又说了几句，阿秋像突然想起一件事："对了，我最近找到一个长包车生意，那个老板就住在左手过去第二个弄堂里。以后我要经常到你这里坐坐喝杯茶，阿毛老板到时候不要讨厌我啊。"

刘阿毛心中一凛，马上试探道："你就当这里是自己家里，去年你还帮我吓跑了闹事的流氓，我还没有谢你呢。不过，你说那个长包老板住在左手过去第二个弄堂，那里也有一个老虎灶，你哪天拉车吃力了，那里也可以休息。"

阿秋喝了一大口茶，道："看到阿毛老板了，我就啥地方也不去了，一定要坐在你这里。"说着，把上身靠在墙上，一副准备在这里歇一歇的意思。

刘阿毛心中大悔，独臂阿秋这第二次再来，明显是有所图，而他第一次来的时候，自己就不应等小妹接头时再说，而应该作为紧急情况，立即通知李沫英。

一瞬间，刘阿毛脑子里跳出三个办法。一是在店门口守着，如果李沫英出现，立刻向她报警。但问题是，下午和晚上李沫英有时候会出门打个酱油，或者买盒火柴，但并非天天必定出来,这个办法太被动。

二是等明天一早,李沫英买菜经过时再报警。但这样的话,肯定要耽误大半天时间,会不会出问题?

三是现在就进弄堂报警,问题是张唯一布置任务时,只说日常联系找小妹,紧急联系找李沫英,但并未告知具体门牌号。而且现在算不算张唯一说的万分紧急时刻,自己主动上门会不会暴露身份,或者被组织上批评小题大做?

想到这里,他又瞥了一眼旁边坐着的阿秋,只见他眯着双眼,似乎在睡觉,又似乎在盯着斜对面的弄堂口。刘阿毛叫着自己的名字:阿毛,你也是三十好几的人了,要沉住气。

盘算之后,刘阿毛还是决定再看一看,最好是李沫英这时候能出来。盼到晚上八点多钟,李沫英也没有出现。阿秋倒是到门外转了好几圈,一次去的时间比较长,回来说是那个长包客人说,晚上还要用车,让他等着不要走。

刘阿毛又试探了一次:"你等在这里,那个老板要用车怎么找你?"阿秋一愣,略一想马上道:"跟那个老板讲过了,他让我就等在这里,他出门会走几步路过来。"这话虽不合常理,但刘阿毛倒也没法再问什么。

又过了半个多小时,别的店铺陆续开始打烊。老虎灶是不打烊的,刘阿毛一时还没找到合适的帮手,他就吃住都在店里。阿秋不时往外张望,但又尽力克制,坐在墙角的刘阿毛心道：难道他在等什么人？

到了将近九点半，刘阿毛打了个哈欠道："谁这么晚还要出门，那个老板十有八九是睡觉了吧？"

"不会的，他肯定会来的。"话音未落，外面走进一个身高马大的洋人，身上衣服已经肮脏不堪。刘阿毛细看才看明白是一套西装，洋人一头油腻的卷毛上，还黏着几根鸡毛。

只见阿秋招手道："这里这里。"那污秽不堪的洋人身上，散发着一股呛人的味道。若是白天来，别的茶客肯定避之不及。"有吃的吗？我上一顿饭是昨天中午吃的。"听到洋人说一口中国话，刘阿毛也颇感意外。

只听阿秋挪了挪身子，离那洋人远了一点："这里是老虎灶，只有茶喝，一会儿带你出去吃。"说着，阿秋压低了声音，那洋人也压低了声音，但不时有几声争执。

刘阿毛竖起耳朵也听不清，他便起身给老虎灶添柴添水，这样可以从那两人身边经过。隐约听到：三层阁，小孩子，美金等等，最后又听那洋人说到一句：张老板。

刘阿毛表面不动声色，内心大急。最近，老杨头在下午生意淡的时候，常会穿过马路到老虎灶来喝茶，再给刘阿毛这个新来的说点这里的奇闻逸事。刘阿毛想起来，前两天老杨头绘声绘色地说起，有个卷毛体壮的洋瘪三，到那个做湘绣批发生意的张老板家门口闹了两次，都因为以前住在这里的四小姐。

刘阿毛一听,便知说的是陈为人的家。这时听到他说张老板,就坐实了。他担心这两个人今晚就对陈为人不利,心中暗想:现在这个样子,是不能等到明天早上李沫英出门买菜了,必须上门示警。

但还是那个问题,自己不知道陈为人到底住在几号。他下午就想过,实在没办法可以去问老杨头。但现在夜已深,煤球店一大清早就要开门,老杨头想必睡了,如果这时去敲门,老杨头嗓门又大,会闹得动静太大。

刘阿毛使劲敲了几下脑门,自己突然笑了笑,便走过去拍了拍阿秋的后背:"阿秋肚皮饿吗?我夜饭没吃,肚皮饿死了,你帮阿哥一记忙,出门往右手走,穿过前面那条马路,左手三四间门面,买两碗阳春面来。"说着,掏出一些铜板塞给阿秋:"阿哥要照看生意,假使这个洋人也饿了,你就买三碗。"

阿秋虽然面露难色,但正如刘阿毛所料,这是他不便拒绝的。只听那洋人嚷道:"我也要吃的,多买点,再买十个馒头。"

看到阿秋出门了,刘阿毛对那洋人说:"你前一段到35号闹了这么大的事,巡捕房也来问过了,说你再来就抓你。"那洋人一脸不屑地说:"什么35号,那是29号,巡捕房要抓我,连地方也没搞清楚。"

刘阿毛用的是江湖上常用的投石问路之计,那洋人果然一句话就上当。

这天,陈为人工作得比往日更晚,早上李沭英出门买菜时,他才刚刚躺下。自从有了爱仑以后,陈为人就睡在三层阁上了,这样韩慧英也没法督促他早睡,他可以更自由地忘我工作。

睡到中午,韩慧英在二楼叫他吃饭,没见动静。便上到三层阁,一看陈为人还昏睡着,摸他额头正在发烧。

韩慧英轻声道:"为人,你在发烧,要不去看一下医生吧。"陈为人睁开眼睛,先重重地咳了几声,打趣道:"你又要我去看广用医生啊,没事的,可能有点着凉,多喝点热水就好了。"

晚上将近十点,刘阿毛来报信时,陈为人正在三层阁工作。刘阿毛以最简洁的话语,跟韩慧英和李沭英说了当下的情况,并说转告陈为人就行,说完便走了。

听完李沭英的转述,陈为人陷入了沉思。

现在的情况已经可以断定,独臂车夫确实在盯梢,而且他和那个弗朗克沆瀣一气,极可能找上门来。到时候如果他们硬往里闯,有什么办法能拦住呢?若从最谨慎的角度考虑,眼下的情况应该立即将中央文库撤到安全的地方。

但若要撤离也没那么简单。一是撤到哪里去,符合保藏中央文库条件的独立小楼,可不是这么容易找的;二是现在装文库的箱子藏在三层阁的夹壁墙里,经过他这一年多来的日夜整理,已经把文件总量压缩到五个箱子,如果此时贸然搬迁,万一在路上被特务或巡捕截住,岂不是弄巧成拙?

这时,韩慧英安顿好爱昆,抱着刚睡着的爱仑,也上到了三层阁。

"要不要马上报告张老太爷?"韩慧英问道。陈为人点头:"要连夜报告,有小妹的紧急联系办法吗?"根据事先的约定,若遇紧急情况可去找小妹。

"我马上就去小妹家,这里过去大概三里地。"李沫英忽地站起身来,头差点撞到屋顶,她又说,"我走了,如果他们要冲进来怎么办?"

陈为人说:"刘阿毛同志既然来报信了,他肯定会盯住那两个人,他是老地下党,至少能拖一阵。再说,我们也不可能连夜转移文库,你赶紧去吧。"

李沫英回到家,已经半夜一点多了。她快到弄堂口时,往老虎灶看了一眼,发现灯虽然亮着,里面却空无一人。在确定后面没有盯梢后,李沫英才掏出钥匙,轻轻打开了后门。刚要上楼梯,却发现一楼后客堂里,坐着两个黑影。

饶是她这样的地下党员,也惊得差点叫出声。只听一个黑影低声说："沫英，找到小妹了吗？"李沫英定睛一看，原来是陈为人夫妇，韩慧英手上还抱着小爱仑。

"找到了，小妹说马上去找张老太爷，有消息随时会来通知我们。你们怎么都坐在楼下？"

"我们担心晚上有人翻墙或者开锁进来，所以我们都在这里，吓到你了吧？"韩慧英道。

李沫英也摸着黑走过去，找了个凳子坐下，问道："接下来怎么办，我们就坐等张老太爷的指示？"

只见黑暗中的陈为人摇了摇头："我刚才在问慧英，阿毛是怎么找到我们家的，慧英说他对那个洋人用了个投石问路之计。"李沫英道："对，刘阿毛说他随便说了35号，就骗出那洋人说29号，说这叫投石问路。"

陈为人低头沉默了一会儿，轻声道："我在想，我们明天也用一个投石问路之计。"

第二天一早，李沫英依旧提着篮子出门买菜。

经过老虎灶时，看到依旧人来人往，并无异常。她隔着马路看了刘阿毛一眼，只见他轻轻点点头，示意没有情况。等她买好菜回来时，再看老虎灶，只见刘阿毛在向她使眼色，再一看里面坐着一个黑壮的车夫模样的人。虽没看到他的袖子，但李沫英猜到，这应该就是那个独臂阿秋。

没过一会儿,韩慧英穿着一件素色旗袍,走出了弄堂口。自打爱仑出生后,她没出过几次门,一般也就是带着爱昆在弄堂里玩玩。经过煤球店时,正在门口卸货的老杨头说:"张太太,胖了一点了,面色很好啊。"韩慧英昨天一夜没睡,这会儿面带倦容,还带着黑眼圈,但老杨头就是这样的人,做小生意习惯了,闭着眼睛随便夸人。

韩慧英笑了笑,再次感谢老杨头送的礼,便穿过马路,走进了老虎灶。

她一出现在弄堂口,阿秋就看到了,他探出半个身子远远地盯着韩慧英。此时看到韩慧英走了进来,赶紧收回身子,往里躲了一下。

却看到,韩慧英快步直奔自己而来。阿秋立刻站起身,惊讶道:"哎呀,张太太,怎么这么巧,你搬到这里来了?"

韩慧英板着脸,在阿秋的桌边坐下,转头道:"阿毛老板,倒杯茶来。"旁边桌上几个茶客,都有点异样地看着她。当时的老虎灶里,来泡开水的男男女女都有,但坐下来喝茶的女的极少,来洗清水盆汤的更只有男客,不接女客。

"阿秋,这段时间你一直在找我们吧?"韩慧英道。阿秋依然满脸堆笑,用一口苏北上海话说道:"是啊,你和张老板突然之间搬走了,我在弄堂口好几天没看到你们。乖乖,今朝碰到了,真是开心死人哎。张太太你发福咯!"

虽然韩慧英并不比一年多前胖，最近操心的事多，还瘦了一些。但阿秋说她"发福"，也是一句闭着眼睛随便说说的奉承话。

看阿秋这么说，韩慧英把脸色放平和了些："阿秋，我跟张老板一直坐你的车，我们待你也还好吧？今朝早上倒马桶，我们弄堂里有个阿嫂跟我说，昨天晚上她来这里泡开水，看到来我们家闹过两次的那只洋瘪三，坐在里面跟一个只有一个臂膀的黄包车夫在喝茶，两个人头凑在一起，窸窸窣窣谈得热络来。"

阿秋正要开口，韩慧英摆手拦住他，继续道："阿秋你肯定晓得，那个叫弗朗克的洋瘪三，来我们家敲过两次竹杠，扬言说还要再来。你跟他在我们家弄堂口，半夜里窸窸窣窣，是想一起上门来敲竹杠吗？"

阿秋面红耳赤地要站起来，看看旁边几个茶客正看着这里，又坐下压低声音道："张太太，天地良心，我阿秋啥辰光做过伤天害理的事。那个洋瘪三是叫弗朗克，两三个月前，他坐别的车夫拉的车，到百乐门下车，他拿出一块银元，那个车夫接过去说是假的，弗朗克说银元被车夫掉包了，车夫死活不承认，我在旁边看到了，去帮他要回了那块银元。那个洋瘪三说以后要感谢我，昨天又碰到了，他约我晚上来这个老虎灶，说有一笔好生意叫我一起做。"

"就是来我们家敲竹杠？"

阿秋点头道："洋瘪三讲，他原来有个相好的住在这条弄堂里，后来他去找了两次，那个相好已经搬走，来了张老板一家人，据说是做湘绣生意的，他第二次上门去闹，那家人出手大方，拿出一块银元把他打发了。昨天晚上，他就是来问我，要不要跟他一起去再闹一次，不花力气就能赚一块银元。"

"那你们商量好哪天来？"

阿秋急得又要站起来："张太太，你看我阿秋是这样的人吗？我一听，张老板，做湘绣生意的，我想会不会是你们。就吓他说，那个张老板坐过我的车，在上海滩势力不小，特别是跟巡捕房关系好。上次用一块银元打发你，是人家大人大量，你如果再去，当心被巡捕捉进去吃官司。"

说到这里，阿秋用手指指在门口忙着的刘阿毛："我正在吓那个洋瘪三，这只赤佬叫我去买阳春面，我当时真怕我前脚刚走，那个洋瘪三后脚就去你们家敲竹杠。"

韩慧英正色道："阿秋，假使这是真的，那我和我们家张老板还真要谢谢你。我相信，阿秋你从苏北到上海来拉车，也是想凭力气来吃饭，不会做伤天害理的事。我家就住在弄堂里29号，以后假使你在附近拉车子，有空也帮我关照关照，不要让坏人到我们家来。"

此时，旁边门帘一掀，一个浴客一边系扣子一边从里面出来，看到韩慧英在喝茶，赶紧退回去穿戴整齐再出来。

回到家，韩慧英一五一十地把阿秋的话学说了一遍，然后问陈为人和李沫英："你们觉得他的话是真是假？"李沫英说："如果是假的，应该是事先就想好的，编得破绽不多。"她和韩慧英都看着陈为人。

陈为人道："慧英，我让你一早就去找阿秋，并且单刀直入，就是想打他个措手不及，看他怎么反应。从他的这番话来看，还算应对得体，如果是事先编好的话，也是编得不错。对了，我刚才还让沫英又去了一趟老虎灶，趁你在跟阿秋讲话，去关照阿毛一件事。"

韩慧英好奇道："让刘阿毛做什么？"

"为人让我跟阿毛说，让他这两天盯紧阿秋，尤其是慧英试探过他之后，看他有什么反应，去了哪里。阿毛说，他明白了，这两天老虎灶可以托给隔壁大饼店老板娘照看一下。"李沫英道。

韩慧英又问："我这么去试探阿秋，会不会打草惊蛇？"

"昨晚你跟沫英也都问我这个问题，但太晚了，我没细说。我前些年在长辛店组织工人运动时，有个工头对我恨之入骨，他手下有两个流氓，我就猜到他会让那两个流氓来教训我。你们知道我用的是什么办法？"

李沫英道:"就是今天对付阿秋的办法?"

"有点像。当时,我猜那两个流氓会对我动手,但我不知道是什么时候。有一天晚上,我从外面走回工厂宿舍,半道上看到两个黑影冲我走过来,走近了看到就是那两个流氓,手里还拿着家伙。这时候,逃是逃不了的,我一个人赤手空拳,打也打不过。我就马上迎上去,满脸堆笑地跟他们称兄道弟,问他们肚子饿不饿,然后不由分说,拉着他们就走,说请他们吃宵夜。又指着前面的小树林说,还有五六个弟兄在那里等我,一起去吃宵夜。"

"他们就不敢动手了?"李沫英问。

"他们有点怀疑地互相看看,然后说不吃了,他们还有事,就走了。第二天一早,我叫来几个工人积极分子,跟他们说了昨晚的事,他们把那两个流氓骗到那个小树林里,狠狠揍了一顿,那两人再也不敢来了。"

韩慧英道:"那你应该早点跟我说,我就对阿秋说,我们家张老板手下好几个工人就住在隔壁。"

陈为人笑道:"此一时彼一时。长辛店那两个流氓是要对我动手,我才说附近有兄弟在等我。现在阿秋来盯梢,是要了解我的行踪动向。从今天的情况来看,他们马上动手的可能性不大。而且以我长期地下工作的直觉,阿秋不是特务,他最多是特务的眼线。如果不是有这么重要的文库在手上,我还很有兴趣倒过来顺藤摸瓜，看他背后是什么人。"

说话间，后门响起轻轻的敲门声。李沫英道："大概是小妹来了。"走进门来的，却不是小妹，而是房东太太的用人阿珍。

她跟李沫英没见过，都是一愣。韩慧英走过来跟李沫英说："这是房东太太家里的阿珍。阿珍，来收房钿啊，房东太太怎么自己不来？"她知道，房东太太最享受的事，就是一家一家地去收房租。只听阿珍道："太太一个多礼拜前把脚扭伤了，今朝是礼拜六，照例要坐着黄包车出来收房钿，不过她还是要自己出来收房钿，只是叫我陪她出来，刚才出门时下雨了，在弄堂口等了半天，只叫到一辆黄包车。太太想跟我挤一挤，不过又不愿加车钿，车夫不肯拉，就只好让我一个人来了。"

韩慧英道："你们太太不是有长包车夫的吗？"阿珍苦笑道："太太天天乘着黄包车在外面转，那个车夫说吃不消，提出每个月加两块银元，太太不肯，那车夫就不做了。我们老爷是洋行里的买办，每个礼拜天都要带着太太跟洋人聚会，都是叫出租汽车的，这样体面，她说以后收房租都放在礼拜天，坐着汽车一路收下来。"

听到这里，陈为人心念一动。

转眼已经吃过了晚饭，却依然不见小妹的踪影。韩慧英和李沫英都有点着急，陈为人说："一是可能没找到张老太爷，但可能性不大。二是可能白天来引人注目，要等天色完全黑了再来。"

事实证明，陈为人的预料是对的。等到八点多钟，小妹瘦小的身影出现在明月坊中。李沫英开门便道："小妹，真是急死我们了，怎么这么晚才来。"

小妹并不坐下，说道："我把情况汇报了，张老太爷说现在的情况很急，但还不危，他让我晚上过来，这样隐蔽一些。"陈为人见到小妹，咳嗽都自发止住了，站起身说："张老太爷怎么说？"

"三点。第一，从行迹上看，车夫阿秋自身应该是黄包车夫，但做了特务的眼线，对他我们要反盯梢，这个任务交给刘阿毛。第二，如果现在立即搬迁文库，反而是被敌人惊动了，可以暂时不动。第三，马上着手寻找新的文库保存地，一有危急情况出现，立刻搬迁。"

小妹神色自如，但语速极快，交代完毕转身就走。陈为人看着她的背影，自言自语："小妹真是越来越干练了。"

李沫英关上门道："张老太爷和陈老太爷真是英雄所见略同。"陈为人微微笑笑："这都是对敌斗争的经验，希望我们的判断是准确的。张老太爷交代的第三件事，我们要着手做起来。"

韩慧英苦笑道:"又要独门独院,又不能找中介,看来又要像上次那样,自己出去到处找了。"李沫英也是一筹莫展。陈为人问她:"沫英,你女儿跟着外公外婆住在哪里?"

"他们住在南市老城厢,一个大石库门房子的二楼西厢房,那里人很杂。"李沫英有个六岁的女儿,一直由她父母照看。

"华界确实不合适,我们新找的房子还是要在租界,这里有外国势力,有巡捕房,国民党的特务有所忌惮。而无论是南市还是闸北这两个华界,特务都太猖獗了。"

李沫英忽然想起什么:"不一定非要公共租界吧,如果是法租界怎么样?"

在 20 世纪 30 年代的上海,所谓公共租界就是由原英租界和美租界合并而成,区域涵盖了今天的北黄浦、部分静安以及虹口、杨浦两区南部沿江地带。而法租界则在公共租界南面,西至徐家汇,南到肇嘉浜,东至南市老城厢那一带。

陈为人点头道:"法租界当然也可以,我们依托租界,就是要让敌人互相牵制。"

"那我汇报一个情况,在组织上调我来这里之前,我的掩护身份是一个白俄老太太的用人。这个老太太住在霞飞路上,七十多岁,一个人住在一个两层楼的小洋房里,独门独院。"

陈为人颇感兴趣:"白俄老太太以什么为生?"

"她在白俄里算有钱的,所以住洋房、雇用人。据她说,他们家以前开了一家厂,算是资本家,后来俄国革命后,厂被没收了,他们先逃到哈尔滨,后来来了上海。她有些积蓄,平时教教钢琴。"

韩慧英问:"她仇视共产党吗?"

"这个我倒没听她说起,我也没主动试探过。"李沫英道。

"白俄都是俄国革命后逃出来的,他们中很多人是俄国旧贵族,是反动势力。当然,也有一些白俄是知识分子,甚至是贫苦的无产阶级,对他们也要区别对待。沫英,他们有几间屋可以出租?"陈为人道。

"她家是两层楼,老太太年纪大了,就住在一楼,她平时教钢琴也在一楼的客厅。二楼有两个卧室,没人住的,但家具都有。因为老太太有两个儿子都在哈尔滨,她说如果哪天他们来了,楼上两个房间就给他们住。"

陈为人又咳了几声,继续道:"那就是两个问题,一个是房子虽然独门独院,但要跟房东合住;二是虽有空房间,但老太太不一定愿意出租。对吧?"

李沫英连连点头:"还有第三个问题,我离开好几个月了,不知道老太太雇了新的用人没有。如果雇了,又比较麻烦。要不我这两天去一趟,我跟老太太辞工的时候,她还有点舍不得的。"

韩慧英插话道:"还有第四个问题,霞飞路上的小洋房会不会房租很贵，为人连看病的钱都不肯花，"她看了看陈为人，"不过你肯定会说，保存中央文库是公事，看病是私事，公私一定要分明。"

说得三个人都笑了起来。忽然，又有一阵笑声从二楼传来，三人连忙抬头一看，只见爱昆光着两只脚坐在楼梯上，似乎已经听了一会儿，这时看到他们在笑，他也笑了起来。

陈为人心中感慨，平日只埋头整理文库，没多关注爱昆，他已经是个五岁的大孩子了，以后不仅要防隔墙有耳，还要注意楼上有耳。

三个三十出头的大人和一个五岁的孩子笑得正欢，只有一岁多的爱仑在床上睡得香甜，仿佛置身事外。是为1934年初春，严酷而又魔幻的上海滩上，一个特殊但也普通的角落。

第五章
霞飞路

　　李沫英是个办事麻利的人。第二天吃过中饭，便要出门去找白俄老太太。却被陈为人叫住："等一等，让慧英先出门，你去霞飞路应该弄堂口右转对吧，慧英跟你反方向走。让慧英先把独臂阿秋引走，你在路上也要注意尾巴。"

　　李沫英道："慧英现在这身体，还是在家歇着吧，如果阿秋盯我的梢，我会想办法把他甩掉的。"韩慧英连声说没有关系，她坐在屋子里也倦了，正想出去走走。

　　此时的韩慧英，肚子里又怀上了新的生命。对此，她还跟李沫英感慨过，现在形势这么紧张，这孩子来得真不是时候。李沫英一个劲地安慰她，一年多前生爱仑的时候，形势不也是一样紧张，孩子来总是好事，他们都是革命的后继者，我们的队伍又要壮大了。

　　那天韩慧英单刀直入后，独臂阿秋有点躲着她。今天看到韩慧英出现在弄堂口,阿秋的下意识动作是,把身子往里躲了躲。再看韩慧英走出了弄堂口,阿秋似乎犹豫了一下,但屁股刚离了凳子,又坐了回去。过了一小会儿,李沫英出现在弄堂口,阿秋看着不为所动,依旧坐在那里喝茶。

这一切,都被刘阿毛看在眼里,他心想:这个独臂车夫,要么是不按常理出牌的绝顶高手,要么就是初涉江湖的小毛贼,我干地下工作好几年了,没见过这么盯梢的。

那天陈为人派李沫英来向刘阿毛布置任务,要他密切注意独臂阿秋的动向。为此,他还专门跟隔壁大饼店老板娘打了招呼,说这几天可能有事情要出门,到时候请她帮忙看一下老虎灶。现在看来,要么阿秋在等陈为人出门,要么他是真的就喜欢在老虎灶喝茶,当一个上海滩最懒散的黄包车夫。

预料中的盯梢场面没有出现,这让陈为人也很意外。不过,李沫英带回来了一个不算好的消息,倒并不出乎他的意料。李沫英说,那个白俄老太太见到她,有点喜出望外,说自从她走后,请过两个女佣,一个很懒,另一个偷拿过她家的东西,都被她辞掉了。如果李沫英能回去,老太太说是求之不得。

但关于租房的事,老太太说楼上那两间卧室,是为她两个儿子准备的,他们最近很可能要从哈尔滨搬到上海来,如果两家都来的话,那两间房间还不够住,老太太反过来问李沫英,附近有什么合适的房子,她自己也想租。

三人商量下来,只能还是老办法,分头出去找房子。将近一个月过去了,并无多少进展。一天下午,李沫英出去跟小妹接头后,照例带回一些要存入中央文库的文件。她走到三层阁,从菜篮子最下面摸出了这些文件,递给陈为人道:"张老太爷要见你。"

自从在刘阿毛原来的老虎灶里见过,已经有一年多没有跟张老太爷当面联系。而且那次还是隔帘交谈,并未真正相见,他确实有不少事想当面听听张老太爷的意见。他问道:"有没有说时间地点。"

"都没有,张老太爷说他会找你。"

陈为人笑了笑,心想他说不定又要像上次那样,临时通知去老虎灶坦诚相谈,不过这样不事先约定是最好的,符合严酷环境中地下工作的基本准则。

他又想:不知这次是老虎灶呢,还是小饭店,或者是别的意想不到的地方。

又过了两天,没等到张老太爷的消息,却等来了长脚鹭鸶房东太太。她今天打扮得格外用心,一件淡绿色的旗袍,更显其瘦高骨感的身材,脸上浓施粉黛,嘴唇涂得血红,大嘴一张便似乎要咬掉身边矮胖买办身上的一块肥肉。

那是下午四点多钟光景,房东太太从一辆道奇出租车上下来,和胖买办一起走进弄堂,身后还跟着一个穿洋装、头戴宽檐礼帽、手拎皮包的中年男人,看着就是两人的跟班。胖买办走不快,下车时跟房东太太还肩并肩,瞬间已经相差十来米远,跟在后面连滚带爬的胖买办,引来好几个人围观。

只见房东太太回过头大喝一声:"不要跟来了,回到车上去,衣服弄脏了怎么去见洋人?"胖买办听此言如遇大赦,回过身擦着头上的汗便往外走。

李沫英不在家,是韩慧英开的门。房东太太一进前门便道:"张太太,门不要关了,辰光交关紧张,我拿了房钿马上要走,今朝夜里几大洋行老板都来了,我们要早点去招待。"那个跟在后面的拎包男,就站在前门外。

韩慧英递上已经准备好的房租:"房东太太真辛苦,你点一点对不对。"

"哦哟,点啥啦,这么多辰光住下来了,你们啥辰光少过房钿。还有呢,下趟子不要叫我房东太太了,我先生姓沈,就叫我沈太太。"长脚鹭鸶边说话,边迅速打开钱袋,眼睛扫了一下,确认金额无误,回身就要走。

却听陈为人道:"沈太太稍等,耽误你一会儿。想跟你商量一下,因为我做生意本钱需要周转,以后每个月二十二块银元的房租，能不能改为一礼拜一付？"

一听这话，长脚鹭鸶何等精明，马上道："这个么，可以当然是可以的，不过呢，这样子一个月就不能是二十二块银元了。"

"以后每个礼拜付给你六块银元，加起来一个月二十四块，比现在多两块，你看怎么样？"

"张老板真客气，可以可以，反正我每个礼拜天都要出门的，以后我每个礼拜天来收房钿。"长脚鹭鸶甚是高兴，心想多跑几趟却能一个月多赚两块银元，何乐而不为？

"不过还要麻烦沈太太，我有几个大客户，他们也学着洋人的样子，每个礼拜天要一起吃大餐谈生意，地方也在霞飞路上，我要带几箱湘绣样品去给他们看。到时候，能不能搭一下沈太太的高级轿车？"

长脚鹭鸶顿时拉长了脸："张老板，照道理这也没啥问题，不过，你也晓得我们礼拜天辰光很紧张的，要先把你送到么，耽误我们的辰光，要是送好我们再送你么，你也晓得油钿很贵的。"

陈为人立马道："我就到沈太太去的地方下车就行，现在的黄包车分大照会和小照会，有的只能在公共租界里拉，有的只能在法租界，有的只能在华界。我只要搭汽车到法租界，再叫一辆黄包车就方便了。"

"OK！"长脚鹭鸶学着胖买办的样子，用手比了一个 OK 手势，一阵风似的走了。

韩慧英刚要关上前门，那个原先站在门外的跟班却没有跟着走，反而一闪身溜了进来。韩慧英吃了一惊："你找谁？"

跟班一言不发，径直走进前客堂。韩慧英追了进来，刚要伸手拉，却听陈为人道："慧英，赶紧去把前门关上，这是张老太爷。"

看到韩慧英把前门关上了，跟班才把礼帽摘下，冲着陈为人夫妇笑笑，不是张老太爷是谁？韩慧英奇道："怎么为人就能认出来？"也不等他二人回答，她继续道："张老太爷，你怎么亲自上门了？"

陈为人也问道："自从沫英带信说你要见我，我这两天就在想我们这次会在哪里见面，没成想你还送上门来了。是跟着房东太太的指引来的吗？"

"沫英跟小妹说过，每个月的一个礼拜天下午，那个长脚鹭鸶房东会带着她矮胖老公，坐着一辆出租汽车，来你们这里收房钿，我一算今天她应该来了，就在弄堂口候着。他们一个长脚干瘦，一个矮个滚圆，还坐市面上不多见的出租汽车，我能认不出来吗？"

陈为人点头道："你这是一个奇招，如果约我出去的话，弄堂对面有独臂车夫盯着,还不知道他身边有没有同伙。你假扮房东太太的跟班一起上门,倒是谁也想不到的。"三个笑着,韩慧英道:"我带着爱昆和爱仑去弄堂里放哨,你们谈。"

陈为人起身倒水,张老太爷道:"你刚才跟房东太太说的我都听到了,你是想用暗度陈仓之计吧?"

"看来什么都瞒不过你,我还以为你要问我,为什么要平白无故多给她两块钱房租。你亲自来,有什么大事吗?"

"有三件事,挑重要的先说。最近,一名交通员从中央苏区到上海送银元,胡公命他来问,中央文库的整理进展得怎么样,保存得怎么样,安全情况怎么样?"

"胡公是用密语问的?"陈为人问。

"对,是他和我约定的密语,只有我们两个人懂,交通员只要记住照样子跟我说就行,回去同样如此。"

陈为人说:"目前,经过两年的整理,文件的时间判定、整理分类和裁剪誊抄工作基本完成,现在还在进行文件目录编辑。一会儿等沫英回来,让她守在一楼,我带你上三层阁看看。"

张唯一点头,陈为人继续道:"我还在想一件事,现在文库虽然有秋白同志拟定的《文件处置办法》,这是针对怎么处置文件、整理文库,而等文库整理工作全部完成后,还应该编写一个《开箱必读》,告诉后来者现在的文库是按什么思路整理的,怎么查找文件,你觉得呢?"

"非常有必要,你能否具体说说?"

说到这里,触到了陈为人的兴奋点:"我考虑,《开箱必读》共分两部分。第一部分可以叫装箱注解记,也可以叫'装箱记',就是记录这五只文件箱分别装入的是什么文件、资料。第一箱是中共中央和共产国际文件;第二箱是中共顺直省委、鄂豫皖中央分局、闽西特委等十八个地区的文件;第三箱是中共上海区委、河南省委、湘鄂西中央分局等十个地区的文件;第四箱是不断送来,还未整理的文件;第五箱是中文和俄文书籍、刊物。第二部分是开箱注解,也可以叫'开箱记',首先说明要查找库藏文件、资料,必须按目录次第去检查,何种文件在什么目录中,是有轨可循的;其次要遵守保管制度,切忌乱开乱动,用完文件、资料后,仍须按照原有次序放好。"

陈为人说到这里,打住道:"你跟胡公带信,说不了这么详细吧?"

"说不了,我会扼要概括,然后用密语告诉交通员。为人同志,你真不容易啊,一个人完成了这么多文件整理工作。"

陈为人却摆摆手:"哪止我一个人,不是还有你、小珠、沫英和慧英吗?对了,还有机警的刘阿毛同志。"

提到刘阿毛,张唯一道:"刘阿毛最近跟我汇报了那个独臂车夫的情况,他说那车夫天天坐在他的老虎灶,见到韩慧英出门，他会过去问一声要不要坐车，如果慧英说不要，他也不纠缠，也不跟踪。看到李沫英出门，他就像完全不认识。你是不是前段时间出过门？"

"独臂阿秋刚出现的那个礼拜，我考虑文库的安全，就没出门。后来因为考虑到我的掩护身份是湘绣批发商，长久待在家中会引起怀疑，我一般隔天出门，他看到我会跑过来问要不要车，我坐过几次，都是让他拉到饭店门口，假装去谈生意。"

张唯一点头："刘阿毛也说，你如果不坐他的车，他也没有盯梢。阿毛还说，对于这么奇怪的盯梢人，他从没见过。其实，我也没见过国民党的特务是这么盯梢的，我们中央特科也不是这么盯人的。"

"我的感觉是，这个独臂阿秋本身并不可怕，但问题是不知道他是受谁的指使，他的身边还有没有别的同伙。也许只负责辨认我们，而其他同伙负责跟踪。但照理说，如果他的任务只是负责辨认，认一两次也就完成了，为什么一直盯到现在？"

对于陈为人的分析，张唯一是完全赞同的，他们的商量结果是——在找到合适的地方后，还是要尽快搬，但搬迁文库必须万无一失，千万不能上了敌人的引蛇出洞之计。

陈为人道："这些日子，我一直在想办法，其中一个办法刚才你也听到了，你觉得怎样？"

"是个好办法，你们见机行事就行。还有第三件事……"

话说到这里，后门吱呀一声，李沫英进来了。她走过来，冲着两人点点头。显然，在弄堂里已经遇到韩慧英了。张唯一说："沫英，你在一楼守着，我们上一下三层阁。"

走进三层阁，张唯一是亦喜亦忧。喜的是，看到陈为人已经把文件压缩到了五只箱子，而且整理得井井有条。忧的是，这里空间狭小，窗户紧闭，空气浑浊，炭火盆里还在冒烟。

"为人同志，你一定要注意身体啊，这种环境对你的肺太不好了。刚才你不是说文件裁剪已经基本结束了吗，为什么炭火盆里还在烧纸？"

陈为人边咳嗽边说："我刚才说的是基本结束，还有小妹那边不断送来的新文件，需要剪裁整理。刚才你说的第三件事是什么？"

"就是小妹，"张唯一放下手中翻看的文件道，"现在上海的中央机关人手紧缺，组织上把小妹换到其他机关工作，以后你跟我之间，由李沫英同志直接联系。"

张唯一又有点歉意地说："其实，组织上原来的决定是把沫英也换一个工作，机要交通员由韩慧英担任。但我知道，慧英又怀了孩子，家里还有两个孩子要照顾，而且你的身体不好，就提出来让沫英工作到慧英坐好月子。以后的工作会越来越辛苦，你们要做好思想准备。"

"请组织上放心，这点困难我们可以克服，沫英该调动也调动吧,她是一位非常能干的好同志。"

两人放好文件,下到一楼,张唯一正想叮嘱李沫英几句,沫英却先开口了:"我有一件事要报告。下午我又去看望了那个白俄老太太,她见了我直流泪,说是前两天收到了两个儿子的来信,他们表示自己很愿意跟母亲住在一起,但两个儿媳希望不要打扰她的正常生活,他们打算在外面租房。"

陈为人道:"所以老太太愿意把房子租给我们?"

"是的。老太太的伤心在于,两个儿媳都不愿跟她住,她说那两个房间空着也没用了,干脆租掉。而且因为是我去租,她愿意减少三分之一的租金,每个月一共十五块银元。"

因为张唯一不了解情况,陈为人跟他简单说了一下,并征求他的意见。

张唯一想了想说:"原来胡公临走时,关照过中央文库尽可能保存在独门独院的房子里,这样更安全。但他也说,可以根据实际情况随机应变,关键还是安全二字。这里明月坊的房子虽然符合要求,但那个独臂车夫和美国水手出现,情况有了新变化。而且,如果工作做得好,那个白俄老太太也可以成为我们的掩护。"

然后,他跟陈为人说:"你是不是去见一见白俄老太太,算是商量租房的细节,趁这个机会观察一下。"

一周后。

又是礼拜天的下午,还是四点多钟,明月坊弄堂口又驶来一辆道奇出租车,车里走下来的又是一个瘦高一个矮胖的中年夫妇,又是瘦高女人快步走在前,矮胖男人连滚带爬跟在后。

老杨头正好从弄堂里出来,因为经常看到这两人也熟了,便招呼道:"上个礼拜你们带的那个跟班人样子老好的,今天怎么没带着?"长脚鹭鸶听了一愣,也不知道老杨头在说些什么,继续大步向前。

前几天从霞飞路白俄老太太那里回来,陈为人就让韩慧英和李沫英开始整理东西了。陈为人的重点是中央文库,而两个女人整理的东西很多,跟上次搬家不同的是,现在有了爱仑,孩子的东西多了不少。

白俄老太太对陈为人印象不错,问起要来住几个人,陈为人如实告知,除了他们夫妇,还有两个小孩子。他知道,对于房东来说,带着孩子的租客并不受欢迎,一是孩子比较吵闹,二是孩子调皮,容易弄脏甚至弄坏家具。

没想到,老太太听说他有两个儿子时,表现得非常高兴,还说起她两个儿子小时候的调皮故事。说着说着又伤感起来:"儿子们肯定是愿意跟母亲住的,但他们的太太不愿意,这也不能强求。我们俄罗斯有句谚语——站着的客人不容易招待,两个儿媳妇不愿意坐下来,我也不能非拉着她们坐。"

接过韩慧英递上的六块银元，长脚鹭鸶一想到以后每个月多赚两块银元，便心情舒畅，问道："今朝张老板要坐我的车吗？"这时，陈为人已经提着一只大皮箱，从三层阁下来，走到天井里说："沈太太，今朝就要麻烦你们了。"

"客气啥，"长脚鹭鸶边说边转身出门，却和刚刚走到门口的胖买办老公撞了个满怀。胖买办人矮重心低，只是晃了晃，长脚鹭鸶被撞在腰眼上，已是站立不住，坐倒在地。

她坐在地上正要发作，韩慧英和李沫英赶紧过来搀扶，只听长脚鹭鸶道："哦约喂！"所有人都以为她要骂胖买办走路不长眼，没想到她说，"张太太，看你的肚子，你又有喜啦，我就讲过嘛，这个房子风水好，张老板的生意也肯定越来越好，下半年开始，应该涨房钿咪！"

走到弄堂口，长脚鹭鸶指着路边停着的一辆小汽车："张老板，就是这辆 Silver Taxi，车子是好的，价钿也是贵的。"陈为人一看，这是一辆车身全部漆成银色的道奇车，在车身中间还漆了一条红带，车标是一辆飞驰的出租车，表现服务迅速的特点，上面还有"30030"这几个数字，想必是这家出租车公司的叫车电话了。

趁着司机帮他搬箱子，陈为人抬头往对面老虎灶看了一眼，独臂阿秋正跟另一个喝茶的车夫聊天，似乎没有注意到这里。

汽车开出二三十米，坐在副驾驶座位的陈为人看了一眼后视镜，却见后面跟着一辆空的黄包车，车夫用左手拉车，右手的袖子轻轻飘荡，独臂阿秋跟上来了。陈为人没看到的是，在阿秋黄包车后面十来米处，还跟着另一辆黄包车，车上坐着一个瘦小的男人。

马路上汽车很少，黄包车和穿马路的行人则不少，再加上这段路比较窄，道奇车并不能体现商标上的飞驰风采。陈为人看到，阿秋依然不远不近地跟着。

转过一个弯，开上了一条大马路，司机仿佛圈养的猎犬下楼放风，猛然间加速，把道奇车开成了公司的商标。后座的沈太太一阵欢呼，一只长手臂伸出车窗，似乎在感受风的吹拂，又似乎在向路边的行人和黄包车炫耀。

陈为人再看后视镜，独臂阿秋拉着车已经跑了起来。

"张老板，你知道吗，同样这段路，汽车比黄包车的价钿差了天上地下，给司机的小费就够黄包车车钿了。"一路上，沈太太把这句话反复说了两三遍，陈为人只是敷衍着，心道：这话的意思是想让我出司机小费，这我可不接。

再看后视镜，阿秋和他的黄包车已经不见了。他回过头，转移话题道："沈先生天天跟洋人打交道，市面做得大，小汽车进进出出。"但见胖买办也学着沈太太的样子，想把一只胖胖的手臂伸到窗外，只是手臂实在太短，只有手掌露出了车窗。

用这个回头的工夫，陈为人朝后窗扫了一眼，独臂阿秋果然没跟上来。原来陈为人担心后视镜有盲区，回头看一眼再确认一下。

道奇车已经进入法租界，街面上巡逻的印度阿三不见了，改成了全副武装的安南兵。越南是法国的殖民地，这些安南兵是从当地征来管理法租界的，最多时据说有将近1000人。

只见前面一个路口，五六个安南兵正在检查来往的黄包车和行人。沈太太道："张老板，今朝请你看看我们家沈先生的身份。"道奇车继续往前行驶，几个安南兵看到车开过来，便闪开了身。沈太太却大声叫司机慢点，汽车慢慢开过安南兵身边时，胖买办早已把车窗摇了下来，用法语连说"bonjour"，几个安南兵看了看他，挥手示意过去。

"怎么样张老板，今朝见识了吧。"听沈太太这么得意地说，陈为人忍不住要笑出声来，他发现安南兵并没有准备查这辆车，而胖买办却故意挥手打招呼，意思是他面子大，安南兵看到他才放行。陈为人想，如果车上没别人，不知这对夫妇还演不演这出挥手致意的戏。

道奇停在了库兹明花园餐厅门口。司机下车帮着搬下了陈为人的皮箱，沈太太把司机小费相当于黄包车钱的话又说了一遍，看陈为人只管低头取箱子，便有点不情愿地把车钱和小费一起付了。

陈为人刚要提起箱子，却被一只胖手牢牢按住。他抬头一看，只见胖买办似笑非笑地对他说："张老板，你这箱子里面都是湘绣样品吗？"

"是啊，给几个生意上的朋友打打样，他们觉得好才会订货。"

"今朝我们时间还早，能不能打开箱子给我们见识见识？"

陈为人推脱道："马路边上打开不合适，你看街面上这么多要饭的难民，他们要是来抢东西怎么办？"

胖买办不为所动："没关系的，我帮张老板把箱子搬到饭店里去，到了里面给我们看看。"

陈为人很为难："我跟那边几个生意朋友约的时间快到了，要么下礼拜你们来的时候，到我家里来看。"

沈太太一开始似乎没明白，只在旁边看着，这时候也来帮腔："就几步路，进去给我们看看，说不定我们觉得好，也要跟张老板订货呢。"说着，伸过长胳膊，提起箱子就朝饭店里走。陈为人在后面急道："等一等！"

沈太太大步流星已经走进了饭店，把箱子放在进门处的一个桌子上。胖买办这次脚步勤快，丝毫没有落下。

陈为人紧跑几步，把手按在箱子上："沈太太，这批样品还是大路货,我下次给你带点好的来。"

胖买办已经抓起他的手,紧紧握住:"大路货有啥关系,我平常只做洋行生意,对绣品不懂经,打开让我们开开眼。"说着,给沈太太使了个眼色。

沈太太伸出两个长臂膀,迅速打开皮箱。胖买办也松开了陈为人的人,直往箱子里看。只见里面装满了各种荷包、椅垫、桌围、枕套、手帕等等,上面是各种湘绣图案。胖买办夫妇七手八脚地拿起来,一个一个地看,一个说这块好,一个说那块好。

陈为人在椅子上坐下,看着他们在箱子里翻,过了一会儿道:"两位这么喜欢湘绣,那我倒要问问你们,你们都知道苏绣、广绣吧,那你们知道湘绣跟他们有什么不一样吗?"夫妇俩继续翻看着,胖买办还踮着脚尖往箱子下层看,一起先点点头,接着又摇摇头。

"那你们听好,湘绣针法的特点叫做参针,也叫乱插针,跟齐针对着绣的话,绣出来的东西就有立体效果。参针中呢,有接参针、拗参针、直参针、横参针、毛针,还有排针、游针、花针、钩针、孔针、刻针、打子,绣工讲究的是绣花能生香、绣鸟能听声、绣虎能奔跑、绣人能传神……"

"好了好了张老板,这么好的绣品看着就舒服,你也不用多讲了,送我们一块吧。"沈太太打断陈为人,干脆直话直说。

她也不管陈为人答不答应，又翻了几下，拿出一个枕套说："你看这朵花绣得多好，送给我们吧。"

却被胖买办拦住，他拉出一块桌围："这块最大，这块好！"

若非顾虑着肚子，韩慧英一定笑得跟李沫英一样，腰都直不起来。她慢慢止住笑道："为人，你觉得他们是真想贪小便宜，还是想找借口检查你的箱子。"

"其实，我今天带着这一大箱湘绣出门，就是准备被搜的。一是准备被盯梢的阿秋叫来特务搜，二是准备路上被巡捕搜，像公共租界的印度阿三和法租界的安南兵都有可能。但被这房东夫妇搜，倒是有点出乎我的意料。"

这两年，陈为人一直在做文件整理，说话也越来越习惯用一二三四了。韩李二英都认真看着他，听他接下来有没有三和四。

"房东夫妇的这个举动，虽然说夸张了点，但一是符合他们平时贪便宜的个性，二是今天房东太太一路上暗示我，希望我来付司机小费，看我没答应，她可能就想拿块湘绣，三是胖买办先动手，因为他比房东太太更贪小，有一次他们来收房租送来一盒月饼，临走时他还拿走了两个。"

李沫英插话道："不过，这还不能排除他们故意查箱子的可能。"

"对，确实不能排除。所以我想，如果接下来没有特殊情况的话，下个礼拜还要再试一次。"

韩慧英忽然想到："你说你下午一出门，阿秋就跟在后面，小汽车开得快，他就在后面跑起来了。不知道刘阿毛有没有跟着他？"

"我要求阿毛盯阿秋的梢，他肯定会跟的。现在这么晚了，他没来找我们，说明应该没有紧急情况。沫英，一会儿辛苦你去打一壶开水，问一下阿毛下午的情况。"

李沫英边答应着，边拿起开水瓶就出门，不到二十分钟就回来了。"独臂阿秋不在，阿毛说阿秋下午肯定在盯为人的梢，他在后面也盯了阿秋一路。说阿秋跑了一段路，看到跟不上小汽车后，也就不跟了。先是掉头往回走，路过一个黄包车夫经常吃饭的普罗小饭馆，吃了两大碗饭和豆腐汤、素鸡，休息了一会儿出门正好有生意，就拉车去了虹口，放下那个客人后，他空车往回拉，路上没有生意，一路回到了老虎灶，坐下来喝茶。阿毛说，他自己一路上换了黄包车，这样比较隐蔽。我去打水的时候独臂阿秋刚走，还在隔壁大饼店买了几块卖剩下的便宜大饼，说带回家给几个小把戏吃。"

陈为人竖起了大拇指："刘阿毛盯得不错，连阿秋吃什么都看得清清楚楚，相比之下更显得阿秋盯梢并不职业。"

一个礼拜后,又是房东夫妇来收房租的日子。

从这个礼拜三开始,独臂阿秋就没在老虎灶出现过。刘阿毛带给李沫英的消息是,阿秋前两天就在嘟囔他家小六子病了,看阿秋无精打采的样子,似乎病得不轻。阿秋还说,他已经死了两个儿子了,不能再死了,一定要把小六子治好。

听到这个消息,韩慧英就跟陈为人商量,要不要趁着阿秋不在的机会,这个礼拜天就别再试探了,干脆把五个箱子一起搬到霞飞路去。

陈为人却紧锁着眉头,没有说话。

到了礼拜天下午,刚过了三点,韩慧英就把今天要给房东太太的六块银元,从柜子里拿了出来。但四点多没来,五点多没来,现在已经六点多了,依然不见房东夫妇的人影。李沫英假装买东西,已经到弄堂口去看了三趟,回来都说没见到小汽车的影子,阿秋也不在老虎灶。

这时,前门响起了很响的敲门声,一听就是沈太太来了。李沫英一开门,沈太太的长腿便跨了进来,回转头说,关门关门。

看到李沫英有点诧异,她马上说:"不要让这个死老头子进来,一点用场也没有。"她说,他们约好银色汽车公司的车子下午三点半来接,结果二点多钟,银色公司打来电话,说是最近油价上涨,原来给他们享受的长包车车钿优惠要取消了,她就让胖买办坐着黄包车去汽车公司理论，结果对方只答应今朝还优惠，下次开始不再优惠。

"你们说这个死老头子有啥用，买块豆腐撞撞死算了。"说了好一会儿，前门才响起敲门声，想必是胖买办刚刚走到。

沈太太再次关照李沫英，不要去睬他。然后对陈为人说："张老板，实在是过意不去，现在车钿涨价了，今朝开始搭车就不好白搭了，也不要你多出，一块银元一趟就可以了。"

陈为人见此情景，跟沈太太讨价还价了几句，见她坚决不肯。便道："那好，一块就一块，今朝要看样品的人多，我带五只箱子，你车子里放得下吗？"

"有啥放不下。"长脚鹭鸶用长臂朝着门外一指，"叫这只老东西不要乘车了，自己走着去。"

第二天早上八点多钟，李沫英满脸倦意地出现在菜场中。回家路上，按惯例买了两副大饼油条。与以往不同的是，她路过面包店时，特意进去买了一个大面包。

回到家，她走进厨房，麻利地热了牛奶，切下几片面包夹上火腿，放在餐盘中端到了餐桌上。这时，看到韩慧英从楼上下来，便问道："他睡了吗？"韩慧英轻轻摇头："不肯睡，又开始忙那事了。"

就这样，陈为人一家住进了白俄老太太扎哈洛娃在霞飞路的小洋房，李沫英的身份改成了扎哈洛娃的女佣。

昨天下午，陈为人突然决定立即搬运中央文库，让韩李二人大吃一惊。她们虽不清楚陈为人的想法，但知道肯定有他的道理，帮着一起把五只箱子搬到了弄堂口的道奇车上。

随后，按照陈为人上车前的嘱咐，她们连夜带上两个孩子和家里最重要的东西，雇了两辆有"大照会"的黄包车，从公共租界进入法租界，住进了扎哈洛娃老太太的家中。而陈为人等她们到后，又和李沫英连夜返回明月坊，拆掉了三楼的夹壁墙。由于陈为人体弱，李沫英还去老虎灶叫来了刘阿毛，帮着一起拆墙并倾倒废砖。

当第二天一早，陈为人和李沫英再次坐着黄包车离开明月坊时，这座三层石库门房子的文库保存使命便告终结。

回到霞飞路，李沫英让已经明显体力不支的陈为人上楼睡觉，同样一夜未睡的她则开始了买菜等一天的工作。跟明月坊最大的不同是，这里有抽水马桶，倒马桶从此可以省去。

韩慧英和李沫英心中的疑团，从昨天到此刻，一直没有机会问陈为人。

吃过早饭，韩慧英就出门了，直到下午两点多才回来。李沫英等得焦急，说一个孕妇怎么还到处跑。陈为人却不着急，只说这事不好办但也不难办，下午应该能回来。李沫英不知他打的什么哑谜,想问却还是摒牢了。

韩慧英回来后,陈为人把李沫英也叫到楼上卧室。此时爱仑在睡午觉,爱昆则在楼下客厅里,对柜子上摆放的各式物件甚是好奇,一头白发的扎哈洛娃似乎对他很有耐心,在给他一一讲解。

"我知道你们有很多问题要问我,不过再等一等,还是慧英你先说说今天办的这件事吧。"

韩慧英正在大口喝水,便道:"你不是叫我去找沈太太退租吗,我上午到她家,却说又出门了,好在阿珍跟我熟了,叫我进去坐着等。等沈太太回到家,她听我一说,"陈为人接口道:"就开始骂人。"

"是啊,她连连拍着大腿说,我老早就看出来了,你们家张老板这个生意人啊,比犹太人还要精。上次他说因为资金要周转,原来月付的房钿,要改成一个礼拜一付,还讲每个月多给我两块银元。我就觉得哪里不对劲,也怪我钻到钱眼里了,就看中那两块银元。没想到,张老板已经准备退房子了,本来退的话要付我一个月的房钿,现在只用付我一个礼拜房钿,这只赤佬实在是太精了。"

李沫英笑道:"那你没有帮张老板申辩几句?"

"她哪里容我说话。她接着又说,昨天我说出租汽车租金涨价了,张老板要搭车的话要出一块银元。没想到,他马上就上楼拿出五只大箱子,把一辆道奇车塞得扑扑满,我家老头子只能叫了黄包车去。张老板这是出一块银元,就把家搬了啊,我这只寿头,真是帮他搬家了。"

韩慧英说,沈太太拍着大腿足足说了一个多小时,还威胁要拉张老板去巡捕房,后来阿珍在边上说了不少好话,气才慢慢消了点。但说退房可以,不能这么就退了,一定要去明月坊看一看,房子里东西有没有少,房子有没有弄坏。

"结果叫我跟她一起坐了黄包车去,我说我害喜,就在一楼等着,她上上下下看了好几遍,也没看出什么问题,就跟我说,今天两辆黄包车来回的车钱要我付。"听到这里,三人俱是忍俊不禁。韩李二人笑罢,便齐齐盯着陈为人。

陈为人知道,自己不能再卖关子。"我知道你们要问我,昨天为什么这么着急搬迁文库。因为有两个因素同时出现,促使我下了决心,二者缺一都不行。"

这时,躺在床上的爱仑连着翻身,似乎要醒过来。韩慧英赶紧过去哄他,对陈为人道:"你赶紧说吧。"

"因素之一,就是刘阿毛的报告,他礼拜三就说独臂阿秋不见了,此后几天他天天这么报告。这是一个特殊情况,你们都知道,根据地下工作的经验,如果一个长期盯你梢的特务,突然有一天开始主动不再盯梢,只有两种可能,一是对方的上司认为你已经排除嫌疑,主动把盯梢撤回去了,二是对你的怀疑已经确认，马上就要动手了，为了避免这几天盯梢不慎打草惊蛇，也要把盯梢先撤回。"

韩李二人连连点头。陈为人继续道："我那几天一直在想要不要马上搬，但仅此一项，还不能促使我下决心。昨天，沈太太不仅晚到，还要我每次搭车付一块银元，就让我打消了再试探他们一次的念头。"

李沫英问："因为他们不像要引蛇出洞？"

"对，如果他们心怀鬼胎，要我把机密文件带出去，应该让我觉得一切平稳，而不是突然打破惯例迟到这么久，更不应该提出搭车收费。"

"所以你马上上楼搬下了箱子，但我记得你上上下下费了点时间，还不要我们帮着搬。"

等韩慧英说完，陈为人点头道："确实如此，五只箱子我是分五次搬的，其实其中两个小一点的箱子可以一起搬，我之所以还是分开搬，是要观察一下沈太太尤其是被她关在门外的她老公的举止。每一次我从三层阁里看下去，沈太太都在很焦急地催着早点走，门外的胖买办更是一脸的沮丧，想拍门又不敢拍的样子。他人在门外，在这段时间内一直保持这种状态，也只有两种可能，一是他是特别老练的特务，知道门里面的人可能从一个特别的角度观察他，二是他没有装，神态是真实的。"

听到这里，李沫英道："为人，你不去领导中央特科的行动队真是可惜了。"韩慧英道："他这身体还能去特科？"

陈为人笑道："中央特科行动队是主动除敌，需要胆大心细计划周密。我们保护中央文库是被动应对，需要见招拆招随机应变。这两个工作都很重要，不分高下。"

1934年末，连续半个多月来，阳光意外的和煦，让一些文人在小报上搔首弄姿地感慨，这是一个最适宜谈恋爱的季节，因为天气有着春天的温暖，却又没有杨柳和梧桐满街飘絮的烦扰。他们话音未落，居然就下起小雪来，到了礼拜天的傍晚，雪片已经大如鹅毛。

扎哈洛娃正在厨房中忙碌，她放下手中的汤勺，抬头凝视着窗外的大雪，自言自语道："真像回到了圣彼得堡。"

此时，韩慧英生下女儿已经一个多月。扎哈洛娃几天前提议，礼拜天她下厨请他们吃一顿俄国大餐。等老太太端着汤锅和餐盘从厨房出来，陈为人夫妇才知道，所谓大餐就是两道菜：红菜汤和煎猪排，再加一些面包当主食。

扎哈洛娃抬头看了看时钟，已经过了六点，显然她还要等什么人。没一会儿，敲门声响起，李沫英打开门，门外大雪中站着一个老头。"弗拉基米尔，怎么来晚了？"扎哈洛娃问道。

那个老头走进门来，举起右手的纸袋子说："聚会的夜晚，怎么能没有伏特加？我去买酒了，雪太大，只能慢慢走。"说着，脱下大衣，摘掉帽子，露出秃秃的脑袋。

来者是这里的常客，陈为人等人都知道他是扎哈洛娃的弟弟，平时在霞飞路街头拉小提琴卖艺为生，跟他同桌吃饭还是第一次。

弗拉基米尔放下左手提着的小提琴盒，打开伏特加问了一圈，却只有他们姐弟喝酒。他有点诧异道："我们俄罗斯人可以一无所有，但就是不能没有伏特加，"随后幽幽道，"就像现在的我。"

"你还有小提琴，和一个爱你的姐姐，"扎哈洛娃道，"今天这么大的雪，没有上街拉琴吧？"

"我还是去拉了，就是想体验一下回到冰天雪地的俄罗斯的感受。不过路上没什么行人，今天只赚到十几个铜板。"弗拉基米尔说着，拍拍上衣口袋，里面发出铜板的声响。

"那你中午吃饭了吗？"

"不但吃了，还美餐了一顿。亚尔培路（今陕西南路）路口新开了一家俄罗斯饭店，只要点一份汤，面包随便吃，我就点了一份红菜汤，吃了三大盘面包。不过这家店是山东人开的，他们的红菜汤里不放红菜头，放了很多卷心菜，用中国人的话来说，不正宗。"

说着，姐弟俩大笑起来，为了让桌上的中国人能听懂，他们的交流用的是有点生硬的中国话。

扎哈洛娃转头对陈为人道:"张先生,你或许会觉得奇怪,我这样一个能雇得起用人的姐姐,为什么要让自己的弟弟上街卖艺呢?"

陈为人没说什么,快七岁的爱昆边喝着红菜汤边连连点头。

"不管在音乐厅,还是在马路边,小提琴发出的是一样的声音。而且我弟弟最爱伏特加,如果他整天待在家里,肯定早上起床吃好早餐就醉倒了。"

看到陈为人一家都笑了起来,老太太问韩慧英:"孩子名字起好了吗?"

韩慧英点头说是,老太太又说:"我再给她起个俄罗斯名字吧。你大概不知道,很多俄罗斯人给自己的孩子起两个名字,一个名字公开,一个名字只有自己家里人知道。就像我弟弟,他叫弗拉基米尔,还有一个保密的名字叫约瑟夫,这是为了欺骗魔鬼,当魔鬼要来抓小孩时,就会抓错人。如果你愿意的话,我就给她再起一个名字,叫玛莉吧。"

从此以后,陈为人夫妇的小女儿就叫陈玛莉了。

这样一说,饭桌上热闹了起来,扎哈洛娃还招呼李沫英一起上桌。弗拉基米尔几杯伏特加下肚,话愈发地多了起来。

他对陈为人说:"你们上海这条霞飞路真是繁华,报纸上说上海是东方巴黎,把霞飞路叫作东方的香榭丽舍大道,其实很不对。你知道这条街上住的最多的是俄罗斯人,开得最多的饭店是俄罗斯饭店,连街头卖艺最多的也是我们俄罗斯人。所以上海应该叫东方的圣彼得堡,霞飞路应该叫东方的涅瓦大道。"

陈为人笑道:"很多上海人把霞飞路叫作罗宋大道,就是因为这里俄罗斯饭馆多。"旁边的爱昆好奇道:"爸爸,霞飞路是不是因为那古文名句的关系,落霞与孤鹜齐飞?"最近,陈为人整理文库的工作量有所减轻,便教了爱昆一些古文诗词。

陈为人正色道:"不是的,因为这里是法租界,租界当局就用欧洲战争时的法军总指挥霞飞来命名,这个人性格稳重、木讷寡言,略显迟钝但比较坚韧,人称'迟钝将军'。"然后低声说:"这是我们中国人的屈辱。"

爱昆似懂非懂地点点头,韩慧英冲陈为人使使眼色,意思是不要当着这两个白俄的面说这些,然后给爱昆碗里加了一些汤。

酒至半酣,弗拉基米尔又拿起酒瓶倒酒,却发现一瓶伏特加已经喝完。他把空酒瓶重重地放到桌上,大声道:"如果还在俄罗斯,我们在家肯定吃牛排,怎么会吃猪排。"此时,他盘中的那块猪排已经啃得干干净净,连狗都吃之无味了。

十多年前,扎哈洛娃姐弟的父亲去世时,把家中的金银细软给了姐姐,而把工厂交给了弟弟。弗拉基米尔掌管工厂后,豪言要超过父亲的业绩，同时也要一直干到撒手人寰。但没过几年，苏维尔共和国了，工人们把他赶走了。辗转来到上海后，他跟大多数白俄一样，已经身无分文。而当年分到金银细软的姐姐，同样逃到了上海，还能过着难得的体面日子，并时常接济他。

这时，红菜汤和猪排都已经吃完，桌上只剩了几片面包。弗拉基米尔站起身，弯腰拿出放在地上琴盒里的小提琴，对着他姐姐道："请了中国朋友的晚宴上，怎么能没有音乐！"

扎哈洛娃起身坐到钢琴边，跟弗拉基米尔略一点头，琴声便从指间漾起。这是一曲意大利人维塔利作曲的 G 小调恰空，乐声悲伤，令人心痛，但似乎又心痛得让人心安。

大雪纷飞的上海滩，在这条用法国人名字命名，而又屯住着众多白俄的霞飞路上，一个满头银发的老太太，和一个秃脑袋的小胡子老头在弹奏着悲伤的乐曲，一对地下党员夫妇带着他们的两个孩子，坐在餐桌边静听。旁边还站着另一位地下党员，她的怀中抱着的是出生才一个多月的小婴儿。而在二楼，还有五个大皮箱躺在壁橱里，它们应该也在聆听楼下传来的琴声，并等待着自己命运的下一程。

转眼到了 1935 年初，随着韩慧英产后身体基本复原，根据组织上原来的安排，在陈为人和张唯一之间的机密交通员工作，转由韩慧英担任。李沫英则转做其他工作，而掩护身份依然是扎哈洛娃老太太的女佣。

这几个月来，李沫英按约定时间跟张唯一接头，从他那里拿来需要归档的文件，并接受组织上的有关指示，回来转告陈为人。他们不断变换接头地点，每次接头时再确定下一次接头的时间地点，这样可以最大程度地保证安全。

韩慧英接手后，她跟张唯一的第一次接头地点，就是上次李沫英与张唯一接头时确定的。张唯一跟韩慧英约定，接头办法保持不变，一旦有特殊情况需要提前接头，或者预定的接头地点遭敌人破坏，她可以直接上门，到秘密机关找他。

二月中旬的一天，根据上次接头时的约定，下午三点，韩慧英出现在法租界安纳金路（今东台路）的"江北大世界"。这里是当时上海滩最大的露天演出场所，从中午到半夜，独角戏、评弹、变戏法、木偶戏、走钢丝、气功、驯猴等应有尽有，天天人头攒动，挤满了来看戏的劳工阶层。因为是穷人的"大世界"，而穷人中苏北人比较多，所以被称为"江北大世界"。

这种比较杂乱的地方，很适于交接东西，不易引人注目。韩慧英按约定，来到一个变戏法的场子里，前后左右四下都看了，没发现张唯一。韩慧英心想大概是来早了，每次接头时，双方都有可能早到或晚到。

韩慧英便看了一眼台上，只见一个古彩戏法的艺人正从宽大的大褂里，变出一只汤碗来，台下的观众无人叫好。变这种戏法的，都要把道具绑在身上，外面穿上大褂，然后用毯子在身上一盖一掀之间，变出各种东西。

像饭碗这样的小东西是最容易携带的，所以观众们看了毫无反应。比较难的是变出活物，多数是变出一两只鸽子，这时候应该有喝彩声，也会扔些铜板上来。更难的是变出既重又大的东西，比如大花瓶、瓷盆等。最难的一般放压轴，多数是盛着水和金鱼的鱼缸，或者是烧着火的火盆，这是观众群起投赏钱的时候。

这时候，台上已经变到紧要处，只见艺人左手把身上的毯子一掀，右手迅疾拿出一只生着火的火盆，看到这里，韩慧英想到了曾日夜在三层阁陪伴陈为人的那只炭火盆。搬到霞飞路后，由于和扎哈洛娃同住一楼，陈为人没有用那只炭火盆，而是把文件边角料暂时积存起来，待合适的机会再一起烧掉。

今天这个艺人变出的火盆里，火烧得不小，照例应该有喝彩和赏钱。哪知台下却传来一片谩骂声，说早看到大褂里面的火盆了，这么一点点火也要来骗钱，别在这儿丢人了，滚回山东老家去，一听就是来砸场子的。台上那艺人一怔，只见后台出来几个大汉，用山东话指着台下骂，随后便跳下台去厮打起来了。

顿时一片大乱，估计是有人报给了巡捕房，没一会儿，十几个安南兵冲了进来。韩慧英再看四周，依然没有张唯一的影子。此时，时间已近下午四点，韩慧英心想，今天张老太爷可能临时有什么别的重要工作，把这次接头取消了。李沫英跟她说过，这种情况她跟小妹接头时也遇到过，就只能回家等信。

但今天，韩慧英非常为难。因为她身上带着的东西，必须交给张唯一。这是1934年的文库保管经费开支报告，时间已经晚了，必须尽快交给张唯一。

韩慧英盘算再三，决定去一趟张唯一交代的秘密机关。这样也不算冒大的风险，因为张唯一跟她之间有报警信号，看二楼窗户的窗帘是否掀开一只角，如果掀开就表明平安无事，如果窗帘全部落下或全部拉开，就说明有危险不能进去。

韩慧英从"江北大世界"走出来，叫了一辆黄包车，一路上确定没有跟踪后，让车夫停在了雷米路（今永康路）边上。下车后，她走了一段路，再次确定没有盯梢后，拐进了丁家弄，慢慢走到离文安坊6号还有二三十米时，边走边似乎欣赏风景一般，眺望6号二楼的窗口，只见绛红色的窗帘垂着，下面很明显掀开了一只角。

此时的韩慧英，再次机警地看了看前后左右。时近黄昏，弄堂里有些人进进出出，但都是居民模样，并无异常。

韩慧英再看了一下身边，发现弄堂边有一只长方形的垃圾箱，是用砖头砌起来的，上面的面是斜的，靠墙一边高一些，这样便于排雨水，顶上还有一个有把手的方铁盖子，倾倒垃圾时可以拉开盖子。她迅速上前，拉开铁盖往里一看，里面全是枯树叶。韩慧英略一想，便拿出手提包里的开支报告，紧贴着右面的箱壁塞到了枯树叶下面。按她的想法，一会儿进门后安全的话，就马上出来取，短时间内这份东西应该不会受污损。

藏好报告，韩慧英脚步轻松地走到6号门口，用约定的暗号敲门。反复敲了好几次，门内毫无反应，韩慧英再用眼角余光朝左右看了看，发现左右不远处各有两个穿灰色中山装的人，在慢慢朝自己走来。

韩慧英心中暗叫不妙，她知道这时候想跑已经跑不了了。情急之下，她不再用暗号敲门，而是加大力量重重拍门，同时用河南话高声叫道："俺的姐啊，快开门呐！"

此时，大门突然打开，左右那四个人快步奔来一拥而上，把韩慧英推进了屋里。

第六章
合兴坊

扎哈洛娃吃完晚餐,已是六点半。她诧异地问在厨房忙碌的李沫英:"小玛莉在楼上哭了很久了,张太太怎么还没回来?"

李沫英何尝不着急,但她故作淡定地说:"她出去买东西,可能遇到什么熟人了,聊起来就忘了时间。"然后舀了一小碗刚烧好的粥,端上了楼。

韩慧英下午二点多出门前,给小玛莉喂了奶。往常她出去接头,虽然地方有远近,但一般两个小时左右就能到家,此时小玛莉还不会觉得饿。今天韩慧英出门已经有四个小时了,虽然陈为人和李沫英都在哄着小玛莉,但肚子饿这样的事,对一个婴儿来说,靠哄是没用的。

喝了几口粥汤,小玛莉渐渐止住了哭声。"慧英会不会出事了?"听到李沫英问他,陈为人脸色凝重地说:"慧英是个精细的人，而且以前也做过交通员，照理不会晚这么久。但现在还不能排除另一个可能，就是张老太爷临时布置了一项重要任务，慧英必须马上完成，她来不及回家通知我们。"

"是有这种可能性，那我们再等等。"李沫英便继续喂粥，小玛莉张开了小嘴吃得很欢。

"沫英，我们不能这么等，要做好最坏的准备。"

"我刚才也在想，如果慧英过一两个小时再不回来，我们应该做些什么。我先去楼下把晚饭热一下，爱昆和爱仑肯定也饿了。"

看着爱昆带着弟弟下楼吃饭了，李沫英从床上抱起又在哭闹找妈妈的小玛莉，坐到陈为人身边的椅子上，道："有两个办法，一个是我去找小妹，问问她知不知道发生了什么，还有就是我直接去找张老太爷，他家的地址我有，但以前一直是小妹跟他接头，小妹嘱咐过我，没有特别紧急的情况，不要直接去找张老太爷。"

陈为人摇摇头："现在绝不能去张老太爷家，如果慧英出事了，最大可能是在接头地点暴露了，但也不能排除在张老太爷家里被捕的可能。如果是后一种情况，现在敌人肯定还在张老太爷家里守着，等我们自投罗网。"

"那么我就先去找小妹吧。"李沫英说着，就要把小玛莉放到床上。

"可以再等一等。找小妹也同样有危险,如果张老太爷跟慧英同时出事,小妹的住处也存在暴露的可能。但这个办法可以试一试,不过要等天色再晚一点。"

时钟接近晚上八点半,李沫英实在等不住了,披上外衣就要下楼,陈为人道:"你以前去小妹家,有什么约定的安全信号?"

"有,她家住在石库门房的二楼前厢房,我们的约定是她家窗口外,会长年挂一块蓝白色的毛巾,毛巾在就说明可以上楼,毛巾不在就调头赶紧走。"

陈为人摆手道:"如果遇到紧急情况,这个办法不灵。今天晚上,你不管那条毛巾在不在,都不要直接去敲小妹家的门,最好想个投石问路的办法。另外,如果你找不到小妹,还可以去找一个人……"

李沫英点头下楼,跟扎哈洛娃只说:"出去找一找张太太。"

来到小妹家的弄堂口,李沫英确认周边没有可疑的人。在这里就能看到小妹家,只见她家灯却关着,窗外那条蓝白色毛巾还是很显眼地挂着。想到陈为人的嘱咐,李沫英转头往弄堂外走,心想怎么来投石问路。

她漫无目的地在弄堂外走着,这时候沿街大多数小店都关门了,只看到马路对面不远处,一家小小的普罗饭馆还开着,门口写着斗大的"面"字。

李沫英灵机一动,穿过马路走进店门,里面只有两三个食客,堂倌忙了一天,此刻正坐在凳子上喝茶。看到李沫英进来,也只是懒洋洋地说了句,随便坐。李沫英却迎面走了上去,问道:"能不能送一碗三鲜面到对面弄堂里?"

那堂倌喝着茶道:"小店只做堂吃生意不送上门的。"他又看了一眼李沫英道:"要么这样,下好面你自己拿回去吧,面碗明天来还就行。"

李沫英很为难道:"我的一个邻居阿姐,刚刚突然说肚子痛,我正好要出门,她托我来叫一碗三鲜面,说她常会肚子痛,吃了你们家的热汤面就会好。你看我急着要出门,纺织厂里做夜班不好迟到的,能不能劳驾帮忙送一下。"说着,便拿出一块银元,"这是汤面和送面的钱,不知道够不够?"

堂倌接过银元,拿在手上仔细看了看,心想:这个纺织女工怎么出手这么阔气,一块银元可以买十几碗三鲜面了。

李沫英看出了堂倌内心的怀疑,马上补了一句:"这块银元就是我出门时,那个阿姐给我的,她很有钱的,你送上门去,说不定她一高兴,又会给你小费。"

那堂倌看看店里这会儿也没生意,便问了门牌号,答应马上送。李沫英转身出了店门,过了一会儿,看到堂倌端着面出来,她就远远地跟着,但只跟到弄堂口能看到小妹家窗户的地方，便站住了。

突然，小妹家的灯亮了，里面出现三四个人影，接着好像还传来碗摔碎和扭打的声音。见此情景，李沫英便知情况不对，迅速转身离开。一边快步走着，一边想：小妹肯定出事了，她家里有几个特务蹲守，准备抓上门的人。又想到那个堂倌，他肯定要被特务一顿暴打，说不定还要带回去刑讯审问，不过好在他确实不知情，应该很快会被放出来。

现在，李沫英要去找刚才出门时，陈为人提起的"另一个人"。

黄包车在夜色中稳稳地行进，李沫英镇定的外表下，是内心弥漫的焦虑。

小妹被捕，慧英失联，张老太爷也极有可能已经被捕，只是不知道还会牵扯到哪些同志。她此刻唯一的感觉是，又一场血雨腥风已经到来。

车在公共租界一个弄堂口停下，李沫英转过弯，又走了三四十米，远远地打量明月坊对面一家老虎灶。2月份的上海，天气还很冷，此刻来打开水的人不少，一个瘦小的身影在里面忙碌。

看看手中并无打水器物，这个时候空手走进老虎灶会引人注目。李沫英想了想，自己点点头，仔细看了店里店外并无可疑的人，便穿过马路，径直走了进去。

"阿毛，生意这么好啊，我来收这个月的房租了。"

刘阿毛早已看到李沫英，听她这么一说，便道："我就在想，今朝夜里哪能生意这么好，原来是房东太太要来了，每次你来呀，这里生意就好。"随后关照打水的人，把竹筹放在老虎灶旁边的桌上就行。

李沫英把今天发生的事简单说了一下，刘阿毛也是大吃一惊，他的判断跟李沫英一样，中央机关出大事了。他轻声道："我马上去打听消息，你等我回来。"

李沫英叫他一定注意安全，找人不要轻易上门。刘阿毛点头道："你在明月坊住过很长时间，这里很多人认识你，不能等在老虎灶。前面马路左手三四间门面过去，新开了一家通宵做生意的小饭店，你到那里吃点东西，我打听到消息就到那里找你。"

今天没吃晚饭，李沫英此时也确实饿了，就在小饭店里边吃边等。她把吃饭速度放到最慢，一碗小馄饨吃了一个小时，引来这家小饭店堂倌的注意，连着看了她好几眼。李沫英不管这些，剩下的汤又用勺子舀着，喝了半个多小时。

将近十一点，外面匆匆走进一个人，对着堂倌道："一碗阳春面，重青宽汤，快点。"随后便在李沫英身后坐下，捂着嘴轻声道："不仅他们三个，还有很多同志都在今天被捕，你赶紧回去报告陈为人,下一步怎么办只能靠你们自己了,我也马上要撤离。"

李沫英顿时热泪盈眶,只说了句"你要保重",放下十几个铜板,便匆匆出门。端着阳春面过来的堂倌口中念念有词:"这个女人怪来,吃小馄饨慢来,走起路倒快来。"

回到霞飞路,陈为人又在喂小玛莉喝粥,爱昆兄弟早已熟睡。听完李沫英的讲述,陈为人继续喂粥。过了一会儿,他说了两个字:"搬家。"

李沫英点点头,又问:"什么时候搬?"

"明天。"

"怎么可能?现在到哪里去找房子,而且还最好是独门独院的。"

陈为人把粥碗交给李沫英,让她再喂小玛莉几口,然后起身从桌上拿起一张报纸,指着一个广告说,你看看这个。

李沫英侧过脸一看,这是《社会日报》登的招聘奶妈的广告,只见上面写着:兹欲招用江苏或浙江籍奶妈一人,如有身体强健、奶水充足、人品端正和蔼,并具有养育恒心者为合格,月薪七元至八元,请至小沙渡路合兴坊13号林宅面洽……

看到这里,李沫英问:"这不是请奶妈的广告吗?你是要给小玛莉请奶妈？这倒是需要的。"

"先别急，你继续看最后一行字。"

李沫英再一看，后面还有一行：本处亦有两层独门石库门房可供出租。她奇道："这个广告做得也怪，前面全是说招用奶妈，最后来一句出租房子。"

"这不奇怪，说明这个林家急着请奶妈，而租房子倒不急，可能看到广告还能写一行字，就加了上去。"

"那我明天早上就去看房子。"李沫英道。

"不，还是我去吧，那个白俄老太太需要你做饭，还有这三个孩子你也一起照看一下。"

第二天上午九点多，一个身穿西服、头戴礼帽的中年商人，敲开了合兴坊13号林宅的门。

开门的是一个六十多岁的老阿嫂，屋里还传出婴儿啼哭的声音。商人说明来意，老阿嫂略有点失望："我还以为是拵用的奶妈来了，你先等等，我哄一下小孩，等一会儿带你看房。"

老阿嫂进去了好一会儿，婴儿啼哭声渐渐止住，才又出来。商人问："房子在这条弄堂里吗？"老阿嫂指指隔壁道："就是这里。"

老阿嫂打开前门，边走边道："你跟着我，这里是天井，前客堂间，后客堂间，后天井，灶披间。到两楼看看，当心楼梯。这里是亭子间，后卧室，前卧室，这间前卧室光线最好，住着很舒服的。"

这里是一片两层石库门居民区，都是单开间布局。上海的石库门房子一开始造的时候，大多是多开间的 U 型设计，天井大、房间多，后来随着人口的涌入，租界土地又有限，石库门房子越建越小，从多开间发展到双开间，到 20 世纪 30 年代，单开间石库门成了主流，上海人称之为"一上一下"。

商人上下转了转，便问："租金多少？"

"每个月 30 块银元，不还价的。"

"怎么这么贵，我以前也在公共租界租一幢单开门的石库门房子，还是三层楼的，房东只要 22 块银元，你这里能不能再便宜点？"

老阿嫂示意商人坐下，她说："不瞒你说，这房子是我大哥大嫂的，几年前他们过世了，房子就留给了他们唯一的儿子。我这个侄子住在虹口，他关照我帮他把房子租掉，30 块银元一个铜板也不能少。我也知道租得贵了，不过这不是我的房子，我只能按他的意思办。"

商人心想，这个老阿嫂似乎出身书香门第，讲话文雅，又问："这些家具需要多少顶费？"

"顶费多少呢，我那个侄子没有提，你要是觉得这个房子还可以，也愿意出 30 块银元的话，顶费可以以后慢慢付。我看么，一个月房租钱也差不多了。对了，请问先生贵姓，做什么生意？几个人住？"

"免贵姓张，我做湘绣批发生意，我们夫妻有三个孩子。"

老阿嫂点点头："张先生准备挑哪个吉日搬过来？"

商人想了想道："择日不如撞日，就今天！"

"沫英，你这里一共还有多少钱？"陈为人回到家，立即脱下那套仅有的西装，换回了便装。刚才被吓哭的小玛莉才发现，这原来是爸爸。

组织经费一直由韩慧英和李沫英共同保管，李沫英说她刚刚数过，这个月的经费再加上省吃俭用省下来的经费，手头一共有46块银元。

陈为人点头道："那可以，先把这个月的房租付掉，下个月的等下个月再说。"

"也只能这样，今天什么时候搬？用什么搬那五只箱子？"

"大白天搬家太显眼，太晚搬家不合常理，现在太冷，没有人在弄堂里吃晚饭，我想今天下午五六点钟搬吧。工具我也想过，就像上次搬过来一样，要跨两个租界，用出租汽车搬是最安全的，而且可以一次就全部搬走。"

李沫英摇了摇头："出租汽车好是好，就是太贵，我上次听白俄老太太在抱怨，说她出门见一个多年未见的老朋友，因为天冷,她腿脚又不好,叫了出租车,一个小时要五块银元。你平时吃得这么省,要把这些钱都花在车费上吗?"

"省下的钱就是要用在关键的时候,只要文库安全,花点车钱算什么。但在我吃饭上,那是一个铜板也不能多用的。"

李沫英又想起一事:"跟白俄老太太怎么说?"

"我回来的路上也想过,没想出更好的理由,要么说慧英昨天出门后突发急病,现在住在虹口那边的医院里,这里来回医院太远,我们只能搬到那里附近去照顾她。"

下午五点不到,陈为人到楼下客厅打电话叫车。他原想还是叫银色出租公司的道奇车,因为那个车比较大,他们人多东西也多。但一想,房东沈太太一直都叫这家公司的车,如果司机认识沈太太,下次跟她说起,又是一个隐患。

他想到一个叫车广告——四万万同胞,拨四万号电话,这是华人开的祥生出租公司的广告,那40000订车电话号码是他们花了大钱从电话公司买来的。

扎哈洛娃老太太站在房门口,轻轻挥着手,目送汽车离开,泪水已经禁不住流了下来。车里的李沫英也回头向她挥手,泪水噙在眼眶中。车开出弄堂口一颠簸,泪水便淌了出来。

陈为人看到,前面路边走来了一个满脸皱纹的白俄老头,左手提着小提琴盒,右手拿着一瓶已经喝了一半的伏特加,一路摇摇晃晃边喝边走,正是弗拉基米尔。他心想,不知今晚,在这个异国的城市里,这对姐弟会不会再演奏一曲忧伤的乐曲?

那天傍晚,四个便装男人把韩慧英推进房后,带上门又出去了。屋子里有三个人,其中领头的是一个洋人。他上下打量着韩慧英,用生硬的中文对另两个人道:"搜!"

韩慧英手里的提包被翻了个遍,只翻出了二十多个铜板,以及手绢等日常小物件。那洋人看了一下,在一旁的凳子上坐下,继续道:"问!"

韩慧英心中连道好险,若不是刚才多了个心眼,把要交给张老太爷的开支报告藏在了垃圾箱里,现在马上就暴露了身份。她一看这架势,张老太爷应该是被法租界巡捕房抓走了,然后留下这些人守株待兔。想到这里心中大急,二楼窗帘的那个角要赶紧放下来,不然肯定会有其他同志像自己一样落入圈套。

只听一个华捕问道:"你是住在这里的吗?"

"俺不是住在这里的,俺找俺姐,走到这里不认识了,就想敲门问一下,被外面那几个人推进来了。"韩慧英一脸惊慌委屈地说着河南话,用手指指门外。

"你要找的人住在几号?"

"俺从河南乡下出门的时候,俺哥跟俺说,俺姐在上海法租界的一家人家当用人,他叫俺来找她,跟她一起在上海当用人,这比俺们老家日子好过多了。"

"你是什么时候到的上海?"

"就是今天中午,俺下了火车就找过来了。"

只见那华捕一拍桌子,厉声问道:"你说你从河南刚来上海,这么大老远来,为什么一件行李都没有?"

坐着的西捕也跟着厉声道:"说!"

韩慧英心中一惊,心想这确实是个破绽。好在这两个巡捕调门一高,她便可以用哭声掩饰一下,拖延一些时间。想到这里,立刻放声大哭,双手拍着大腿哭道:"俺的哥咧,俺说在乡下饿死也死在一起,你非要俺来上海,现在俺要死给你看咧。"

三个巡捕或坐或立,都瞪着眼睛看着她。毕竟经验老到,只借着这几声哭,韩慧英就已经把说辞想好了:"俺的哥咧,你说这上海是啥鬼地方,一下火车,包袱就被强盗抢了,你写给俺的地址放在包里也被抢走了,俺好不容易找到这里,又碰上了强盗。还是俺们河南中,这个上海是土匪窝子啊!"

说到这里,韩慧英索性一屁股坐在了地上,哭天抢地地嚎着。那个西捕皱着眉摇着头,似乎怕这哭声传到门外,影响接下来的抓捕,便往楼上指了指:"上!"

听到这里，韩慧英才明白，原来那个法国巡捕只会一个字一个字地往外蹦中文。这时，那个问话的华捕，对站在一旁一直没说话的华捕说："你带她上去，等到天黑再带回去，看看紧，不要让她逃走。"不说话的华捕把韩慧英从地上拽起来，一把推上了楼。

韩慧英想，上到二楼就有机会放下窗帘那只角。

二楼两间房，分别是张唯一夫妇的卧室和书房，此时已经被翻得满地狼藉。那个华捕依然不说话，只把韩慧英推到书房墙角，示意她坐下。然后自己从地上拿起一把椅子，坐在二楼眼睛却看着楼下，想来是如果有新的"猎物"进来，他也要下楼帮忙。

韩慧英嘴里一边继续嚎着，一边打量了一下四周，看到那个窗帘在卧室里，要想过去拉窗帘，必须经过坐着的不说话华捕。

她心想，此时要是陈为人在就好了，他做事既沉稳又干练，点子还特别多，尤其是危急时刻，更是善于随机应变。这时，她有点盼着有人来敲门，这样面前这个华捕就会下去，但马上暗自摇头，责怪自己怎么能盼着自己的同志上钩呢？

等了十来分钟，韩慧英慢慢止住了哭声，开口问道："有水不，俺一天没喝水了。"那华捕转过头看了一下四周，只见茶碗等都已摔碎，便跟她摇摇手。韩慧英道："强盗老爷，能不能看看楼下有没有水。"华捕这次头也不抬，再次不耐烦地又摇了摇手。

韩慧英见这招不灵，便继续啼哭起来，那华捕一脸的嫌弃，索性转过身去侧面对着她。见此情景，韩慧英慢慢站立起来，做出要自己找水喝的样子。华捕似乎没有看见，并未阻止。韩慧英的身边便是一扇小窗，而且开着。照理说，现在是2月份，天气还冷，家中窗户应该紧闭。韩慧英想，很可能是巡捕冲进来时，张老太爷或其他人想跳窗逃走，或者往外扔掉一些可能暴露身份的东西。

她从窗口看下去，下面是一条支弄，比进门的弄堂要窄一些。现在已是开火做晚饭的时间，弄堂里有些行人，就在窗口下面几步远，有一个剃头摊子，用两层木架支起一张竹架子，上面放着洗头用的脸盆，底下是剃头工具。凳子上正坐着一个花白头发的老人，身上围着宽大的白布，正在理发。

看到这里，韩慧英一阵兴奋。她看看身边的地上，一只茶碗，一把剪刀，一个敲破的花瓶，韩慧英微微摇着头，又看到几个苹果掉在地上，她马上弯腰捡起一个最小的。这时，楼下的华捕在跟楼上的华捕说着什么，楼上那人把头探到楼梯口，正在认真地听。

韩慧英赶紧伸手到窗外，对着剃头师傅和老年顾客两个人的头，扔了下去。

苹果擦着剃头师傅的头，掉在了地上，把他吓了一跳，抬头往上面看看，嘀咕几句便继续理发了。这时，韩慧英已经拿起第二个苹果，又扔了下去。这次苹果击中了洗头的脸盆，连盆带水翻倒在地。这时，剃头两位都吃了一惊，齐齐抬头，剃头师傅更是大声骂了几句，但随后整理好东西又理发了。

韩慧英大急，心想今天怎么遇到这么好脾气的人。这时候，只见楼上的华捕冲着楼下连连点头，似乎楼下的话快讲完了。韩慧英心道一声抱歉了，抄起地上那只破花瓶就往剃头摊上扔，只听一阵清脆的声响，剃头的两个都跳了起来，指着二楼大声开骂，剃头师傅更是抄起剃头刀，转个弯不见了。

片刻后，楼下前门一阵重重的砸门声。楼上的华捕刚才也听到花瓶落地的声音，转头往窗口这里看过来，只见韩慧英兀自坐在地上抽泣，并无异常。这时砸门声从楼下传来，他又赶紧朝楼下看去。

可能是剃头师傅出现得太快，弄堂里埋伏的巡捕来不及反应，连着砸了十几下门，居然还没赶到。这时只听楼下的西捕骂道："饭桶！"这次居然蹦出了两个字。

从门缝里看到外面的巡捕已经赶到，楼下的华捕马上打开门。只见剃头师傅冲进门来，举着剃头刀直接往楼上冲，头上还流着血。楼下的人一时没拦住，楼上的巡捕赶紧冲下楼梯去抢夺剃刀。

韩慧英猛然站起身，小碎步跑进卧室，放下了窗帘上的那只角。然后，她便想跳窗逃走，但楼下天井里站着好几个便衣巡捕。她又飞身跑回书房的窗口，正待爬窗跳走。一只大手把她后背牢牢抓住："共……共产……党……婆……婆娘，还想跑！"

韩慧英一回头，正是那个不说话的华捕。他那句"还想跑"倒是说得顺溜，估计抓人时常说。

入夜，韩慧英被押送到法租界巡捕房，连夜开始审讯。

对于任何问题，韩慧英都是死死咬住：她是河南农村来投奔在上海当用人的姐姐，一到上海随身携带的行李就被抢走了，那张写着姐姐地址的小纸条也一起失落，她是凭印象记得纸条上的路名一路问人找过来的，文安坊6号里既然没有自己的姐姐，那就是自己记错了。

巡捕房倒不用刑，而是使用车轮战法，审讯的人不断换班，但绝对不让韩慧英睡觉，一见到她昏昏欲睡，便用大灯强光照射。这种不动刑赛过用刑的逼供法，流传甚广，经受过这种软酷刑的人都说，还不如被痛痛快快地打断几根肋骨。

一直审到第二天傍晚，陈为人再次搬家时，巡捕房似乎也失去了耐心，而且此时又有多名嫌疑犯被捕，需要尽快审问。

一昼夜间，军警、特务和巡捕们还在古拔路（今富民路）、圣母院路（今瑞金一路）、善钟路（今常熟路）、华格臬路（今宁海西路）等地发动大面积搜捕，逮捕了中共党员及其家人数十人。机关单位几乎被全部破坏，上海与中央苏区的无线电联络设备也被破坏。换言之，中共中央在上海的领导机关，已经处于瘫痪状态。

而对于眼前这个自称河南乡下来的女人，到底怎么处置，那个西捕拍板："关！"

跟韩慧英的温婉隐忍不同，李沫英是个麻利爽气的人，从来都是有话直说。搬家当晚，安顿好三个孩子后，李沫英跟陈为人说："刚才付掉了三十块银元的房租，五块银元的出租小汽车费，现在我们手上的经费只有十一块银元了，付下个月半个月房租都不够。"

看陈为人只是点点头，李沫英又道："钱只是一个问题，小玛莉没奶吃怎么办，总不能天天喝粥汤吧，这是养不大的。刚才喂了粥汤，她还是边吃手边哭，哄了半天才睡着。"

"玛莉的事，我也想过是不是买洋奶粉，但价钱太高，我们吃不起。不过也好办，那个房东林家姆妈不是登了广告，为她孙子找奶妈吗？我们这两天可以跟她商量商量，能不能一个奶妈奶两个小孩，我看这个大嫂还好说话的。"

李沫英道:"这也是个办法,不过要看他们请的奶妈奶水够不够,如果奶水只够奶一个小孩,总不能让她先奶小玛莉吧。还有,你的掩护身份是湘绣批发商,居然连一个奶妈都请不起,别人听了会起疑心的。"

"这个我刚才也想过,就说孩子的妈妈急病住院,一时找不到合适的奶妈,先在他们家吃点奶。而且,说不定慧英过几天就回来了呢。"

李沫英听了只想笑,她知道陈为人这么说只是安慰她,韩慧英如果是和大批中央机关同志一起被捕的,此刻很可能身份已经暴露,怎么可能过几天就回家呢?

只听陈为人说:"经费的事才是大事。如果刘阿毛说的情况属实,我们党在上海的机关很可能遭到了大面积破坏,我们要做好三四个月,甚至半年没有经费来源的准备。所以我想,你不能整天在家里带孩子做家务,你要出去找一份工,你自己还有女儿,她的生活费也要靠你的。"

对于放在南市外婆家的女儿,李沫英心存愧疚。为了工作需要,这几年她一直住在陈为人夫妇家,要隔两三个礼拜才去看一次女儿。每次告别时,女儿眷恋的神情,总让她晚上躺在床上默默流泪。

"我出去做工的话,你一个男人怎么带三个孩子,小玛莉才几个月啊。"

陈为人笑道："你当我这么没用吗？我因为要守护中央文库，不能离家出去做工，但看孩子我还是可以的，我白天教爱昆古诗文，陪爱仑在天井里玩，哄玛莉睡觉，到了晚上他们睡着了，我就可以安心地整理文库，你看是不是安排得井井有条。"

李沫英毫无笑意，她严肃地看着陈为人："确实井井有条，只是你忘了一件事，你自己什么时候睡觉？"

在仓促间要找份工并不容易，尤其是不能去纺织厂之类需要大量女工的地方，因为那里需要日夜倒班，而李沫英还是想多花点时间照顾陈为人一家。

于是，她依然找了一份女佣的工，离合兴坊不远。而且她谢绝了东家的住家要求，只说她会一大早就来，等全家都睡了才走，就跟住家没什么区别。

这样，陈为人便每天要承担起做饭、带孩子的琐事，还要抱着小玛莉去几趟隔壁房东家，让他们新请来的奶妈帮忙哺乳。林家姆妈甚好说话，有时候看陈为人忙，就说可以让小玛莉在他们家睡午觉，晚饭时再来接她。

而那个奶妈是常熟人，问得甚是烦琐："张老板，嫩个太太啥辰光好出院啦？""张老板，嫩天天在窝里厢管小囡，生意哪能办啦？""哪能每趟都是嫩自己抱来，嫩个用人也要派派用场咯。""小玛莉这个名字起得洋气来,人样子也好看,不过好去帮她买两件新衣裳了啊,佛要金装、人要衣装。"……

陈为人只能敷衍几句,他也知道不能这么长此以往,有好几次想去买洋奶粉,但一看价钱便打消了念头。

搬到合兴坊后,因为这里是独门独户,陈为人重新生起了炭火盆,加快了积存文件的裁剪进度。同时,他让李沫英每天晚上回来路上,看到有废砖的话带回来,和明月坊一样,在二楼亭子间砌一堵夹壁墙。

转眼过了将近一个月,眼见付房租的日子要到了。晚上将近十点,李沫英回到家,走进灶披间,发现陈为人坐在后客堂间。这大半个月来,每天李沫英这个点到家时,一般都见不到陈为人,他安顿好孩子睡觉后,这是他每天工作的黄金时间。

见到李沫英进来,陈为人微笑着招呼她过来坐。由于每天早出晚归,两人几乎打不着照面。今天一见面,李沫英吓了一跳,发现灯光下的陈为人足足瘦了一圈,还在不断咳嗽。

"这才几天啊,怎么瘦了这么多?"

"你不是也瘦了吗,每天早出晚归的,你比我辛苦。"

李沫英接着问道:"这段时间我白天都不在家,你和孩子们吃的什么?"

"你放心,我们不会饿着自己的。玛莉吃得最好,一天几顿奶,还有粥汤喝。爱昆和爱仑今天还吃了你昨晚带回来的大饼，说可好吃了。"

"那你自己吃了什么？"

"我也有很多好吃的，番薯粥、小玛莉吃不了的白米粥。好了，不说这个，一会儿我还要工作。"他指着靠墙放着的一个箱子，"马上又要付房租了，这里装的是一些湘绣样品，当时张老太爷用组织经费买的，让我用来掩护文库。你明天去卖掉一部分吧，凑够下个月的房租。"

李沫英打开箱子点了点，一共十八件湘绣。当时张老太爷买了二十件，后来被长脚鹭鸶房东夫妇拿掉了两件，"也不知道能卖多少钱？"

"我是湖南人，对于湘绣虽然没有研究，但还知道一些，这些东西还算中上品，凑够一个月房租应该没问题。"

李沫英又追问道："再下个月用什么来付呢？对了，我在那家当用人，每个月是七块银元，我要给我妈二块银元作女儿的生活费，我一天三餐都在那家吃，自己不用开销，另外五块都可以拿出来。"

"上次刚搬好家，我们不是算过一次账，身边剩下了十一块银元，这段时间我们吃饭没花多少钱，应该还剩下九块多，你自己至少要留一块银元，这样我们手头就有十三块了。"

昏暗的灯光下，两个与党组织完全失联的共产党员，在细细地算着家用账。如果他们只考虑自己和孩子们，靠自己的力量活下去并非难事。然而，在他们的心目中，比他们自己，甚至比孩子们还重要百倍的，是那五箱中央文库的安全。为此，付出再大的代价也是值得的。

1935年的春天姗姗来迟，然而虽然天气渐暖，陈为人的肺病却在加重。

住在霞飞路扎哈洛娃老太太家里时，因为与老太太同处一个小楼，为避免让她生疑，陈为人暂停了通宵工作，也没有烧炭火盆，再加上韩李二人的照料，肺病已经好了不少。但搬到合兴坊之后，陈为人又像在明月坊时那样拼命工作了。

李沫英虽然也会劝几句，但陈为人总说没关系，自己会注意劳逸结合。有一天晚上，李沫英实在忍不住，跟陈为人说，现在党组织根本联系不上，文件整理工作可以慢慢来，你为什么还要这么拼命？

陈为人还是他的招牌表情，真诚地微笑着说："沫英同志，中央文库的重要性是怎么形容都不过分的，我作为文库的守护者，不仅要保证它的安全，还有责任编辑整理好文库，让后人查阅文件时更方便。现在已经没有新的文件入库了，我就更应该在我的手上，把文库整理工作全部完成。接下来还要做一件大事，就是我以前跟你说过的，要编一个《开箱必读》。"

李沫英道："这些我都明白，我的意思是现在没有中央领导要调阅文件，情况这么危急，慧英被捕，我又要出去做工，你一个人带三个孩子，你的职责应该就是保护好文库，整理的工作可以放一放，至少不用天天干到深更半夜。"

"我当然也知道，可是我心里急啊。我想早一天是一天，我的身体不好，在龙华监狱里被打断过两根肋骨，还染上了肺病。这几年好一阵坏一阵的，我是想在还做得动的时候，争分夺秒把事情做完。你不知道，住在霞飞路那几个月不能正常工作，我心里有多急啊。"

眼泪在李沫英眼眶里打转，她赶紧去灶披间擦了擦，顺便给陈为人倒了杯水。"但是现在这样不行，家里总还是需要一个人买菜做饭带孩子，你和慧英家里有什么亲属吗，能不能请一个人来帮忙？"

"我早就想过了。我有个弟弟在湖南做生意，还要照顾母亲，而且他一个男人来也没多大用。慧英倒是有好几个弟弟妹妹，据我了解，三妹韩慧如跟她关系很好，也倾向于革命。她从河北省立师范学校毕业后，一直在高邑县当小学教师。"

李沫英马上道："那你怎么不早说，赶紧写封信，叫她来上海吧。"陈为人摇摇头："这几年我跟慧英东奔西走的，跟慧如基本没什么联系，不知道她现在情况怎么样，如果已经成了家生了孩子，我们还叫她不远千里来上海，做这么危险的工作，我于心何忍。"

李沫英腾地一下站了起来,高声道"为人同志",但想到墙外可能有耳,马上压低声音,"请慧英的妹妹来,是工作需要,孩子们要有人管的,你才能更好地投入工作。你写封信试试看吧,现在就写,我明天一早带到邮局去。"

当夜,陈为人辗转反侧,一宿未眠。他在想,断了组织经费后,怎么筹钱继续把合兴坊的房子租下去,因为这关系到中央文库的安全;他在想,不能眼看着三个孩子越来越瘦,无论如何也要把他们养大成人;他更多地在想,慧英不知道现在处境怎样,有没有受到敌人严刑拷打,会不会生病?韩慧英失联后,陈为人经常梦到她,有时候梦见她笑吟吟地朝自己走来,说"我没事啊,你瞎操心什么";有时候梦见她被敌人打得皮开肉绽,但神情坚定地绝不吐露文库的保管地点;更多时候是梦见韩慧英回家了,一进门就搂着三个瘦弱的孩子,却对自己没有半分责怪,只是连声说是妈妈不好,出去了这么久……

陈为人又想起他们两人的初次相识。那是 1927 年初夏,组织上派他前往天津做地下工作,后来中央决定把顺直省委放在天津,他担任省委秘书长。为了工作需要,他和刚到天津的韩慧英组成临时家庭,那年他二十八岁,看到白净秀气的韩慧英,以为对方是个中学生,就想去找省委负责人问是不是搞错人了。没想到韩慧英告诉他,自己已经二十四岁了,前年在河北二女师上学时,就加入了中国共产党,去年还被组织上派到陕西榆林从事地下工作。

不到三个月,他们就由假夫妻转正了,因为韩慧英在一天吃午饭时说的一句话:"其实,我们如果真当夫妻也挺合适的。"他们之间似乎没有真正谈过恋爱,但又似乎天天在谈恋爱,每当陈为人想到韩慧英说的那句话,心中总会升起诸多感慨:"真的是挺合适的。"

转眼已是 1935 年 6 月,给韩慧如的信已经寄走一个多月,但音信全无。此时的陈为人,除了整理文库和照看孩子外,还有一件事让他越来越心烦,就是如何凑够房租钱。

那箱湘绣样品,李沫英反复讨价还价,换来了 3 月份的房租。而接下来的两个月,4 月份是陈为人卖掉了韩慧英仅剩的细软,勉强付了房租,到了 5 月份,李沫英贡献了自己仅有的一枚金戒指,再加上她的工钱,但这还是离三十块银元差得很远,陈为人咬咬牙,跟李沫英说:"卖掉一些二楼的家具摆设吧,一楼的不能动,因为林家姆妈收房租的时候会来。"

李沫英诧异道:"这些东西都是房东的,你卖掉了,被他们发现或者以后退租的时候怎么办?"陈为人笑笑道:"我们先不要想以后,要一关一关地过。如果不凑齐这个月的房租,就没有以后了。"

但 6 月份的房租钱,却是万万没有了。

陈为人不仅越来越瘦，而且脸色日渐灰暗，他每次抱着小玛莉去隔壁，那个奶妈总是用异样的眼神看着他。这天，奶妈又啧着舌头，大惊小怪地跟林家姆妈说："嫩看看隔壁的张老板，瘦成了排骨精，问伊么伊讲最近生意太忙，我看啊，肯定是吸鸦片了。"

林家姆妈却没有心思回答。这几天，她原本花白的头发一下子全白了，看上去老了十岁。不为别的，是她那个跟小玛莉一起吃奶的孙子阿祥病了。一开始，孩子胃口不好，有点拉稀，家里人以为着凉了，便喂了点热水，加了件衣服。没想到病势越来越重，发起了高热，还拉出了脓血。便赶紧请了相熟的中医来看，那个老先生把着脉看了半天，说十有八九是痢疾，而且耽误了几天，已是重症，中药药性缓，赶紧送西医院。

这天晚上九点多，李沫英下班回到合兴坊，快走到自己家后门时，看到隔壁的林家姆妈正在敲门。她赶紧走过去问，这么晚了有什么急事吗？林家姆妈哭着说来找张老板，敲了一会儿门了，不知道在不在。

正此时，后门开了，陈为人迎了出来。原来，他刚才在里面听到敲门声，便上到二楼观察外面，看到四周没有异样，才下来开门。

三人在客堂间坐下，陈为人刚想问小阿祥的病情，林家姆妈先开口了:"张老板,今朝是来求你一件事的。我的孙子阿祥病了你是知道的,昨天送进洋人开的诺尔医院了,说是病情很严重,别的药没用了,只能用进口的特效药,打一针就是二十五块银元,一天要打两针,要连打好几天,再加上住院费,加起来少说也要两三百块银元。"

听到这里,陈为人和李沫英都在想:老太太是上门借钱了,但我们哪里有钱?

只听林家姆妈继续道:"我已经卖掉了一些金银首饰,还是不够。我就想问问张老板,这房子你想不想长租,如果不想长租能不能退给我们,我把房子卖掉,我再退给你一个月房租。"

陈为人和李沫英都是一惊,心想:这房子是不能退的,退了房子中央文库放到哪里去?陈为人便道:"我们刚在这里安顿下来,是想长租的。"

"那就好,其实现在急急忙忙卖房子的话,不说卖不出价钿,也没这么快啊。张老板能不能先付我一年的房租,给我拿来救孙子的性命?"陈为人略一迟疑,林家姆妈马上说:"张老板只要给我三百三十块银元,就可以住满一年,免掉你一个月房租。"

陈为人和李沫英都是心中苦笑:"要这么多银元,除非天上掉下来。"见两人都不开口,林家姆妈又哭了起来:"张老板行行好，你是做大生意的，就当救个小猫小狗。这样张老板，这里家具的顶费我也先不收了，你就安心在这里住一年。"

陈为人伸过手，紧紧握住林家姆妈不断哆嗦的双手，低声道："林家姆妈，我也想救你们家小阿祥，不过我们生意人手上是不留钱的，钱要转起来才能生钱。我明天一早就出去找人调头寸，看能不能周转一些钱。不过林家姆妈，三百三十块银元估计是凑不到的，你还是要想想别的办法。"

林家姆妈连连点头，千恩万谢地起身要走，忽然想起一件事："张老板，小玛莉好吗？那兄弟两个好吗？"

陈为人一愣，林家姆妈继续道："对不住张老板，这样问是触霉头的，不过洋医生讲了，小阿祥这个病十有八九是喝了不干净的水，问我平时给他喝什么水，我说是弄堂里的自流井水，他用洋话怪叫一声说，自流井的水千万别喝，他们医院这一个月收了很多这样的病人，已经喝死了二十多个人了。"

"我们爱昆和爱仑最近是有些拉肚子，小玛莉倒还好。"

林家姆妈急着要走，只是一再提醒，别再给小孩喝自流井的井水了。当时上海的很多弄堂里，都打了自流井。这些井打到地下储水层，因为地层倾斜，水凭借地层的压力作用，能自然渗入井中。很多穷人都以此为饮用水，但这种水里往往带着黄色杂质，含有大量细菌，经常引起爆发性的痢疾和伤寒。

林家姆妈虽是小康之家，但也节俭惯了，一家都喝自流井水。陈为人更是为了省钱,不愿把钱花在自来水上,也是全家都喝自流井水,所幸没有染上重疾。而上海滩上的众多市民们,尽管知道喝自流井水容易染病,但还是在喝,一是确实没钱,二是他们所住的地方根本就没有自来水。

送走林家姆妈,李沫英回到客堂间,奇道:"我们只剩下一块多银元了,你应该一口拒绝,怎么还答应林家姆妈去找人调头寸?"

"你想,如果刚才当场拒绝,倒是活脱脱一个一毛不拔的小奸商模样,而我的身份是湘绣批发商,大商人应该更圆滑,而不是马上拒绝这种事。而且,我看林家姆妈这么着急的样子,又怎么忍心当场拒绝。"

"你觉得有可能借到三百三十块银元?"

陈为人连连摇头:"这是肯定借不到的,不过现在让我掏三百三十块银元,跟掏三十块是一样拿不出来的。我是真的想出去借钱,能借三十块也好,就先把这个月房租付了,也算为小阿祥略尽微薄之力。"

"现在组织上一点都联系不上,上海滩你还有什么熟人?"

"其实我这几天一直在犯愁这个月的房租,我把上海滩所有的熟人都想了一遍,找上去既要安全,又要有可能愿意借钱,我只想到一个人,就是大先生。"

李沫英奇道："大先生是谁？"

"就是鲁迅先生，他的家人和跟他相熟的人，都喜欢称他大先生，一是因为他在三兄弟中排行老大，二是因为他是一个顶天立地的大人物。"

第二天下午三点多，一个脸色苍白、两颊凹陷、身着宽大长衫的中年男人，出现在虹口施高塔路（今山阴路）上的大陆新村。这是一片砖木结构、红砖红瓦的三层新式里弄房屋，和陈为人租住的老式石库门房相比，一大区别是这里有卫生设施。

陈为人走到 9 号门口，只见矮围墙、铁栅门，三楼还有挑空阳台。1933 年后，鲁迅先生住在大陆新村 9 号，这在中共高层包括左联的领导人中，并不是秘密。

开门的是个女子，三十七八岁的模样，正是许广平。1927 年 10 月，鲁迅搬到上海后，跟许广平正式同居，两年后生下独子周海婴。而那几年陈为人在上海办报纸刊物，跟鲁迅夫妇都有交往。

陈为人问道："大先生在吗？"许广平点头示意请进，把他引进一楼，她说了句"先生病还没好，我去楼上叫他"，便转身上楼了。

陈为人打量四周，前面有一个小院子，底层由一排玻璃屏门隔成前后两间，自己身处的是前间，看摆设是会客室，后间是餐室，正中放有一张八仙桌和四只圆座椅。

没一会儿，只听楼梯声响，鲁迅手里夹着烟走了下来，热情地打招呼。陈为人站起身来，问起他的病情，鲁迅说："老毛病了，最近天热哮喘好了点，但是又发了好几天低烧。"还没等陈为人道明来意，鲁迅先问："我记得你，那几年你编报纸，来跟我约过稿，后来凝冰也跟我说起过你，你跟凝冰也相熟吧？"

鲁迅口中的凝冰，是瞿秋白用过的笔名，他经常在信中这样称呼瞿秋白。他们一相识便成莫逆之交，鲁迅曾作对赠秋白："人生得一知己足矣，斯世当以同怀视之"。现在，他以凝冰而非秋白相询，多少也有点试探陈为人之意。

陈为人连忙说，1924 年自己在上海时，曾协助陈独秀编辑中共中央机关刊物《向导》，当时瞿秋白也参与编辑工作，可以说是自己的老领导和老同事。

鲁迅见他知道凝冰就是瞿秋白，顿时多了一层亲近感，马上关切地问道："那你知道秋白的近况吗？我只知道今年 2 月份他在福建长汀被捕了。"

"我是今年 4 月份在报上看到这个消息的，秋白刚被捕时，敌人好像并不知道他的真实身份。"

两人谈到，瞿秋白在被捕后还给鲁迅写了封信，编了假履历，说两年前，在同济医科大学读了半年后，回到福建养病，被红军俘虏，问他会做什么，他说自己并无擅长，只在医科大学读了半年，对医学一知半解。后来便在红军当了军医，最近被国民党逮捕了。"秋白信中说，你是知道我的，我并不是共产党员，如有人证明我不是共产党员，有殷实的铺保，可以释放我。"鲁迅把信上的内容娓娓道来，显然他看了很多遍。

瞿秋白在信中的落款是林祺祥，这是他以前用过的笔名，但用得不多。收到这封信后，鲁迅知道瞿秋白的身份并没有暴露，希望找人营救他。但原本在上海的共产党人却都找不到，正这时候却看到报纸上说，在福建抓获中共领导人瞿秋白。

在国民党的一次高级干部会议上，专门讨论了怎么处置瞿秋白。蔡元培提出，在中国像瞿秋白这样有才气的文学家实为少有，应网开一面，不宜滥杀，但遭到戴季陶等人的坚决反对。这样的话，瞿秋白是必死无疑了。

鲁迅和陈为人都是心中大恸，一起剧烈地咳嗽起来。

这时，鲁迅又打量了一下陈为人，问道："你身上的长衫是借别人的？"陈为人看了一眼长衫，有点尴尬地说："是我自己的，最近瘦了，所以显得宽大。"

鲁迅又看看他面容："你也是肺病？"

"将近四年了，在龙华监狱里染上的。"

鲁迅跟陈为人一见面，就大致猜到了对方的来意，这几句话一说，他就完全明白了，问道："家里有几个孩子，日子过得很艰难吧？"陈为人把家里情况简单说了，但没说韩慧英被捕，只说生了重病。

鲁迅沉吟道："秋白前几年在上海时，每个月只能拿到十六七块银元的组织经费，这微薄的经济收入，等同于一般工人的最低工资，唯能糊口而已，何况秋白还身患肺结核，哪里谈得上治病和调养。"

而鲁迅不知的是，对面坐着的这位瘦削的病人，他把自己和三个孩子每个月的花销，严格控制在五块银元之下。鲁迅抽着烟继续道："我看秋白这么困难，就建议他翻译一些俄匡文学，用稿酬贴补窘困的生活。他是国民党通缉的共产党要犯，名字不能见诸书报杂志，我就通过我的关系，请他不断更换笔名来发表文章，我还帮他争取到每千字三块钱的稿费。他夫人杨之华也写过一篇短篇小说，叫《豆腐阿姐》，我帮她改定后发表了。"

陈为人只是连连点头。

"你也编过书刊，还写过不少文章，你也应该拿起笔来继续写作，写好文章就交给我，我找地方发表。"说着，鲁迅回身上楼，一会儿拿下一个小布袋子递给陈为人："这里是二十块银元，就算是报刊书局预支的稿费，你先拿着。"

陈为人再三道谢，起身告辞。鲁迅定要送到门口，叮嘱陈为人要保重身体。

陈为人道:"先生也一定要注意身体,平常看的是中医还是西医?"

鲁迅摆摆手道:"中医都是些有意或无意的骗子,我的父亲就是被中医贻误病情害死的,所以我年轻时东渡扶桑去学西医。我现在的医生是个日本人,叫须藤五百三,已经在他的诊所看了两年多了。"

一听此言,陈为人马上道:"先生不要太相信日本医生,内子三年前生孩子,请了一个姓广用的日本医生,是十足的庸医。先生如果相信西医,最好还是请欧美医生,毕竟西医是他们的传统。"

鲁迅哈哈笑道:"都说火药是中国人发明的,难道现在欧美人制造炮弹,还要来中国请做烟花的老师傅去?"

第二年,也就是1936年3月起,鲁迅病情日渐加重,在家人和好友的劝说下,请来了美国医生托马斯·邓恩,诊断结果是晚期肺结核,建议马上抽掉胸部积水。鲁迅有点半信半疑,还是又请须藤五百三来看,他的诊断依然是支气管性哮喘和胃消化不良,并说胸部没有积水。

到了这年10月18日,前一天还在续写《因太炎先生而想起的二三事》的鲁迅,病情突然加重,于第二天早上五时二十五分与世长辞。鲁迅的死讯震动全国，上海的葬礼上有数万人吊唁，棺木上覆盖着一面白布，上书三个大字：民族魂。

而那个须藤五百三医生，自此渐渐遁出公众视野，据说战后被送回了日本，不知所终。

第七章
番薯粥

韩慧如到陈为人家，是半个多月后，1935 年 7 月份的事了。

那天中午，陈为人照例煮了一小锅番薯粥，然后又舀了一点点大米，给小玛莉煮了粥汤。听到后门传来一阵敲门声，陈为人从灶披间出来，上到二楼亭子间往下看，只见门外站着的是林家姆妈。

待要请她进来坐，林家姆妈连连摆手，说一会儿就要去医院，没时间进来坐了，只是有件事情来告知。陈为人已经猜到一二，但还是忙问，小阿祥还好吗？

林家姆妈未及开言，眼泪已经控制不住，以手掩面道："这段日脚，真是眼泪也要哭干了。今朝上午，医院通知我，小阿祥的痢疾还是很重，还要住院一两个月，给我一个礼拜时间付清住院费，不然就要叫我们去别的医院了。"

"林家姆妈，先不要急，我们一起想想办法。我半个月前给你二十块银元，你为什么不要？"

"张老板，我晓得你是好心人，不过我现在缺的是三百多块银元，你给我二十块有什么用啊？所以我那个辰光叫你自己留着，给三个孩子，特别是小玛莉买点奶粉，看她越来越瘦。张老板，我已经想明白了，我要把房子卖掉，我只能给你一天时间整理，明天一定要搬出去，我马上要让人家来看房子了。"

说完这番话，林家姆妈又连说几句对不住，就匆匆离开。

陈为人呆立在后门口，脑子里在迅速地盘算：当时从霞飞路搬到合兴坊，口袋里还有四十六块银元，这是最后一笔组织经费，现在手上只有不到十八块银元，这还是半个月前去鲁迅先生那里，鲁迅给了二十块银元。他拿回来直接送给了林家姆妈，只说最近局势不好，几个商人朋友都调不过头寸，这点钱先应急，等他手上那些货卖掉了，再给她三百一十块银元。没想到的是，林家姆妈一口谢绝，而理由今天终于问清楚了。

也就是说，这半个多月里，陈为人和三个孩子的生活费只用了两块多银元。而以区区不到十八块银元，要想在上海滩租界里租一个独门独户的房子，这是几乎不可能的事，更何况明天就要搬。

"难道搬回霞飞路白俄老太太家里去？她那里两间房倒是只要 15 块银元，但上次搬出来就是为了保证安全，万一 2 月份被捕的张老太爷和慧英中，有人受刑不过说出这个地点，岂不是自投罗网？"

正想着对策，屋里传出孩子的哭声，先是小玛莉嘤嘤呀呀的婴儿啼哭声，接着是爱仑的哭声，紧接着连七岁多的爱昆也大哭起来，屋内一片嚎啕。原来，孩子们都饿坏了。陈为人一面抱起小玛莉，一面赶紧开饭。其实，应该说开粥更准确一些。

正举家喝粥之际，后门传来轻轻的开锁声，吱呀一声门开了，走进来两个人。陈为人和孩子们包括小玛莉，都转头看去。

"妈妈，妈妈！"这是爱昆爱仑兄弟的欢呼声；"慧英！"这是陈为人的惊讶声；"啊，啊！"这是小玛莉的喜悦声。但马上，陈为人有点尴尬地咳了几声，爱昆也停止了欢呼，只有爱仑和小玛莉继续着他们的喜悦。

进屋的是两个女人，一个三十多岁身材健壮些的是李沫英，还有一个二十多岁圆圆脸的白净女子，在昏暗的后客堂间里乍一看，不就是韩慧英吗？但仔细打量，她比韩慧英高不少也年轻一些。

看到陈为人有点尴尬，李沫英快人快语："这是韩慧如，慧英的妹妹，今天刚刚从河北老家到上海。"陈为人赶紧站起身来，一时之间也不知道说些什么好："慧如，你来啦。"

李沫英赶紧招呼大家都坐下，并跟韩慧如说："这是爱昆，七岁了，很懂事；这是爱仑，四岁了，可顽皮啦；这是小玛莉，刚刚会说话，慧英这段时间不在，她就叫我阿妈。"

这时，陈为人已经从灶披间盛来了一小碗番薯粥，抱歉地对李沫英和韩慧如说："不知道慧如今天会来，没准备饭菜，粥也只剩下这一点了。"

李沫英马上笑道："我刚吃过中饭，慧如肯定饿了，不过这点粥也吃不饱呀。"陈为人回身又到灶披间，过了好一会儿，才拿来小半碗咸菜道："菜正好都吃完了，这个下粥还可以的。"

看着三个瘦小的孩子和骨瘦如柴的陈为人，韩慧如也是一阵心酸。还是七八年前，陈为人夫妇在北京工作时，他们见过几次面。她对姐姐姐夫的身份有着大概的了解，她自己也心向革命。看着眼前的情形，韩慧如心中明白，接下来她要照顾几个孩子了。

李沫英看着一桌人喝粥。

陈为人小口喝着，努力做出并不饿的样子，间或还咳嗽几声，也在努力掩饰。这时爱昆已经吃完，正在舔着碗，陈为人赶紧又舀了两勺给他。爱仑看到，马上把碗递过来，陈为人也给他舀了两勺。

韩慧如已经把小玛莉的粥碗接过去,正一口口喂着迅速吞咽的小玛莉。她把自己的粥碗放到陈为人面前:"姐夫,我下火车吃了一个大饼了,现在正饱着呢。"

李沫英待他们都吃完,把韩慧如叫到前客堂间,从自己的布包里拿出一件素色家常旗袍和一件衬衣,塞到韩慧如手里道:"我们两个身量差不多,这两件衣服你应该可以穿。"不等韩慧如推辞,"以后这个家要靠你了。"

随后,她又请陈为人过来,说她这么早出晚归的,容易引起别人怀疑,自己做工的那个东家已经问了她多次,为什么这么晚还要回家住,是不是家里有什么不放心的事。"现在慧如来了,我以后就不用每天过来了,我要多花点时间在找人上,但还是会常来的,会给你们带一点生活费。"

陈为人知道,她说的找人其实就是找组织,只是韩慧如坐在一边,她不好明说,连说没问题,自己和慧如会照顾好这个家的。李沫英也知道,他特意不说照顾好三个孩子,而是说照顾好这个家,就是包括了二楼夹壁墙中放着的那五箱中央文库。在陈为人心中,中央文库不仅是党的重要机密,也是自己重要的家庭成员了。

李沫英刚走,小玛莉又哭了起来。韩慧如哄了一会儿道:"小孩子刚才那些粥没喝饱,还有粥吗?"

"小玛莉喝的是大米粥,每顿只煮小半碗,到四五点钟抱她到隔壁去喂奶，晚上再喝一顿粥。你看，我有办法。"说着，陈为人接过小玛莉，把右手食指伸到她的小嘴里，小玛莉以为有吃的了，便用力吮起来，哭声暂时止住了。

"姐夫，这样不成啊，要把孩子饿坏的。"

陈为人便把这里一个月三十块银元房租的事跟她说了，并且说自己身体不好不能出去工作，韩慧英这段时间又不能回家，所以尽可能省吃俭用。

对于韩慧英被捕，因为韩慧如此时还只是进步青年，陈为人没有明说。而韩慧如知道姐姐姐夫的共产党员身份，心想姐姐的近况是党内的秘密，既然姐夫不说，自己也不便追问。对此，两人都是心照不宣。

听陈为人说到这里，韩慧如回身来到后客堂间，从自己的行李中取出一个布袋子，放到陈为人面前的桌子上："姐夫，这是三百块银元，你拿着。"

陈为人惊喜交集，连声说："这下好了，这下好了！"韩慧如以为他的意思是，这下生活费解决了，也是笑着点点头。陈为人又问她，这些钱是从哪里来的，韩慧如便把经过说了。

原来，她接到陈为人的信后，得知姐姐身患重病，也是心中大急，知道上海是一定要去的，而且很可能要去很长一段时间，考虑了一下，不仅把小学教师的工作辞了，而且还把河北老家的房子卖了，取出这些年当老师的全部积蓄和卖房子的钱，又变卖了一些无法随身携带的衣物，凑齐了 300 块银元。

因为卖房子需要一点时间，所以直到 7 月份才启程。而陈为人为了避免秘密泄露，信中没有留合兴坊的地址，而是按李沫英的意思，写了她做工的东家的地址。今天中午韩慧如一敲门，出来开门的正是李沫英。而一见长相酷似姐姐的韩慧如，李沫英也不用她作自我介绍了。

"姐夫，有了这点钱，以后不用顿顿都喝粥了。"韩慧如看到陈为人如此惊喜，以为他高兴的是孩子们的生活可以得到改善了。

没想到，陈为人接下来的一番话，是把林家姆妈的事说了，"慧如，你这 300 块银元真是救命钱。一是能救林家姆妈的小孙子，二是我们还能把这房子继续租下去，不用流落街头咯。"

"姐夫，你是说要把这些钱都给房东做房租？"

"是啊，房东为了救她的小孙子，说只要给她三百三十块银元，就能用十一个月的租金租这房子一年。不过么，现在只有三百块，再加上我手头上的十七块多，还差十三块，"陈为人想了想说，"不过应该没关系，林家姆妈好说话的，那十三块暂时欠着。"

韩慧如惊道："姐夫，那孩子们吃什么？"

一个多礼拜过去了。这段时间,陈为人一直在暗中观察韩慧如,发现她是可信的。于是一天下午,趁孩子睡午觉,把韩慧英被捕、自己和党组织失联的事都说了,只是对中央文库只字未提。

韩慧如并不意外,点头道:"姐夫,你最近咳嗽越来越厉害了,应该多休息,为什么晚上要在亭子间里待这么久?"

"我在整理一些资料,也在写我自己的一些经历。你知道我这些年东奔西走,领导过工人罢工,组织过农民暴动,编过报纸杂志,去过莫斯科东方大学学习,想有机会把这些心得写下来。"陈为人这话并不假,他确实是想在完成中央文库的整理工作后,写一写自己这些年的革命经历和感悟。

"这个其实不用急,可以先把身体养好,以后慢慢写。"

听韩慧如这么说,陈为人想起一事:"你明天买几个萝卜吧,萝卜润肺祛痰、解毒生津,可以养养我的肺。"

韩慧如苦笑着说:"这能起多少用?说起买菜,我忘了说,这几天隔壁那个奶妈一大早就在门口坐着,看到我买菜回来,就问张太太又买什么好吃的,然后就拉过菜篮子看,看到里面只有一两个蔬菜,就大惊小怪地说,张老板一出手就是三百一十个大洋,小阿祥被他救回来了,哪能自己这么省,不像大老板的样子啊。"

那天经过一番争执,陈为人决定给全家留下七块多银元伙食费，带着韩慧如给林家姆妈送去了三百一十块银元的房租。正坐在客堂间发呆的林家姆妈，一见银元顿时两眼放光，连说小阿祥有救了，抱起银元就往医院跑。至于陈为人说还有二十块房租以后再给，以及介绍韩慧如是病愈出院的张太太等，林家姆妈是完全没听到。

坐在一旁的奶妈却听得清清楚楚，虽也为小阿祥高兴，但心中还是泛着酸意：张老板出手这么大方，但他女儿喝了我这么长时间的奶水，连一点点表示也没有。所以从那天起，她总是找机会跟韩慧如搭话，显示自己的存在感，希望他们哪天开窍。

陈为人一听这话，也觉得是个问题："前段时间，我总是趁着那个奶妈在给小玛莉喂奶的时候，才有工夫跑出去买点菜，我买得快，回来时小玛莉还没喝好奶，所以奶妈看不到我买什么。"略一思考，"这样吧，你明天买块咸鱼，回来时盖在蔬菜上面，让奶妈看看我们有荤菜吃。"

韩慧如有点奇怪："为什么不买条活鱼，不是更适合孩子们吃吗？"

"你知道咸鱼最大的特点是什么，就是不容易坏，这是道具，要每天反复使用，不是用来自己吃的。"

"那每天都盖着一条咸鱼，奶妈又会说了，嫩个先生口味重得来，天天吃咸鱼阿会齁着？"

韩慧如学奶妈说常熟话，引来陈为人哈哈大笑："那就再买块咸肉，轮流盖在菜篮子上。不过进门就要收起来，别给爱昆爱仑这两个小馋虫看到。"

夏日的夜晚总是丰富多彩。但八点刚过，陈为人便让韩慧如到弄堂里，把爱昆爱仑叫回来，嘱咐他们洗漱上床。两兄弟正玩得兴起，连连摆手说再玩一会儿。陈为人只能自己去叫，两兄弟一看父亲驾到，也只能嘟着嘴回家了。

此时正是夏夜弄堂里的热闹时分，聊天、打牌、唱戏的都有，除了小玛莉不为所动地睡着了，爱昆爱仑则是躺在床上辗转反侧。陈为人只要看到孩子们上床了，便如逢大赦般地钻进亭子间，开始又一个夜晚的工作。

到了九点多钟，弄堂里人群散去，三兄妹也都入睡。却听到从弄堂一头，远远地传来一阵"笃笃"的板子声，这是卖小馄饨的来了。又听到从弄堂另一头，传来更为高亢的叫卖声："火腿粽子，白糖莲心粥！"

两个叫卖声越来越近，只见爱仑一翻身坐了起来，低声哭道："我饿，要吃。"睡在旁边的爱昆被他吵醒，一听窗外，放声大哭道："我也饿，要吃。"一旁的小玛莉也被吵醒，她不大会说话，只是啼哭不止。

陈为人从亭子间，韩慧如从楼下，都匆忙走过来。只见两兄弟都手指窗外,泪如雨下。按陈为人的规定,他们一日三餐都是喝粥,只是韩慧如来了之后,在以前单一的番薯粥的基础上,换了点新花样,比如炒个青菜等,有时候悄悄地从那条咸鱼上挖点肉下来,给孩子们煮点咸鱼粥,引来陈为人啧啧称奇道:"今天的粥怎么这么鲜?"

陈为人连忙哄道:"你们晚饭都吃饱了,应该睡觉,不能再吃东西了。"爱昆摸摸干瘪的肚子说:"吃的时候是饱了,可是刚才在弄堂里一跑,早就饿了。"陈为人当然知道喝粥不顶饿,责怪道:"早就说过,吃好饭不要出去玩。你们这么哭,吵醒了妹妹,她多可怜啊。"

陈为人的意图是,跟兄弟俩多说上几句,让小贩们走远就行了。哪知隔壁几家邻居纷纷打开窗户,叫住小贩讨价还价起来。小贩们一见有了生意,索性停下不走了,叫卖声却反而一声高于一声了。

韩慧如轻声道:"孩子们确实没什么吃的,今天就给他们买一点吧。"不等陈为人回答,她又问兄弟俩:"你们想吃什么?"

一个说:"火腿粽子!"另一个问:"那个笃笃是卖什么的?"陈为人自然知道是卖馄饨,他以前编报刊时,有时候做得晚,也会吃上一碗。

"敲笃笃的是在前面赶走野猫野狗,那个粽子是为了保护屈原，扔进河里给小鱼小虾吃的，你们想想能好吃吗？"陈为人听着叫卖声，盘算着这些东西里面，应该是白糖莲心粥最便宜，又道："给你们买碗粥吧。"

两兄弟大声嚷道："又喝粥啊，我们天天喝粥！"没等韩慧如说话，陈为人道："你们不知道，这个粥跟我们平时喝的不一样，不仅里面有好吃的莲心，而且加了白糖，很甜的。"

小孩子都喜欢甜食，两兄弟听了便往窗口下叫道："白糖莲心粥！"下面的小贩甚是机灵，马上问道："楼上的要几碗？"两兄弟回过头来看陈为人，韩慧如说要三碗，你们两个和爸爸各吃一碗。陈为人连忙摆手道："我可不饿，怎能像个小孩那样半夜吃东西，要两碗。"

这时候，有些住在楼上的邻居，从窗口放个篮子下来，小贩取了篮子里的铜板，再把食物放进篮子，楼上吊上篮子就可享受美味了。

爱昆大叫道："我们也要篮子。"韩慧如下楼取来一个小篮子，放了几个铜板和两只空碗，用根长绳拴好，两兄弟便吊上了两碗粥。陈为人从两个碗里各舀了一点，放进另一个小碗，这是给一旁瞪着大眼睛看了半天的小玛莉吃的。

两兄弟互相仔细对比了一下，发现各自碗里的粥基本一样多时，便埋头开吃，只五六勺，两个碗都已见底，两兄弟一边嚷着太好吃了，一边说没吃饱，还要！

陈为人道:"你们吃的这叫夜点心,点心点心呢,就是点点心的。吃饱了那叫夜饭,你们不是晚上早就吃过了吗?"

见两个孩子怔怔地看着自己,陈为人笑着站起身说:"你们要不要看爸爸跳舞?"孩子们都说要,连喝着白糖莲心粥的小玛莉也拍起了小手。

陈为人的舞姿不算优美,这是他在莫斯科东方大学时学的,但他跳得很开心。这时候,他似乎忘记了病痛,忘记了与党组织失联半年了,忘记了每天食不果腹的饥饿感,眼中只有欢笑的孩子们,和这个注定难忘的夏夜。

转眼到了秋天,上次预付房租时留下的七块多银元,早已用完。

韩慧如跟陈为人商量了几次,想出去做工补贴家用。以她河北省立师范毕业的学历,以及在老家多年的小学老师资历,找一份小学代课老师的工作应该不难办到。但陈为人经过一番深思,认为韩慧如初来上海,现在社会上又密布包打听和特务眼线,从保护中央文库安全出发,韩慧如留在家里更稳妥。更何况,自己的身体一天不如一天,要他再像以前那样,白天管孩子,晚上整理文库,已经做不到了。

但日子总要过,饭总要吃,看着面黄肌瘦的孩子,陈为人想出最后一个办法:卖掉家里除了一楼以外,所有能卖的家具。因为一楼是门面，偶尔要接待一些不请自来的邻居，比如隔壁那个常熟奶妈。

要卖掉家里的小东西时，比如闹钟、手表等，就由韩慧如放在提包或菜篮子里拿出去；有些不大不小的东西，比如大衣、电扇等，趁午饭后弄堂里的邻居午睡时拿出去；还有些大东西，比如桌椅板凳柜子等，就先联系好买家，叫他们晚上来拿。

韩慧如也像李沫英那样提醒陈为人，手表和衣物等都是陈为人夫妇的，但那些家具是房东的，如果林家姆妈哪天上门查看怎么办？陈为人苦笑道："只能先不管这些了，卖了再说，以后联系上组织，再添置也就是了。你看林家姆妈最近心情好，欠她那二十块房租都没提起，更不会上门来清点家具。"

自从用陈为人预付房租的三百一十块银元，支付了住院费，医院继续给小阿祥用进口药，一个多月后便出院。但出院是出院，还没痊愈。因为病情来势凶猛，而且拖延了治疗时间，小阿祥的急性痢疾转成了慢性，间歇还会发作，只是不会那么凶猛，料已无性命之险。也正因如此，小阿祥虽然已经一岁半了，林家姆妈还是留着那个常熟奶妈。这也是小玛莉长得比两个哥哥要略胖一些的原因，因为她有奶吃。

只是那个常熟奶妈好管闲事的脾气，似乎因为跟陈为人一家熟了，而变本加厉起来。一天下午三点多，韩慧如牵着已会走路的小玛莉,到隔壁来吃奶。放下小玛莉,便回家跟陈为人商量,说口袋里只剩下明天的菜钱了。

陈为人想了想,走进空空荡荡的二楼前卧室,从床底下拿出一个布袋子,里面是一身西服。他对韩慧如说:"这套西服是我和你大姐结婚时定做的,后来我只在重要的时候才穿,现在还有八成新。今天让它再最后发挥一次作用,卖掉换饭吃。"

听陈为人说得轻松,韩慧如却鼻子一酸掉下泪来:"这套西服卖了,你以后连一件像样的衣服都没了,你这个湘绣批发商以后出门,就穿那两件旧长衫吗?"

陈为人笑道:"现在生意难做,我这个湘绣批发商一没留神,一笔货砸在手里,亏了本钱,成了湘绣潦倒批发商了,这也说得通吧?"

韩慧如没心思听陈为人说笑,正色道:"我看这套西服就别卖掉了,先到当铺当了吧,等以后有钱了再赎回来。"陈为人连连点头:"那好那好,张老板有一天看准了一笔买卖,又大赚一笔,重新洋装笔挺招摇过市了。"

这时忽听楼下传来常熟腔女高音:"张太太,嫩个小宝贝帮嫩送过来哉。罪过来,她把我奶水吃空,还是没有吃饱!"

陈为人和韩慧如连忙走到楼梯口,一看正是那个奶妈牵着小玛莉在灶披间门口。刚才韩慧如回家后,因为想着一会儿就要去接小玛莉,后门就没上锁,没想到奶妈自己送回来了。

她急忙下楼，陈为人也跟在后面，只见奶妈已经走进灶披间，打开菜橱门，正往里张望。菜橱里放着一碗番薯粥，这是中午陈为人硬是剩下的，坚决不让还连声喊饿的兄弟俩再吃，这样的话，晚饭就可以少煮一碗。"哦呦呦，哪能只吃点山芋粥啦。张太太真是老派人，现在吃荤菜还讲究'当荤日'啊？"

　　韩慧如没听懂什么叫"当荤日"。陈为人来上海多年，当然知道上海本地有个老习俗，普通家庭不是天天吃荤菜，而是一个月只吃四次荤，通常是阴历初二、初八、十六和二十三，这几个日子被称为"当荤日"。但近一二十年来，随着外来人口的大量涌入，这个习俗早已被打破。

　　没等他两人说话，奶妈连珠炮似的道："就算今朝不是'当荤日'，也不好只吃粥的。嫩阿听过戏文里唱的，粥乃是饭后之物，如何能够充饥啊？"

　　见此情景，韩慧如道："这是专门煮给我吃的，我是河北人，喜欢吃番薯。"奶妈的眼睛还往四处溜，看到地上菜篮子里放着的一块咸鱼干，又大惊小怪起来："张太太，我看嫩三天两头小菜篮头里放块咸鱼干，嫩真欢喜吃咸货啊，口味不像河北人，倒是像宁波人哎。"

　　陈为人和韩慧如在边上看着，只能随口应付一两声。奶妈又道："嫩也是做姆妈的，晓得喂奶是很吃力的，先要大人吃饱吃好，奶水才会足，小人才会吃得饱。我也是命苦啦，吃一个人的饭,要喂两个小人。"

她话里的意思,陈为人和韩慧如当然听得懂,但手里只有一点明天的买菜钱,楼上那套西服还没出手,哪里有钱打发奶妈。

一看这两个人不接翎子,奶妈便愈发作:"张太太,嫩真不晓得我多少吃力,两个小人都长大了,特别是嫩的小玛莉已经会走路了,我看应该断……"

没等她把"断奶"两字说出口,陈为人不知从哪里来的力气,一个箭步冲到菜橱前,从下面小门里拿出一块咸肉,递到奶妈面前道:"这块咸肉是昨天买的,我们今天中午切了一些炖冬瓜汤喝,味道很好的,你拿回去炖汤吃吃看,如果觉得好,以后常来拿。"

听到这话,韩慧如心中先是一阵佩服,因为陈为人这一句话解决了两件事,一是堵住了奶妈的嘴,二是回答了她刚才的中午只吃山芋粥之问。接着却是心头一紧,让她以后常来拿,我们哪里有钱再买咸肉?

奶妈接过咸肉看了一眼,肥瘦色泽都不错,当即高兴起来:"这哪能好意思,张老板还是自己留着吃吧。"话虽这么说,却把咸肉牢牢抓在手里,从后门出去了。

两人对视一眼,都是只能苦笑。他们心里很清楚,要让小玛莉尽可能长久地喝这个奶妈的奶水,不然这么小的孩子如果跟着他们喝番薯粥，肯定是不行的。

韩慧如便要出去当掉那套西服，陈为人叫住了她，慢步走上楼，从亭子间取来了几张纸，递给韩慧如道："你把这些纸贴到附近的弄堂口和电线杆上去，不要离家里太近，也不要正贴，要斜着贴。"

韩慧如一看，每张纸上写的是同样的内容："天皇皇，地皇皇，我家有个夜啼郎。孩儿天天盼亲娘，若有音信儿安康。"

见韩慧如不解地看着自己，陈为人解释道："这是一种联系暗号，如果有组织上的人看到，就知道有失去联系的党员在找组织。我让你斜着贴，也是一种引起注意的办法，因为别的都是正贴的。"

"如果被同志看到，他们怎么知道我们在哪里呢？"

"他们会在纸上写下暗号，所以你要记住贴的地方，每天都过去看一下。"陈为人心里清楚，在偌大的上海滩，组织上能够看到这六七张贴纸，还能理解上面的意思，希望实在是微乎其微。但他已经用尽了几乎所有联系组织的办法，而这或许是最后一招。就像溺水之人，总要挥舞双手，试图抓到点什么，即便知道自己身在水中央。

暗号贴出去三个多月，韩慧如每天都会出去看，有的纸被雨水淋湿了，或者被别人贴的东西挡住了，陈为人便写了新的,让韩慧如再去贴。

因为贴了六七处地方,而且按陈为人的要求不能离家太近,韩慧如每天下午这一圈走下来,足足要一个多小时。

每天韩慧如一出门,陈为人就带着小玛莉坐在楼下,等韩慧如一到家,陈为人就先看她的脸色。每次看到的,都是韩慧如轻轻摇头。

此时,已是1936年初春。入冬以来,陈为人便开始咳血。一开始是手帕上一点,后来是一小块,随着天气渐冷变成了一大块。

这天下午,韩慧如照例出门。陈为人照例搬把小板凳,陪小玛莉在一楼玩香烟牌子。门外一阵急急的敲门,陈为人听声音便知是在外面玩耍的两兄弟回来了,艰难地起身开门。只见两兄弟满脸通红,抢着说话:"爸爸,弄堂口来了一个摆书摊的人,他的那个木架子可高了,比一个大人还高。上面放着很多很多小人书,有一册叫《封神演义》,听说可好看了。"

陈为人明白了两兄弟的意思,问道:"看一本要多少钱?"爱昆抢话道:"两个铜板看一本,不过那个摆摊的说了,如果我们要看全部二十本,他只收我们一个铜板一本。"爱仑马上插话:"爸爸,我和哥哥一起看,其实看一本只要半个铜板呢!"

陈为人突然心生一阵悲凉,二十个铜板只是一碗阳春面的钱，但他如果拿出来给孩子们看小人书，明天的饭钱又在哪里呢？想了想，从口袋里掏出两个铜板："天快要暗了，你伲先看两本吧。"

爱昆兴高采烈地拿过钱，突然想起："爸爸，如果只看两本，那个摆摊的要收两个铜板一本，这就只够看一本了。"鬼机灵的爱仑在旁边催道："我们跟摆摊的说，爸爸答应了，二十本我们都看，今天先看两本。"也不听陈为人说话，拉着爱昆一溜烟跑出去了。

陈为人看着比同龄孩子要瘦小得多的两兄弟背影，再看看眼前也变得面黄肌瘦的小玛莉，泪水不禁夺眶而出。

自打那次拿了一块咸肉回去后，常熟奶妈的笑脸持续了一个多礼拜。后来又多次上门问这问那，话里有话地说着喂奶的不易。有一次，韩慧如实在忍不住，要把仅剩的那块咸鱼干给她，却被陈为人用眼神制止了。

因为如果没了这块咸鱼，韩慧如每天的菜篮子就彻底暴露在邻居们的眼中，现在虽然也有人问，张老板家怎么天天吃咸鱼，但也好过经常被问，张老板家怎么吃不起一点荤腥。而且咸鱼干的效力肯定比不上那块咸肉，估计最多也就是让奶妈消停四五天。

还有一个原因是，隔壁小阿祥的身体在慢慢见好，已经连蹦带跳了，估计他不会再喝多久的母乳。果然，在奶妈日益难看的脸色中又过了几天，林家姆妈上门来，说他们家小阿祥要断奶了，如果小玛莉也准备断奶的话，她就准备把那个爱管闲事的奶妈辞退了。

而从那时起，小玛莉也开始顿顿喝番薯粥了。有一次，韩慧如还问陈为人，天天番薯粥孩子们都喝厌了，一样喝粥为什么不翻点花样？陈为人叹口气道："番薯便宜，而且最顶饱。"

前几个月，李沫英最多隔十天半个月就会来一次，给孩子们带点吃的，临走时还会塞给韩慧如一两块银元，陈为人知道这是李沫英从她微薄的工钱里硬省出来的，和韩慧如一起推辞，李沫英总是笑笑转身就走。

对于孤身守护中央文库的陈为人一家来说，这一两块银元就是活命钱。但是，这一个多月来，却没见到李沫英的踪影。抱着骨瘦如柴的小玛莉，陈为人边陪她玩手上的香烟牌子，边默默地落泪。以至于韩慧如开门进来，韩慧如轻声叫他，都没听见。

只听韩慧如提高了声音，陈为人赶紧擦擦泪眼回头看了一眼。只见每次查看贴纸回来都摇头的韩慧如，正对自己微笑着连连点头。

韩慧英站在队列中，等待运送囚犯的卡车。

在法租界巡捕房关了两个多月后，巡捕们已经对这个满口河南话的农村女人失去了兴趣。提审从一开始的昼夜连轴纺，到后来的一个礼拜一次，再到最后连续半个多月没去搭理。若不是韩慧英肤色较白，不太像从小生活在河南农村的，巡捕房早想把她放了，以便腾出地方给新抓的犯人。

韩慧英却越来越焦急。她跟几个女犯人关在一起，晚上就睡在铺了草席的水泥地上，经常一闭眼就梦见陈为人和三个孩子，特别是还在吃奶的小玛莉饿得嚎啕大哭，张开两只小胳膊扑向自己。惊醒过来，发现自己也早已泪流满面。

她一开始关进来的时候，几次提审的路上，远远看到好几个自己认识的同志，对方也看到了自己，但都马上低头，不仅要装作不认识，还希望对方最好不要看到自己，以免有人叛变被供出真实身份。让她觉得奇怪的是，这么久从来没见过张唯一。

这时候，上海警备司令部派人来巡捕房交涉，要求将1935年2月份抓捕的中共疑犯转交给他们审讯。那个当日在张唯一家里守株待兔的西捕，是这次抓捕行动的探长，他正为怎么处理这么多犯人伤脑筋，一听这个要求，立马挥手道："转！"

按理说，2月份抓捕的这些疑犯，是不能让他们碰面的，以避免串供。一开始，巡捕们是严格遵照执行的，所以跟韩慧英同囚室的女犯，没有一个是这次行动抓捕的。但到了后来，也就慢慢松懈下来,而这次转运犯人,他们用三辆卡车一起装走。

韩慧英站在囚犯队列中,忽然瞥见右面一个队列中,有个男人的背影很熟悉,跟陈为人个头相仿但壮实一些,这不是张老太爷吗?一时激动,韩慧英差点喊出声来,连忙装作咳嗽,捂住了自己的嘴巴。

这时候,三辆卡车开来,看押犯人的巡捕们推搡着他们上车。韩慧英看到,自己和张老太爷的两个队伍上的是不同的卡车,心中更是大急。此时,一个巡捕推搡了她一把,她急中生智,顺势往前扑倒在地,坐起身大声喊道:"推俺做什么,俺又不会跑的!"

喊声引来众人注目,韩慧英用眼角瞥到,那边队列中的张老太爷也回头观望,正默默地看着自己。她心想,这就好。然后继续大声道:"俺被你们抓了,俺老公一个人在家里看孩子,俺要回去找他们!"

一个华捕走过来一把把她拉起来,瞪了她一眼,却没说话。韩慧英又高声道:"俺老公没钱,怎么养孩子!"那华捕忍无可忍,骂道:"你,你个,乡,下下,野女,女人!"原来正是那天在二楼看管韩慧英的结巴华捕。

隔壁队伍中的张唯一看了这一幕,不禁心中称赞,韩慧英跟陈为人学到不少对敌办法。她故意跌倒大叫,是为引起我的注意，喊的三句话是三层意思——我被捕了，陈为人一个人在家守护中央文库，陈为人手上的经费不多了。

韩慧英在龙华监狱的遭遇，跟在巡捕房时惊人的相似。也是一开始被频频提审，还受到了刑讯逼供，然后提审次数逐步减少，间隔越来越大，到1935年10月份后，便被扔在囚室里无人过问了。

不管提审中，刑讯逼供下，还是平时跟别的女犯接触，她始终都用河南话说，她是从河南乡下来上海投奔姐姐的，写有地址的纸条下火车时连行李一起被抢了，文安坊6号是找错地方了，自己根本不认识那里的主人。

特务们也觉得这个乡下女人不大像共产党，只是她找上门的时间恰恰是在张唯一被捕第二天，似乎有点过于巧合，便决定先押着再说。

与此相反，张唯一则一直是提审的重点对象。他的被捕是因为有叛徒出卖，所以敌人知道他是中共中央秘书处的人，而且在他家还发现了不少进步报刊。但张唯一尽管屡受酷刑，始终咬住自己只是秘书处的小人物，只是帮着保管进步报刊。

而在监狱外，因为张唯一在党内的重要身份，各方都在想办法尽力营救。到了这年9月份，已经有监狱里的内线跟他接上了头。张唯一跟内线说，自己虽然一直没承认，但特务们都认定他是中共高层人物，短时间内很难营救，他建议先营救没有暴露身份，而又肩负重要任务的同志。在张唯一口述的这份名单中，韩慧英赫然在列。

转眼到了1936年初。这天上午，韩慧英正在囚室内缝补衣服。为了表现得更像河南乡下女子，她主动为狱友缝补衣服，有时候狱警的衣服袜子破了，也会给她缝补。这时，一个狱警来拿衣服，看着细密的针脚，不由地感叹一声："我的老婆有这手艺就好了，你以后出狱了，可以摆个小摊帮人缝补，吃口饱饭应该不难。"

正说话间，突然一个特务带着两个荷枪实弹的军警冲了进来，对着韩慧英大吼一声："共产党婆娘，你别再装了，你要是不说，现在就拉出去枪毙！"

韩慧英心中一紧，心道：跟着陈为人干革命时，就想好有一天要为革命献出生命，这一天终于来了。想到这里，心便宽了。忽然又想起，陈为人曾经跟她说过，监狱里审犯人有一招，就是假枪毙，假戏演得最真时，不仅拉到刑场，更要按住犯人跪倒在地，甚至真的开枪，但开的是空包弹。如果这一过程中，犯人没有招供，便可排除嫌疑，直接释放了。

韩慧英的脑子飞速地转着，身体却完全没有闲着。一听这话，吓得瘫倒在地，死命地大喊："俺的姐啊，俺的哥啊，快来救俺啊！俺还有老公和三个孩子呢，求求大老爷，不要杀俺啊！"

特务命两个军警抓住韩慧英的衣服领子，就往外面拖。韩慧英一路大喊，一直拉到监狱门口，军警们把韩慧英往地上一推，那个特务道："上海不是你这种乡下女人来的地方，滚吧！"

他们嫌麻烦，连拉到刑场假装开枪的戏码都省掉了，直接把韩慧英扔出了龙华监狱的大门。

韩慧如拿出一张纸，递给了陈为人。打开一看，正是一张贴纸，在下面空白处画了两个小小的方框。陈为人一看，便知这是自己的同志画的，约的是明天晚上，到离这张贴纸最近的一家小饭馆接头。

韩慧如诧异道："这两个小框框有这么多意思？"

陈为人一时惊喜，又是一阵剧烈的咳嗽。他尽力止住咳声，指着纸上说："你看，一个框框里画了两个月亮，如果画一个月亮就是今晚，两个月亮是明晚，再看那个框框，画的是斜斜的两竖，就是一双筷子，指附近的小饭馆。"

"这也太神奇了。"

"联络密码就是特定的一群人之间约定的暗语，表达方式越简单越好，关键是自己同志看得懂，敌人看了根本不知道说什么就行。现在不能跟你多讲，等你以后入了党，组织上会详细跟你说。"

陈为人心里在想，怎么会这么巧，这张贴纸像大海捞针一般，被组织上打捞起来，写暗语的会是谁呢？他盘算着，心道多想无益，便说："慧如，一会儿吃好晚饭，等孩子们睡着了，你上来帮我把亭子间里的文件翻一翻。"

韩慧如知道，每天晚上陈为人都要钻进亭子间。她带着小玛莉睡在一楼，总是要到一两点钟，才听到亭子间的开门声，陈为人咳嗽着出来，回二楼前卧室休息。为此，她多次劝陈为人不能弄到这么晚，身体吃不消。而陈为人只是说，现在已经比以前早很多了，以前要干到天亮。

晚上九点多，陈为人叫韩慧如上楼，打开亭子间的门。在这个家里，陈为人不允许其他人进入，以前韩慧英在的时候，也必须是陈为人叫她进来帮忙，她才能进入，这是孩子们都知道的禁令。

韩慧如好奇地四处打量这间充满烟味的房间，看到这个亭子间比正常亭子间要小，房间里一张木桌、一张木凳，还有一样是放在墙角的炭火盆。方才韩慧如在楼下哄小玛莉睡觉时，陈为人已经在这里工作了一会儿，火盆里还有一些刚刚烧掉的纸灰。

陈为人走到墙角，轻轻挪动几块砖，再打开一道隐蔽的小门，招呼韩慧如过来。里面是五只大小不一的箱子，陈为人让韩慧如帮着把箱子一只只搬出来，然后教她怎么打开，怎么轻轻翻动里面的文件。

韩慧如不解，陈为人解释道，这是怕文件受潮发霉，所以每个月要上下翻一次，特别叮嘱在五六月份的梅雨季节，每个礼拜都要翻动。

然后，陈为人告诉韩慧如，第一箱是中共中央和共产国际文件，第二箱是中共顺直省委、鄂豫皖中央分局、闽西特委等十八个地区的文件，第三箱是中共上海区委、河南省委、湘鄂西中央分局等十个地区的文件，第四箱是未整理的文件，第五箱是中文和俄文书籍、刊物。并叮嘱道："这是中央的最高机密，一定要用自己的生命守护它，如果遇到了万分紧急的时刻，哪怕是放火烧楼，也绝不能让这些文件落到敌人手里。"

韩慧如仔细听着，并一一记下，但心中有个疑团也越来越大："姐夫，你为什么今天要跟我说得这么详细？"

陈为人先笑了笑，然后严肃地说："慧如，你来上海好几个月了，我也一直在观察你，你是一个好青年，等以后党组织恢复了，组织上会考察你，我相信你有机会入党。我今天之所以请你到亭子间来，让你看到这些文件，是想嘱托你，万一我有什么不测，你一定要承担起守护中央文库的任务。"

"姐夫，你要去执行很危险的任务？"

陈为人摇头道："没有什么特殊任务，守护好这五只箱子，是我现在唯一的任务。但今天你拿回来的那张贴纸,我总觉得有些蹊跷,我当时也是自知不可为而为之,没想到真的被别的知道暗语的人看到了。我担心可能是被叛徒发现,想引我上钩。"

说到这里,韩慧如说道:"要不,明天晚上就别去了?"

"不行,万一真的是自己的同志呢,这是唯一能够联系上组织的机会,我不能不去。我只是想告诉你,一旦发现是陷阱,我不会让敌人活捉的,敌人不会有机会来审讯我,不可能从我嘴里获得任何信息。"

韩慧如心中一凛,她明白,陈为人将抱着玉碎之心,去赴明晚之约,不禁潸然落泪。但她不知道的是,陈为人之所以今夜如此托付,还有一层原因是,他最近咳血越来越严重,有时候甚至吐血,他担心身体最终不支,故此托付身后之事。

韩慧如边哭边郑重点头道:"姐夫你放心,万一出事,孩子们和中央文库都有我呢。"

没想到,陈为人一听这话,语气突然变得严厉起来:"韩慧如,你必须记住一点,中央文库永远比三个孩子重要!"

第二天,陈为人特意嘱咐孩子们早点开晚饭。韩慧如来了之后,饭桌上除了雷打不动的番薯粥之外,总会多一样蔬菜。

今晚,爱仑眼尖,发现端上来的炒青菜上,还有好几个百叶结。顿时欢呼着，抓起一个百叶结便塞进嘴里。陈为人却没有动筷子，他看着三个孩子。在他眼中，孩子们虽然都很瘦，但都很可爱，也各有特点，爱昆憨厚，爱仑机灵，小玛莉萌态可掬。看着兄弟俩就着青菜和百叶结，很快就把各自一小碗番薯粥一扫而尽，便把自己碗里的粥分给他们。转头又看着韩慧如喂着的小玛莉，慈爱地说："碗里这点够不够，要不要也加一点？"

吃完饭，两兄弟去弄堂里玩了，韩慧如从抽屉里取出一块银元，塞给陈为人，说上次典当那套西服后，现在还用剩下两块银元，让他把这块带着当饭钱。

陈为人笑道："我又不是去吃什么山珍海味，哪里需要这么多钱。"用手拍拍口袋，"你听，这里有十几块铜板呢。"他心想，如果落进陷阱，不能让这块珍贵的银元为我陪葬。

陈为人慢慢走到弄堂口，一阵寒风吹来，他猛地打了个冷噤，又控制不住地猛烈咳嗽起来。他随身带着两块手帕，因为如果一块被咳出的鲜血染红，还有另外一块备用，不至于引起旁人注意。

按韩慧如说的路线，陈为人在寒风中艰难地走了十几分钟，便看到一家烟纸店门口的电线杆，这正是韩慧如所描述的。陈为人装作要掏钱买烟，打量了一下四周，旁边除了这家烟纸店外，还开着几家布店、小酱菜园、南货店。他又举目朝街对面望去，那里有水果摊、藤器店、汽水店，再往前看，门口进出人最多的，是一家普罗饭馆。

陈为人朝饭馆方向走了几步，但并不过马路。他看到，这是一家两层楼的小馆子，楼下坐着一些车夫这种再冷也穿短衣的短衫帮，和穷文员之类的长衫帮坐在一起，而二楼应该是专点炒菜的雅座。这是当年上海滩相当普遍的普罗饭馆，两个层面招待不同阶层的吃客，好像要把三六九等人的钞票都赚来。

陈为人看到这家饭馆，便想起四年前在三马路上相似饭馆，跟张老太爷接头的情景。陈为人在马路这边继续走着，越过那家饭馆后，从另一个角度仔细打量，又看了看马路两边，都没发现有何异常。

此时正是饭点，楼下只有一个堂倌在忙碌，他眼角瞥见一个瘦骨嶙峋的中年男人走了进来，穿着一身洗得很旧的棉长衫，脸上一副病容，便没去搭理。这种堂倌最是善于看山水，一看衣着鲜亮的就连忙往楼上雅座请，一看破布烂衫的就赶紧往外赶，像陈为人这种看着没几个钱的就随他去。

陈为人缓步往饭馆里走，只见一楼是长桌长凳，几个车夫和苦力坐在一起，每人面前只是一样蔬菜或豆制品，但手里都捧着一大碗饭；长桌那一头，几个学生模样的年轻人在一起说笑，吃的是青菜打底的大排饭；靠墙长桌那几个人刚走，一个胖胖的堂倌在弯腰收拾空面碗,一边还在斜着眼睛打量自己,然后又转过头看另外一桌,一副不想搭理的样子。

看到这个病恹恹的中年男人径直朝自己走过来,胖堂倌便直起腰来问道:"吃点索西?"张口就是宁波话。

陈为人坐下道:"我等个人,他来了再点。"胖堂倌心想:口袋瘪瘪,气派大来,等人点菜上二楼去啊。但还是先堆起了笑,道:"先生,小店一楼做的是普罗大众生意,要等人楼上清净,喝着茶慢慢等。"

此时,陈为人身后对角的一条长凳上,坐下一个人,是刚刚从后门进来的。此人瞥见一个胖堂倌正满脸假笑地跟陈为人说着什么,似乎不满意他在客人最多的时候占掉一个座位。再看看周边没什么异常,便起身往那桌走去。

胖堂倌看见此人直奔陈为人而来,心道:还算好,这个痨病鬼等的人来了,假使一等半个钟头,要少赚多少铜钿啊。正想提醒陈为人等的人来了,后面那桌有人叫堂倌,他便转头回应。

陈为人看到胖堂倌的眼神,便知身后有人走来,只是把手伸进口袋,摸了摸随身带着的一把剪刀,并不回头看。

走过来的人侧身在陈为人身旁坐下,并不看陈为人,只对着堂倌高声道:"两碗大排饭,鸡毛菜和豆腐衣打底。"

胖堂倌回过头来,看到一男一女紧挨着坐着,口中答应着,心里想:小饭店里轧朋友,真是穷开心。

陈为人转头一看,身边坐着一个清瘦秀气而神色疲惫的三十多岁女子,正是韩慧英。

大惊大喜之下,陈为人又是一阵剧烈的咳嗽。韩慧英的热泪早已经止不住了,陈为人连忙掏出口袋里的手帕递上,问道:"慧英,你什么时候出来的,为什么要约我到这里,怎么不回家?张老太爷好吗?"

一串连珠炮似的问话,让韩慧英一时语塞,千言万语不知从何说起。

只听韩慧英说道,她出狱已有一个多月,因为担心有特务盯梢,便没敢回霞飞路的家,只是找到了当年陈为人入狱时,曾合租的那个同乡阿姐,住在她家。后来经过反复观察,确定没有盯梢后,她去了一趟霞飞路,在门外远远地看着,等了好久,才看到扎哈洛娃老太太走了出来,后面跟着一个五十多岁的中国女佣,她一看这个情况,便知陈为人和李沫英已经搬走了。

"你被捕第二天,我们就搬走了,不是信不过你和张老太爷,而是那些货太重要了。"身边说笑声嘈杂,陈为人又压低了声音,韩慧英勉强听明白了,她当然知道"那些货"指的就是中央文库。

韩慧英点点头,继续说:"我从霞飞路回家的路上,一直盘算，你们新搬的地址我不知道，中央机关已经被严重破坏，很多同志都在监狱里，现在只有一个人有可能找到，就是沫英。"

"你去了她在南市华界的母亲家？"

"对，我以前跟她去看望过她的女儿，所以认识她在南市的家。沫英不是天天回家，我便留了接头方式给她母亲，这是内部暗语，老太太看不懂。见到沫英后，我最着急的是三个孩子的情况，她跟我说慧如来了，我才安心一些。"

因为食客多，那个胖堂倌此时才端着两碗大排饭走过来，看到两人哭着笑着低头细语，心想：这十有八九不是正经轧朋友，肯定是轧姘头。小饭店里轧姘头，真是穷风流。

瞥见胖堂倌端着两碗大排饭走过来，一路脸上带着坏笑，陈为人道："我们两个坐在这里窃窃私语真是太显眼了，我们回家吧。"

韩慧英用眼神阻止，说道："你的新地址，沫英在确认我没有叛变后，上礼拜就告诉我了，但你知道我为什么要约你到这里？你知道沫英为什么一个多月没来找过你了？"

这也是陈为人心中的一大疑团，他强忍着咳嗽没说话，只是看着韩慧英。

"因为沫英说，她在一个多月前，有一次在合兴坊的弄堂口，猛地瞥见一个独臂车夫拉着车经过。虽然是背影，但她认出是独臂阿秋,上海滩哪来第二个独臂拉车的?一开始,她以为阿秋只是路过,但跟了他半个多小时,发现他一直慢悠悠地拉着车围着合兴坊转,好像在找什么人。"

陈为人这才明白,独臂阿秋的再次突然出现,使得李沫英为避免引狼入室,一段时间没再登门,也使得韩慧英有家不回而要在这里接头,她们担心的都是中央文库的安全,问道:"你这几天是不是就在合兴坊周围,一是看阿秋在不在,二是等我或者慧如出门?"

"我没看到你,也一直没看到阿秋,好几次看到慧如出门,不过担心她被盯梢,并没有马上相认。后来看到她往电线杆上贴纸,想到当机要交通员时的联络暗语,昨天就在贴纸上留下了接头信息。"

韩慧英边说边让陈为人吃饭吃菜,心疼道:"你怎么瘦成了皮包骨头?"陈为人笑笑说,带孩子确实累,尤其是前一段一个人带三个孩子,所以瘦了很多。两人把饭吃了,不约而同都没有吃大排。

韩慧英急切地问:"我现在能不能回家?"陈为人知道她急着回家看孩子,一边在盘算,一边问道:"你确定这一个多礼拜中,没有在合兴坊附近发现阿秋的踪迹?"

"你知道我是老交通,反盯梢还是在行的,这点我可以确定。要不要我再观察几天,确定没有盯梢后再回家?只是,只是想那几个孩子。"韩慧英说到这里，眼圈又是一红。

"不，要回就今天晚上回家。"陈为人说得斩钉截铁，令韩慧英非常意外，瞪大了眼睛看着对方。

陈为人并不是心软，而是考虑了三点。一是时间，李沫英是在一个多月前发现阿秋的，螳螂捕蝉黄雀在后，韩慧英已经搜寻一个多礼拜而未见阿秋，根据他多年的地下工作经验，盯梢并不职业的阿秋应已不在附近；二是人物，慧如天天出门买菜，她长得很像姐姐慧英，而且近来一直穿慧英的衣服，阿秋对此却未作反应；三是文库，他担心自己的身体将很快不支，慧如不是党员，让她承担守护任务是没办法的办法，现在慧英回来了，在联系不上党组织的危急情况下，她是最佳守护人。

"你回住地取一下东西，然后在晚上九点后，从后弄堂口那家大饼店的后门进合兴坊。"随后叫来堂倌，要了两张油纸包上两块大排，递给了韩慧英，"你带着吧，晚上到家你给孩子们，就算一个小礼物。"

第八章
药水弄

韩慧英的归来,让陈为人的困窘生活有所改善。不仅因为韩慧英带来了十块银元,其中六块是李沫英给的,另外四块则是韩慧英那位同乡阿姐送的,这让已经被变卖一空的二楼,留下了仅剩的一张床。更因为有了韩慧英的细心照料,陈为人的咳血暂时止住了。至少,他偶尔出门时,不用带着两块手帕。

但组织上依然杳无音讯,对这个六口之家来说,十块银元显然维持不了多久。1936年4月的一个夜晚,待三个孩子都睡着了,韩慧如向姐姐提出,自己想出去找一份教师工作,可以补贴家用。韩慧英还没回答,只见陈为人从二楼匆匆走下,步履是鲜见的轻松,脸上居然还带着轻松的笑意。

韩氏姐妹都抬起头,诧异地看着他。陈为人一字一句道:"从1932年6月接手保管中央文库,到今年4月份,我完成了全部两万多件文件的整理归类、时间核对、誊抄裁剪等工作。

我接手时，那是中央文库中零散的两万多件文件；而现在，这是由两万多件文件组成的完整的中央文库。"

因为激动，陈为人有些词不达意，但两姐妹都明白，他的意思是，一个目录清晰、归类科学的中央文库，在小沙渡路合兴坊 15 号二楼的亭子间里，建成了！

"为人，那你可以休息一段时间了，好好养养身体。"

对于妻子的关切，陈为人却并不以为然："还不行，我马上要写一个《开箱必读》，这是前两年就想写的。现在终于完成整理，可以写了。我要写一个'装箱记'，记录这五只文件箱分别装入的是什么文件、资料，还要写一个'开箱记'，要查找库藏文件、资料，必须按目录次第去检查，什么文件在什么目录中。"

这些话，虽然陈为人曾跟自己说过好几遍，但韩慧英依然兴致勃勃地听着，分享着陈为人发自肺腑的喜悦。因为她知道，这对陈为人、对自己、对这个家来说，太不易了。

回到亭子间，陈为人铺开稿纸，为《开箱必读》写下了开头一段："在未开箱之先，必取目录审查，尤其是要审查清理的大纲共二件（一切文件，都是按此大纲清理的），然后才按目录次第去检查，万不可乱开乱动。同时于检查之后，仍须按原有秩序放好。"

又过了半个月，在李沫英的帮助下，韩慧英谋到了一份代课老师的工作，地点就在麦根路（今淮安路）上培明女中的附小。对于她这个保定女二师的毕业生来说，也算驾轻就熟。

虽然韩慧如也想出来工作，但慧英暂时没答应。因为陈为人身体依然虚弱，家中三个孩子需要专人照顾，更重要的是，出来工作并非只为挣些家用，还有一个任务是寻访党组织的线索。而这，对于初来上海的韩慧如来说，显然是难以办到的。

让韩慧英焦虑的是，她出来工作已经一月有余，也和陈为人商量了不少找组织的办法，但毕竟是大海捞针，只是徒劳无功。

这天一早，韩慧英刚刚踏进教师办公室，工友阿宝提着两个暖水瓶走了进来。然后手拿抹布，逐个给每个老师擦桌子，这是阿宝的日常事务。韩慧英打开笔记本，准备再备一下课。

"韩老师，锅炉房你还没去过吧？"

韩慧英一抬头，只见阿宝已经擦到她的桌子，正跟自己说话，便道："是啊，辛苦你，每天要去打好几回水。"

"我们这个锅炉房跟别的地方不一样，最好现在去看一看。"说着，阿宝眯起那双本来就很小的眼睛，似笑非笑地走开了。

韩慧英心中一动，阿宝平时沉默寡言，跟每个老师只是眯着眼睛笑笑，很少看到他主动开口。今天这句话里，显然有着别的意思。想到这里,韩慧英拿起后面桌上一个空暖水瓶,径直往锅炉房走去。

去锅炉房要穿过小操场,有的老师跟她打着招呼,心里在想,这个新来的倒是肯干,连工友的那份工钱都想赚。

这时,早上第一节课已经开始,锅炉房中空无一人。拧开水龙头,韩慧英四处观瞧,却没看出有何特别之处。正要提起暖水瓶离开,忽听锅炉后面有人轻声道:"张太太,这里来。"

声音很熟悉,但又想不起是谁。韩慧英提着暖水瓶慢慢绕过去,只见一个瘦小的男人正向自己招手,居然是开老虎灶的刘阿毛。对她的称呼,还是以前开老虎灶时习惯用的"张太太"。

"阿毛,你怎么在这里?"

刘阿毛招呼她走进一个工人休息的小房间,关上门道:"我已经暗中观察你一个多月了。"

韩慧英一愣,道:"那怎么现在才找我?"

"你被捕那天晚上,李沫英就来我的老虎灶店里,我马上出去打探,才知道不仅是你,还有张老太爷、小妹和很多同志都被捕了,我也只能马上转移。还好我有烧锅炉的手艺,托人在这里谋了个差事。我暗中观察你,是要确定你有没有叛变,所以现在才来找你。"

"那个工友阿宝也是我们自己人?"

刘阿毛摆摆手，意思是不要问，继续道："为人好吗？"

韩慧英平静地说："他的肺病很严重，最近稍微好一些，我们已经一年多联系不上组织了。"

"我也是最近才联系上的。"

听刘阿毛此言，韩慧英着实是意外之喜："刚才看到你，我就觉得有希望了，没想到你已经联系到上级了。"

"组织上也在找为人和你，他们要了解那批货的情况。"

韩慧英点点头："你跟组织上说，那批货目前安全，为人已经把那批货都盘点过了，分量轻了，查找起来更容易了。"

听罢韩慧英的叙述，陈为人一阵晕眩，然后是激烈的咳嗽，虽然已经取出手帕捂住嘴，一口血还是喷了出来。这让韩慧英大惊失色，连忙扶住陈为人，一时间不知如何是好。

在危险艰困的环境下，长期的彻夜工作和营养不良，已经严重损伤了陈为人原本就有疾患的身体。自从韩慧英回到家，他的身体确实有所好转。但最近完成了中央文库的整理工作，昨天又写完了惦记已久的"开箱必读"，让陈为人长久吊着的那口气松了下来。精气神的一放松，再加上今天听说刘阿毛能联系上组织的消息，他的身体突然出现了反复。

陈为人笑笑说："没关系的，咳血已经很久了，只是没告诉你，慢慢治就行。现在最重要的是，通过刘阿毛联系上组织。"

韩慧英郑重地点着头："为人，你还记得吗，那天我们在小饭馆里接头，你把手帕给我擦眼泪，后来我打开一看，上面就有血迹，你的事瞒不过我。我只是以为，我回来后给你调养了一段时间，你已经好多了，没想到……"

说到这里，声已哽咽，她心想：只有尽快联系上组织，尽快把中央文库交给下一个守护人，为人才能安心养病。

数日后的午后，上次跟韩慧英见面的那家普罗饭馆里，走进了头戴礼帽、身穿深蓝长衫的陈为人。这身穿戴，都是韩慧英用教书的工钱新近购置的。

此时已经过了中午饭点，胖堂倌正坐在一边打瞌睡。但他只是似睡非睡，但凡有客人进出，他必微睁双眼。进来的客人漏看个把倒没什么，出去的可不能漏看，就怕那些吃白食的钻空子溜走。

看到陈为人，胖堂倌想起这人数月前来过，只是眼下更瘦了，长衫穿在身上可以迎风起舞。他心道："这人看着，没一两年的饭可吃了。"心生怜悯，站起身叫陈为人到自己这桌来坐。

没想到陈为人摆摆手，慢慢往二楼走去。胖堂倌摸着脑袋暗想：我这可是难得看走眼啊。

陈为人看着胖堂倌的模样，心中暗笑。他更注意的是饭馆里面的其他人。这时楼下只坐着四五个人，进门右手一桌上，一个瘦小的男人正就着一碟豆芽菜和一碟卤花生，在慢慢喝着酒。这人他自然认识，是刘阿毛。在里面左手靠墙的一桌上，还有一个眯缝着眼睛，就着一碟五香豆腐干下酒的，正是培明女中附小的工友阿宝。陈为人虽不相识，但他知道，这人和门口的刘阿毛一样，是负责警戒放哨的。

二楼客人更少，一共只有三个人。靠窗一桌是两个读书人模样的老头，坐着喝酒聊天。靠墙那桌，则端坐一个瘦瘦的中年人，虽是坐着，却看得出此人身形高大，而且生得手长脚长。

这时过来一个堂倌，跟一楼堂倌很像，只是更胖更年轻些，而且胖脸上多了几分笑意。陈为人道："我约了一位金老板谈生意，我们不相识，你帮我过去问问，那位是不是。告诉他，我姓张。"说着，用下巴朝着瘦子那边扬了扬。

二楼胖堂倌踩着碎脚步走了个来回，笑道："那位客人说今天金老板临时有事，来不了了，让他来，他姓殷。"

陈为人心中一阵激动，这个"金对银"的暗号对上了。他走到高瘦男人跟前坐下道："让殷老板久等了。"说着，把手上拿着的一本书轻轻放在桌上。

高瘦男人神情严峻肃穆，看了一眼桌上说："张老板也喜欢看《三国演义》?"

"是的,不过我最喜欢的是听京戏,尤其是《四郎探母》。"

高瘦男人听了这个"三对四"的暗语,神情马上变得温和起来,低声道:"我是中央特科的徐强,你可以叫我瘦子或者老金,这几年你辛苦了。"

这是陈为人这一年多来,第一次联系上党组织,激动之下便是一阵咳嗽,赶忙从口袋里掏出手帕,把一口鲜血捂住。一时间,竟不知道说些什么。

见陈为人不说话,徐强以为他还心存怀疑,便道:"去年秋天,中央特科转到苏区了,在上海还留了少数几个人,我就是其中之一。听刘阿毛说,你这段时间身体很差?"

陈为人点点头:"我的身体没什么,只是前阶段一直联系不到组织,心里着急,病可能是急出来的。"

"考虑到你的身体,而且家里还有三个孩子,组织上决定让你安心养病,那批货先交给我来保管。"

陈为人嘘了口气,似乎是如释重负,又似乎是大为不舍,问道:"张老太爷现在情况怎么样?"

"他还在狱中,组织上正在积极营救,他也通过内线问起你们夫妇和那批货的情况。"

陈为人又追问:"胡公好吗?"

徐强心中暗自点头,他知道这是陈为人处事谨慎的表现,问张老太爷和胡公,既是想了解他们的近况,也是想再次考察自己,知不知道这两个代号分别指哪两个人,并且能不能答上来,说道:"去年,胡公已经跟红一方面军到了陕北,和陕北红军会师了。最近,红二和红四方面军也到达甘肃会宁,跟红一方面军会师,红军三大主力拧成一股绳了。"

闻听此言,陈为人又是一阵激动,赶紧喝一口茶压一压。约定一个礼拜后交接中央文库后,陈为人站起身来转身就走。

忽听得靠窗那桌好像是吃到了一只苍蝇,正用上海话道:"你们这只苍蝇馆子,叫大菜师傅出来!"陈为人瞥见一个大胖厨师从里面跑了出来,跟一楼和二楼的堂倌长得极像,只是更胖一圈。

当时上海滩的普罗小饭馆,很多并没有店名,有的甚至连"王记""张记"都省了。陈为人此时心中大快,暗笑道:"你们干脆叫'三胖记'吧。"

回到家里,陈为人简单地跟韩慧英说,已经联系上了,最近就可以交接。但心中的喜悦是按捺不住的,抱起小玛莉就想狠狠地亲上几口,忽然想到自己的肺病可能传染,便只是亲了亲女儿的小脚。

韩慧英也告诉他,组织上让刘阿毛转给她六十块银元,已经放在客堂间抽屉里了。晚饭时,韩慧英想带孩子们去后弄堂口大饼店吃碗馄饨,却被陈为人阻止了:"组织给经费是让我们保管中央文库,不是给孩子们吃喝的。"

当夜,陈为人却倍感疲惫,九点刚过就在亭子间躺下了。韩慧英当了代课老师后,给几乎被卖空的二楼,添了一个小木床,放在亭子间给陈为人休息用。

二楼前卧室里,爱昆和爱仑兄弟还在玩香烟牌子,韩慧英只能从一楼上来,叫他们睡觉。而在一楼后客堂间,韩慧如怀抱中的小玛莉刚刚睡着。

此时,后门忽然响起轻轻的敲门声。一楼的韩慧如警觉地坐起,然后望着楼梯,看姐姐姐夫怎么处置。可能是敲门声太轻,也可能是楼上两兄弟太吵,韩慧英并没有听见。

敲门声在渐渐加重,陈为人从亭子间走出来,叫上韩慧英,一起慢慢下楼。

敲门声更响了,如果再响,就要引来邻居关注。韩慧英说了声我去开,便走了过去。门一开,外面那人几乎是跌了进来。一看这人黝黑精瘦,一身短褂草鞋,右手袖子空空的,一头束在腰间。

韩慧英惊道:"阿秋!"

陈为人一看,果然是车夫独臂阿秋,只是一段日子没见了,以前的阿秋黝黑壮实,眼前的这个黑依然黑,只是已经瘦脱了形。

"张老板，张太太，你们行行好，救救我！"阿秋刚直起腰来，又摔了下去，这次是跪了下来。

陈为人已经关上了后门，示意阿秋起来，然后和韩慧英不约而同问道："阿秋，你怎么知道我们住在这里？"

阿秋跪着不肯起来，一把眼泪一把鼻涕地说："张老板，张太太，我家的小六子，就是我说过的以后肯定读书当大官的那个，生病了，要死了。"

陈为人拿过一个小板凳，让阿秋坐下说。"是这样子的，小把戏最近这两年常常生病，最近这次是三个礼拜前，不晓得吃了什么龌龊东西，上面吐下面拉，发高烧说胡话，请我们那里的江湖郎中看，说是打摆子，要我们送医院。我哪里有钱，说了好话让那个郎中开了几副药。原来想我们穷人命贱，就像小狗小猫一样，拉几天就好了。前几天突然出血了，再去找那个郎中，他说是肚子里面穿孔，假使没铜钿送医院，就拉回去埋掉算了。"

耐心听到这里，陈为人再问："你怎么知道我们住在这里的？"

闻听此言，阿秋从凳子上站起来，又扑通一声跪下，连连磕头道："张老板，是我阿秋猪狗不如，不过我没做对不起你们的事，这件事要是说出来我就是死路一条。求求你借我一点钱，等我把小六子治好了，我们两个给你们全家做牛做马。"

韩慧英还想追问,陈为人朝她摆摆手,他看着阿秋有些神志不清,今晚问不出什么了。又问道:"送小六子进医院要多少钱?"

"我去医院问,被守在门口的一个安南兵推出来了。我问那个郎中,他说身上没有五六十块银元,那就去都不用去,还是自己埋了省钱。"

陈为人想了想,站起身道:"阿秋,我信你一次。"

说着,走到前客堂间,从抽屉里取出六十块银元,走过去递给阿秋。慧英和慧如姐妹都要劝阻,被陈为人一个眼神制止了,他对阿秋说:"这些拿回去,给小六子看病。"

阿秋接过装银元的袋子,一时不知如何是好,突然又磕了个头,站起来拔腿便往外跑。

这一边,陈为人对韩慧英道:"你上次说刘阿毛就住在学校锅炉房对吗?"见韩慧英点头,便道:"你现在就去找刘阿毛,让他立即通知瘦子,我们最晚明早把文库送到瘦子家里!"

第二天一大早,陈为人和韩慧英带着爱昆,一副出远门的打扮,从后门拿出五只箱子,坐上韩慧如刚刚叫好的两辆黄包车,出弄堂而去。

林家姆妈正好买了菜回来,见此景暗自叹息:做生意真的是赚辛苦铜钿,大清老早就要出门,还要带上小孩一起搬东西。

两个多小时后,陈为人一个人回来了,却没见慧英和爱昆。韩慧如知道姐姐此时是去学校教书了,忙问爱昆去哪里了。陈为人坐在前客堂间凳子上,缓了良久道:"我让爱昆去买点酒,我想喝酒。"

这天午饭时,陈为人就着番薯粥,慢慢地喝了几口酒,随后起身上楼,缓步走进自己的亭子间。房间里,那五只陪伴了多年的箱子已经不在了,夹壁墙中空空荡荡,而此时,陈为人的心中也是空空荡荡。

这与他先前的预期截然相反。他原以为,经历了这些年的艰险守护历程,把中央文库安全交还给党组织时,应当是无比的喜悦、无比的欢快、无比的轻松、无比的自豪。

而现在,中央文库刚刚离开自己四五个小时,他内心的真实感受却是:说不出的留恋、说不出的感慨、说不出的失落、说不出的五味杂陈。就像一个一手带大的孩子,突然离家了;也像一个真心交往多年的挚友,远走他乡不再回来;更像一个相爱已久的恋人,从此天各一方。

从这天起,陈为人一病不起。

因在家调理无果,五天后,徐强安排陈为人住进了广慈医院。第二天中午,韩慧英正和慧如及三个孩子吃饭,她想匆匆扒上几口，便去医院探视。只听到后门开锁声，喘着粗气的陈为人走了进来。

韩慧英见状，赶紧过去扶住他问道："怎么回来了，出什么事了？"一边回头叫爱昆和爱仑到弄堂里去玩一会儿。

陈为人慢慢走到前客堂间坐下，平复了一会儿呼吸道："今天上午医生查房的时候，我听他们在嘀嘀咕咕，好像在说我这个人看上去不像商人，来路有点不明。我觉得有点问题，就叫了辆黄包车回来了。"

抱着小玛莉走进来的韩慧如听这话，不禁担心道："医院里也有特务眼线？"韩慧英却正色道："为人，你是不是知道组织上给你支付了一笔住院费，不想花组织上的钱，才从医院里跑出来的？"

陈为人苍白的脸上，此时泛出谎言被识破的红晕，笑笑道："今天早上医生确实来查房了，我问他们治我的病大概要花多少钱，他们说我的病已是晚期，但让我不要担心钱，说我家里人昨天已经预支了一百块银元的住院费。"

"那你也不应该回家啊，组织上不惜代价送你进最好的医院，就是要挽救你的生命，让你以后承担更重要的工作。"

这回却轮到陈为人说得义正词严："我的文库保管工作已经完成，目前我并没有为党工作，只是在养病。组织上经费这么困难，难道还要为我这个不工作的党员，支付这么多医疗费！慧英，还有一件事我早想跟你说，这个石库门房子等一年租期到了后，我们不能再住在这里。当时花一个月三十块银元租这个房子，是为了保管文库的需要。现在文库已经转移，我们没有理由再住在这里了。"

韩慧英一时语塞，想了想问道："离一年租期还有多久？"

"去年林家姆妈的孙子病重，我用了三百一十块银元租了一年，这是慧如和鲁迅先生的钱，还有两个多月就到期了。"

陈为人用以攻代守的做法，让韩慧英姐妹也无言以对。她们又找了徐强商量，最终双方都各退半步：组织上不再强行送陈为人进医院，陈为人也答应继续在合兴坊 15 号住下去。

此时已是 1937 年的初春，陈为人迁延病榻将近半年后，来到了三十八年生命的最后时日。

由于放弃了西医治疗，韩慧英经常会请一个中医来，为陈为人诊脉抓药。以前每次来，那个中医号完脉，都会叹口气或者摇摇头。而从 1937 年 2 月份起，中医号完脉便是面无表情地开个方子，递给韩慧英后，说药已经不重要了，抓不抓药随你。

陈为人的病榻，已经从二楼亭子间搬到了一楼前客堂间，因为他已无力上下楼梯。咳嗽、咯血早已是家常便饭，最近又加上了长时间的喘不过气，面部还会出现发绀。

不管白天还是晚上,陈为人经常进入虚幻的梦境,有时候会吓出一身冷汗,有时候也会轻轻笑出声来。

他梦见自己的孩提时代,住在群山环抱的湖南江华县,严厉的父亲每天清晨听到公鸡打鸣,便叫自己起床放牛晨读,晚上父亲做完事回家,还要考问他一天的读书成果,背诵孔孟名篇。

十多岁时,他渴望走出家门,到县城里的高等小学堂读书,看看外面的世界。没想到,遭到了父亲的严词拒绝。几经苦求,再加上祖母的说情,父亲勉强答应,而条件是他必须继续为家里放牛。

就此,从县城到家里的小道上,每天清晨多了一个奔跑的少年。他不能再像以前那样,等着公鸡打鸣再起床,而是更早起床备好一天的草料,然后跑到数里之外的县城小学。虽然艰苦,但两三年下来,他的体魄却日益强健。

他又梦见,自己十六岁时,考进了湖南省立第三师范学校。梦里,学校体育老师正对自己说,如果毕业成绩仅及格,操行成绩虽列丙等,而身体成绩列丁等者,不能升级或毕业。于是,他不管天寒地冻还是风雨交加,都在学校里跑啊跑,一次竞走比赛,不管他怎么拼命,始终距离终点线有十来米,只看到身边的同学一个个超越,自己从遥遥领先变成了退居末尾,但他仍然咬紧牙关,玩命地走着。

突然，前面的终点线被他越过了，但还没来得及庆祝，自己已经和同学们一起走出校园，举行千人集会声援北京的五四运动。忽而他来到火车站，忽而他在水码头，忽而他又走进了农村，到处散发传单，痛斥军阀的卖国行径。此时，有一张纸被塞到他手中，一看是被学校开除了学籍，他愤怒地撕碎扔到地上。

一声汽笛传来，是好友邓中夏和夏明翰送他上了前往北京的列车。不知为何，这趟火车的车厢里非常闷热，陈为人脱下了外衣，又脱掉了汗衫，光着膀子还是汗流浃背。他焦急地敲打车窗，想开窗透透风。

此时，额头一阵清凉，进而脸颊、脖子也是凉意袭来。只听到耳边一个女子的说话声："一到下午，又发烧了。"

陈为人慢慢睁开双眼，看到韩慧英正用打湿的毛巾帮他擦拭额头和脸颊，才知刚才又是一阵乱梦。韩慧英扶他坐起来，给他喂了些粥汤，也只是勉强喝了三四口，又重新躺下。陈为人想道：还没到北京呢。

他走进北京大学校园，不仅认识了同乡罗章龙、何孟雄等人，还见到了仰慕已久的李大钊和陈独秀。随后，他便跟着激情四溢的陈独秀到处散发传单、宣传讲演。一次陈独秀被捕后，被打得死去活来，出狱时却对他说，我们青年要立志出了研究室就入监狱,出了监狱就入研究室,监狱与研究室是民主的摇篮。

不知为何,他又出现在黄浦江边,一个人在江边散步,突然发现在一群聊天的年轻人中,有个操着湖南乡音的小个子,喜出望外地大叫道:李启汉!

想起来了,自己是要去法国勤工俭学,打算从上海登船出发,但迟迟收不到家里寄来的旅费,只能流落街头,每天以番薯为生。对啊,自己为什么守护中央文库时总是喝番薯粥呢,那是年轻时养成的习惯。

这时,自己的身边来了好多人,李汉俊、俞秀松、林伯渠,等等。接着,有一群人好像在宣誓,面孔有的模糊有的清晰,这个是张太雷,这个是刘少奇,那个好像是罗亦农,身边是李启汉,对了,还有自己,是加入了中国社会主义青年团。

自己怎么卷起舌头讲起了俄语,虽然带着乡音讲俄语有点滑稽,一屋子的人都学得很认真,全是熟人:刘少奇、任弼时、萧劲光,等等。想起来了,这是在法租界霞飞路渔阳里6号的外国语学社,自己和这些人将被派往苏俄学习。

瞬间,自己又在火车上了。这次和上次截然不同,火车越来越冷。这里是满洲里,这里是赤塔,这里是一望无垠的西伯利亚大平原。火车一直在开,似乎永远也停不下来。吃的只有像枕头那么大的黑面包,喝的只有冰雪。火车为什么开得这么慢，自己跳下来吃了好几口冰，走着还能跳上火车，只是那冰水喝得人手脚冰凉，全身在打哆嗦。

怎么又暖和了？先是脚下暖和了，接着手上也暖和了，微微睁开双眼一看，是韩慧英在给自己被子里塞进了两个暖水袋。陈为人心中有点责怪，怎么偏偏这时候弄这些，接下来见不到列宁同志怎么办？

那是1921年的5月，自己终于到了莫斯科。奇怪，为什么把日子记得这么清楚？对了，那是莫斯科东方大学开学的日子。文质彬彬的瞿秋白向自己走来，自我介绍是《北京晨报》的记者，以后也会在东方大学中国班学习。真想拥抱一下秋白同志，为什么老是抱不到呢？秋白开口了，说共产国际正在莫斯科开第三次代表大会，我们作为东方民族的代表，有机会凭票轮流列席会议，见到全世界无产阶级的领袖列宁同志。周围的人都在欢呼，自己也跟着喊，不知道在喊些什么，大家都跳起在半空中，久久不落到地上。

又回国了，自己被派到长辛店、天津做工人运动，还担任了中共北方职工运动委员会书记，在铁路工人中发展党员，建立党的组织。为什么自己能做这些，是啊，因为自己已经是中共党员了。这是什么时候，1921年冬，对的，在莫斯科入的党。

自己跟铁路真有缘啊，怎么老是跑在铁路线上，京绥线、京汉线、京奉线……是的，要成立北方三线铁路党团。李大钊同志在给自己派任务，他说要抓一个点、带一条线，是什么意思？是的，是要把始发站的党团工作先做好。

又来上海了，又看到黄浦江了，对了，是李大钊带自己来的，要拜会孙中山，探讨振兴国民党以振兴中国的问题。怎么这么多人，周围的人都慷慨激昂，高君宇、俞秀松、邵力子还有自己上台演讲，自己讲的是俄国职工运动和长辛店职工运动。对了，这是上海金银业工人俱乐部的成立大会。

奇怪，自己已经被派到了东北，怎么突然间又去了温暖的广州？是了，自己是代表满洲党的组织，来广州参加中共第三次全国代表大会，会上说这时候全国有四百二十个中共党员，自己真想见见每一个同志，给他们每人一个结结实实的拥抱。

一会儿是哈尔滨，一会儿是济南，一会儿是天津，一会儿又是上海，这么多地方怎么这么熟悉，都去发动过工人和农民运动，还办过《哈尔滨晨光报》、哈尔滨通讯社、《青年》半月刊、《向导》周刊、《上海报》……又看到了瞿秋白，他在关心《向导》的编辑，他在准备为中央文库写《文件处置办法》，他怎么笑着跟自己说再见，说还有一些多余的话要说，想起来了，那天去鲁迅先生家借钱后没几天，秋白就在福建长汀被反动派枪杀了。

"不要叫我,不要叫我,马上要见到慧英了。"

看着陈为人躺在床上翻来覆去,这时候突然又冒出这么一句,身边的韩慧英赶紧坐到床上,把陈为人衰弱的身躯紧紧搂在怀中。

来了,来了,梳着短发、眉眼秀丽的韩慧英还是一身学生打扮,走向了自己。这是在北京还是在奉天,组织上说为了工作方便你们要扮成假夫妻。慧英爽快地答应了,倒是自己有些不自然。慧英在跟自己说什么?她说其实我们如果是真夫妻,好像也挺般配。她的脸好像有点红,但她不承认,还说我的脸更红。我要照照镜子,看自己的脸到底红不红。镜子呢,怎么家里会没有镜子。算了,不看了,组织上说同意你们正式结为夫妻。

那是1928年,中共满洲省临委召开了东北地区党员代表大会,选举我当满洲省委书记。看到慧英也在忙着,怎么还挺着大肚子,是的她要生产了,生下我们的第一个孩子。是个儿子,不过不是爱昆,大眼睛像慧英,挺挺的鼻子像自己,慧英问我起什么名字,我说现在南方工农暴动的消息不断传来,红色革命已经风起云涌,就叫"南红"吧。为什么脸庞有点模糊了,越来越远去了,伸手怎么抓也抓不住?

那段时间真忙啊,住在奉天皇寺大街福安里19号,是个小院子,住得挺阔气,那是因为我对外的身份是英美烟草公司买办，但吃得很差，我在跟慧英开玩笑，说咱们只要面子不要里子。我又在写什么，好像是在给《满洲通讯》写宣传文章。又有人送来了基层党组织的暴动方案，我为什么反对，是了，因为我们一共只有二百七十多名党员，如果整天只想着武装暴动，这些党员很多都会牺牲。很多人排着队见我，我跟每个人说，我们要在日常斗争中寻找线索，发动工人群众，发展党的组织，积蓄力量。

那不是皇姑屯吗，地上那人是谁，好像是张作霖，对的，他被日本帝国主义炸死了。我们发出了通告，把反对日本帝国主义作为中心工作了。我怎么躺下了，这么多工作要做，我还在睡觉。哦不是，我的手脚被捆住了，有人拿着皮鞭在抽我。没错，这是1928年底，我们省委十几个人在开会，突然有警察冲进来查户口，被抓进了警察局，满洲省委被一锅端了。

没事没事，组织上会派人来的。是谁，快说是谁，有人传消息进来说，组织上派来了刘少奇同志，接替我担任中共满洲省委书记。我认识啊，我们一起在渔阳里的外国语学社学习俄语，好像还学英语和日语，我们一起在莫斯科的东方大学学习，还是一起加入的青年团，又是同一年加入了中国共产党，这是个坚定的人。

我怎么坐在小旅馆的床上，刘少奇来了，在用湖南乡音说着什么，好像说组织上派我去上海。慧英来了，怎么哭个不停？不会的，不会的，你说南红在两个月前夭折了，生的什么病，因为没人照顾？为什么不送进来给我抱着，我在牢里关着，可以天天抱孩子啊！

"南红，南红。"睡在后客堂间的韩慧英，被陈为人的一声声呼唤惊醒，想起小南红离去已经快九年了，也不禁潸然泪下。

自从陈为人病重，韩慧英也搬到一楼居住，在后客堂间的凳子上搭块木板睡觉，白天撤掉木板，一家人还是可以在这里吃饭。好在林家姆妈不是多事的人，偶尔有事也只是站在门口说两句就走，并不会像那个奶妈一样，走进来东瞧西看。那一年的房租到期后，虽然林家姆妈说还是可以付十一个月的房租住一年，但陈为人嘱咐韩慧英，以后就一个月一付。韩慧英也没多问，但她心里清楚，陈为人不想让组织上一下子拿出三百多块银元，更重要的是，他自知时日不多，去世后肯定不能让家人继续用组织经费租借此房。

这天下午，韩慧英找来一位西医，就是陈为人出狱时来看过病的郭医生。郭医生比几年前瘦了不少，脸上增添了不少沧桑。他问了病史，摘下脖子上的听诊器听了一会儿，对陈为人说："你的病没有什么特效药，最有用的不是吃药，是要安心静养，保证营养，还有多呼吸新鲜空气。"

陈为人此时神志还算清醒，觉得这话好像哪里听到过。马上想起来了，六年前这个当时很胖的郭医生就是这么说的，心想：不知道这个医生是不是对每个病人都这么说？

示意韩慧英来到后门口，郭医生摇头轻声道："没药了，看样子就在这十天半个月，最好趁他清醒的时候，让他把要说的话都说出来，勿留遗憾。"说完转身就走，也是跟六年前一样，分文出诊费未收。

此时，韩慧英的泪水已经止不住了，回到陈为人床边，哽咽着问他还有什么事要嘱托。没想到陈为人摇摇头道："那个医生让我留遗言吗？别去听他的，这种医生只会说呼吸新鲜空气，我会好起来，还有很多工作等着我做呢。"

说话时，后门响起了轻轻的敲门声。韩慧英说了声，那个医生大概忘了要出诊费，拿了钱袋子便去开门。外面进来的，却是独臂阿秋。

虽是3月初春时节，阿秋依旧是惯常的短衫打扮，他急着问，张老板在哪里？韩慧英拦住他说，张老板现在不方便，有事跟她说就行，阿秋却执意要见。

被前客堂间的陈为人听到了，轻轻说了句："慧英，让阿秋进来吧。"

阿秋大步走进前客堂间，突然跪倒在陈为人床前，磕了一个响头。陈为人坐不起来，连忙从被窝里伸手相搀。只见阿秋从口袋里拿出一个小布袋子，双手递给陈为人："张老板，你上次借给我六十块的救命钱，我阿秋记住一辈子。我穷拉车的，一下子还不出这么多钱，这是十块银元，你先收着，我一有钱就还一点。"

陈为人用手擦擦眼睛，只见跪在眼前的阿秋似乎比半年前略微壮实了一些，精神头也好了不少："阿秋，坐下说话，小六子怎么样了？"

阿秋把钱袋子放到陈为人枕头边，依然不肯站起来："张老板真是活菩萨，上次借我的钱，真的救了我们家小六子一命，以后他就是你和张太太的儿子。本来今天要带那个小把戏一起来的，不过么。"说到这里，阿秋忽然又抹起了眼泪。

"小六子的病还没完全好？"一边的韩慧英问道。

"病是好了，不过发烧发的时间太长了，一天到晚说胡话，等毛病看好，这么聪明的小六子变成哑巴了。不过呢，小把戏这个病要是在乡下，肯定死掉了，想想还是命大，还能碰到你张老板这个活菩萨。"

阿秋又唏嘘了一会儿，这时认真看了陈为人几眼，惊道："张老板，你怎么手臂像烧火棍这么细，脸色像唱京戏的曹操一样白？"

陈为人笑笑道："没什么，在慢慢好起来。"

阿秋见状，又说下次一定带小六子来看张老板，便站起身来要走。忽听陈为人道:"阿秋,黄包车拉来了吗?"

阿秋忙道:"拉来的,我这个拉车的,吃饭的东西天天带着的。"

陈为人艰难地坐起身来:"我今天觉得好了很多,你有时间吗,能不能拉我上街转转?"

一辆黄包车出了合兴坊。

拉车的穿着短衣衫,足蹬草鞋,右臂下半截衣袖空空荡荡,左手抓着车杆,用绳子把两根车杆绑在自己腰间;坐车的穿着加厚的棉长衫,头戴绒线帽,脖子上围着厚围巾,身上还盖着一条毯子。

"张老板,去哪里?"拉车的问。

"随便去哪里,我就想看看。"坐车的答。

刚才出门时,韩慧英想陪着一起出来,陈为人摆摆手说:"我一个人出去看看,你不用陪,阿秋也不比当年了,要他拉我们两个人会很吃力。"

街边上,跟上次出门时所见相比,背着大小包裹、带着老人小孩的难民多了不少。"阿秋,这些难民是从哪里来的?"

"很多是从北面逃难过来的,还有的从我们苏北老家来,也有些是闸北华界的,那边日子过不下去,都想到租界里讨口饭吃。"

陈为人看到，不少难民成群坐在马路边，可能是挡了商店的生意，或者是嫌他们有碍观瞻，几个印度阿三正抡着棍子在驱赶。多数难民步履蹒跚地躲开，也有几个可能是实在走不动了，任凭棍子落在身上，只是抱着头哀嚎。

还有很多乞丐在街边乞讨，对于这些人，印度阿三倒睁一只眼闭一只眼。阿秋说："这些讨饭的有帮会，丐帮头领会给印度阿三一些好处，让他们不管就行。"

陈为人问："丐帮这些打点的钱是从哪里来的？"阿秋笑道："羊毛出在羊上，丐帮会向街面上的饭馆小店要保护费，收了钱就在橱窗显眼的地方贴一张纸，意思是这家店已经付过钱了，本帮其他兄弟不要再来滋扰。有些店家如果多给一些钱，乞丐们还会晚上在这家店门口过夜，其实是帮着看店，不让别的流氓偷抢。"

正说话间，只见前面一个弄堂口起了争执，一群人正围着一辆黄包车。阿秋说："张老板，有场好戏看，要不要看白戏？"没等陈为人回答，便把黄包车拉了过去。

只见一个精瘦的车夫抓住一个矮胖男人的衣领，大叫道："不要跑，你刚才给我的银元是假的。"那矮胖男人发出很尖的声音："我是在洋行做生意的，还会用假钱来骗你一个拉车的？"围观的众人纷纷起哄，有人从精瘦车夫手里拿过银元，一看一吹便道："这个银元太假了。"

只见矮胖男人大叫道："我刚才给他的不是这块钱，那块真的被他藏起来了。"精瘦车夫马上说："我身上没有别的银元，就收了你这块假的。"旁边有人起哄说："搜，胖子搜他。"矮胖男人快走几步，像皮球一样滚到车夫面前，这时车夫已经脱下身上的夹衣举在手里。矮胖男人把那夹衣搜了个遍，却一无所获，便跳过去搜那车夫身上。车夫冷笑着随他搜，结果连一个铜板也没搜出来。

矮胖男人涨红着脸，额头上已经满是汗珠，围观的人又起哄："这个胖子用假钱，打他，打他！"说时迟那时快，从弄堂里突然窜出一个瘦高女人，扔给车夫一块银元，又踢了一脚瘫坐在地上的矮胖男人，叫道："不要在这里出洋相了，走啊！"

陈为人忍俊不禁，这不是长脚鹭鸶房东沈太太和她胖买办老公嘛，今天来收房钱，怎么没坐出租汽车一起来？

旁边阿秋问道："张老板，刚刚一出戏你看出西洋镜了吗？"

见陈为人摇头，阿秋道："是那个车夫在骗人，你看他刚才举着夹衣让坐车的随便搜，那只右手一直没离开衣服的第四粒纽扣，因为他把收到的真银元藏在那里。刚才下车时，那车夫就把真假银元调了包，我们拉车的都叫它'调元宝'。"

"你调过元宝吗？"

这回轮到阿秋摇头："拉车是苦差事，有些车夫这么做也是没办法，小六子生毛病那辰光，我也想这么做的。你还记得那个美国水手弗朗克吗，他坐车就遇到过车夫假钱调包。"

此时已是傍晚，街边的乞丐们纷纷往大小饭馆门口聚拢，等待食客们的施舍。

"阿秋，你家住在哪里？"

"药水弄，离开这里不远，就在苏州河边上。"刚才，陈为人让阿秋随便拉，阿秋就下意识地沿着小沙渡路往北，离家倒是越来越近了。

"拉我去看看小六子吧。"

阿秋吃了一惊，忙道："张老板，我们穷人住的地方，你这样有身份的人来会吃不消的，现在还好，要是大热天，光是味道就把你熏出来了。"

"那不是正好嘛，现在天不热，去看看吧。"

看陈为人坚持，阿秋便拉着车一路向北。药水弄可能是上海最早的棚户区，陈为人坐车去的时候，里面已经住了十多万人，是上海最大的棚户区。那里本是苏州河边一块荒芜之地，19世纪中叶，先是英商立德洋行在这里建了一个化工厂，当时习惯叫药水厂，后来又在周边建了好几家药水厂、砖瓦厂、石灰窑、纺织厂、机械厂。有了厂就需要工人，于是这片河边的荒郊之地，便成了城市贫民和外来农村移民的落脚点。

这时，黄包车已经慢慢接近药水弄，因为刮的是北风，一股粪便混合着垃圾的酸腐味道一阵阵飘来。

没等陈为人问，阿秋已经在说他的上海滩闯荡史。"我们在苏北老家种地，本来就吃不饱肚子，后来一把火把房子烧了，不来上海逃难肯定要饿死。我就弄来一条小木船，带着老婆和五个小把戏，摇着橹从运河过来了。那时候，小六子和小七子都还没生了。到了苏州河，一边摇一边找落脚的地方，一下子看到这块地方停着很多小木船，就在河边停下来过日脚了。问了别的船上的，很多是同乡，他们说这里叫药水弄。"

一阵北风吹来，陈为人打了个激灵，问道："你们很多老乡都拉黄包车吗？"

阿秋叹了口气："我只会干农活，拉车只要有力气就行，比进厂里做工还是要多挣一点。我老婆看到旁边这么多厂，倒是想去做工，工头说你这个女人看上去没有四十也有三十多了，我们只要三十岁以下的。没得办法，我们托人把老二送进了厂里，刚去的时候人太小，人家只给饭吃，不过也好啊，屋里厢少了一张嘴。"

说着，黄包车已经进了药水弄。这不是一两条弄堂，而是一片巨大的棚户区。地上是一眼望不到头的滚地龙，有的压麦秆弯成半圆，上面铺上草席当顶棚，有的把细竹子折成三角形，上来同样铺着草席，两种都是极低极小，既不防雨也不防风，无法将它们归为人类的居所。一场大雨之后，滚地龙里面总是水深及膝，而即便天色晴好，地上也潮湿泥泞。外面所谓的道路，其实是用煤渣和泥土填上的，有的路段要比旁边的滚地龙高出很多。这里当然是没有任何公用设施的，自来水、下水道这里不少人连听都没听说过，粪便和垃圾则遍地都是。

陈为人看到，不少人家在滚地龙边难得的空地上，养起鸡鸭，有的还围起了猪圈，老母鸡在床下孵蛋，瘦骨嶙峋的白猪黑猪们则在一旁哼哼着觅食。黄包车在一个猪圈旁停下，阿秋踢飞两只鸡，才半蹲着爬进去，随后带出一个瘦小的小男孩。

"小六子，赶紧给救命恩人磕头啊。"阿秋一把就把小男孩按倒在地，在满是鸡粪和猪粪的泥地上，男孩子不知所措地磕着头，嘴里发出嗯嗯啊啊的声音。

陈为人此时已经热泪盈眶，心道："这就是小六子吗，前些年阿秋还带着他到弄堂口来过，那时候虽然也瘦，但眼睛里还透着灵光。现在不仅瘦成了皮包骨头，眼神也是痴呆浑浊的，嘴里更是说不出一个字。"

忙问阿秋："小六子有五岁了吗？"

阿秋强忍住眼泪说："十岁了，这几年他就没有长过。"

小六子已经站起身，呆呆地看着他们。这时候，阿秋的另外几个儿子也都走了过来，一个个都是面黄肌瘦，但比小六子看着要机灵些。

陈为人不忍再看下去，哆嗦着摸了摸口袋，摸到了两块银元，他掏出其中一块塞给小六子。小六子面无表情，没有任何反应。旁边几个男孩却眼睛发亮，一个大一点的一把就把小六子手上的银元抢了过去，高呼道："有钱了，吃大饼去。"

阿秋站在边上也没阻拦，任由一帮男孩子欢呼着跑了，只有小六子依然不明白发生了什么，失神的双眼不知道在看远去的兄弟，还是在看那块得而复失的银元。

回家的路上，爱说话的阿秋也一路无语。快到合兴坊时，陈为人说道："阿秋停一下，我们去里面坐坐。"

阿秋回过头，顺着陈为人手指的方向，看到路边有个老虎灶，只听陈为人说："去喝杯茶，再吃点东西。"说着便要下车，哪知双脚一软，差点跌倒在路边。

在阿秋的搀扶下，两人来到老虎灶，要了两杯茶。老虎灶大多伴着大饼店开，陈为人掏出一块银元，指着大饼店说："去买两碗馄饨两个大饼，端到这里来吃。"

阿秋轻轻一推陈为人的手："这哪里用得了一块银元，买馄饨大饼的钱我有的。"一会儿，便把食物端了过来。陈为人拿起勺子，把自己碗里的馄饨拨了一半给阿秋："我吃不下，这两个大饼也都是给你的。"

阿秋也没客气，大口吃了起来。陈为人吃了半只馄饨，便放下了勺子道："阿秋，慢慢吃，我有话要问你。"

"好的，张老板你问。"阿秋没抬头，继续啃着大饼吃着馄饨，似乎他早就料到的一幕即将开始。

"六年前，我从龙华监狱出来，就是坐你的黄包车。这些年，你一直在跟着我吧？"

阿秋继续把头埋在碗里，似乎想了想，点了点头。

"为什么盯我，谁派你来的？"

阿秋咬了一大口大饼，一边嚼一边在想，然后狠狠点了点头，抬头道："张老板，我跟你说。那年好像在你出监牢前几天，有个人坐我的车，一路上问了我很多，到了地方他不下车，问我想不想赚笔铜钿。那个时候，我从老家划到上海的小木船已经烂掉了，正想弄点铜钿修一修，总比一家人搬上岸滚地龙来住要乐惠些。"阿秋已经在上海拉车十多年，苏北乡音里夹杂了更多上海话。

"他让你来盯着我？"

"他说有个姓张的过几天要从龙华监狱里放出来了，叫我以后跟着你，有什么情况就向他报告。然后他给了我张太太住的地方，让我先跟张太太套关系，再搭上你。我没听懂，我说我是乡下来的，只会种地拉车，盯人盯不来的。被他臭骂了几句，说这是上海滩，只会拉黄包车，不到四十岁肯定死。他说就是把你每天去哪里，见了什么人都要记下来，一个礼拜向他报告一次。"

"阿秋，你识字？"

"我只认得自己的名字朱阿秋，别的都不认识，我也说我不认字，那人说你不会记在心里啊，我就是看你机灵，才挑你做这件事，你要发财了，一个月给你十块银元。我想想，我拼命拉一个月的黄包车，也赚不了十个银元，就答应了。"

趁着阿秋说话，陈为人勉强又吃了半个馄饨，继续问道："这几年，你跟那个人说了什么？"

"张老板，你还记得有一次你去四马路上的老正兴吗？我把这件事跟那个人报告了，又被他臭骂一顿，说我被你骗了，你肯定去的不是老正兴。我说你出来的时候，我还问你今天饭店里有什么热闹，你说里面刚才有人吃醉老酒打架，那个人才不说什么。不过他说，这样的消息不值一个铜板，以后如果看不到你跟谁见面，这个月就白干。"

"后来呢？"

"后来我发现你不大出门，就跟过几趟张太太，也没看出啥名堂。我想这样不行，那十块大洋要打水漂，我就开始编故事，把我拉黄包车碰到的人，还有听来的故事都编在你张老板身上，讲你一个礼拜跟一个向导女天天出去吃花酒，讲张太太后脚跟过来，跟向导女打了起来。一开始，那人还听得津津有味，后来他就听烦了，没有一趟给足过十块大洋，有辰光纥七块,有辰光给五块,剩下的肯定被那只赤佬独吞了。我家里这么多小把戏,这些钱拿来就用光了。后来你们搬走了,我找不到你们,又编了两个月故事,被那人识破了,说找不到就别来领赏钱了。"

阿秋说到这里,陈为人已经听明白了,这个独臂车夫只是一个最底层的眼线。当时的上海滩,由于租界里有治外法权的存在,是远东外国人活动的中心,各种政治势力都不会轻视这个特殊的城市,它们犬牙交错、相互重叠。尤其是在上世纪30年代以后,这里是远东乃至世界情报战的重要战场。除了中共地下党,还有国民党、租界巡捕、日本势力、黑社会,还有共产国际、苏联政府和红军代表,以及美国共产党、日本共产党、安南共产党等,都在此较量。

陈为人心想,肯定是监狱里审问不出什么,敌人就想放长线钓大鱼,但派来盯梢的居然是街头随便找来的黄包车夫,还只有一只手,说明敌人没太把自己放在心上。又问:"派你来的人,有没有说他是哪里的,他们怀疑我什么?"

阿秋摇摇头:"我也问他了,那人拍拍自己的衣服,说这种事情你一个拉车的不懂的。"

"你说他拍拍衣服,那天他穿着什么衣服?"

"张老板,很多年过去了,让我想想。好像没什么特别的,蓝上衣黄裤子,对了是黄裤子,跟我黄包车的颜色差不多。"

陈为人暗暗点点头,他知道那个人应该是国民党复兴社内部核心组织力行社特务处的,处长是戴笠。而复兴社的人喜欢模仿意大利黑衫军和纳粹德国褐衫军,经常穿蓝衣黄裤,所以又称"蓝衣社"。

就在陈为人和阿秋这次谈话两三个月前,力行社特务处刚刚与特工总部合并,组建了国民政府军事委员会调查统计局,就是后来臭名昭著的军统,仍由戴笠负责。不过,当时重病在身的陈为人,并不知道这个变化。

黄包车在合兴坊 15 号门口停下,阿秋过来扶陈为人下车。陈为人伸手从口袋里掏一块银元,塞给阿秋道:"这是今天的车钱,假使还有多,再给小六子买点吃的。"

阿秋连连推辞:"张老板,你刚才在药水弄,已经给小把戏钱了,不能再要了。"

"阿秋,你有几个儿子?"

"一起摇船来上海的时候,是五个儿子,后来生了两个,一共七个。再后来生病死掉了两个,现在又是五个了,刚才你都已经看到了。"

陈为人道:"你要再给小六子看看病,给他多吃点,不能让他成为第三个了。"说完,便转身进门了。阿秋怔怔地站在门外,心道:"什么叫不能让他成为第三个了?"

回到家中,陈为人冲着韩慧英姐妹笑了笑,他似乎是解开了心中的一个疑团,因而笑得释然,只说了句"有点累了",便躺到床上,再也没有起来。

这不是胡公吗?慧英,胡公来了,你赶紧出去放哨。奇怪,我怎么回到了奉天,这里是福安里19号,胡公在问:东北有多少党员,我们自己的兵工厂有多少工人?是的,这是1928年秋天,胡公从莫斯科回国,中共六大刚刚在莫斯科近郊兹维尼果罗德镇的"银色别墅"召开,胡公是来传达六大会议精神的。即便是谈工作,胡公也总是那么亲切。

慧英,慧英,胡公又来了!怎么带着围巾和鸭舌帽,哦!那是1931年冬天的雨夜,胡公坐在亭子间的凳子上,在问我,从此要隐姓埋名,不能参加组织活动,更不能参加组织的会议,会不会觉得组织上亏待了你?自己在摇头,胡公又说,你当过满洲省委书记,是1921年入党的老党员,还办过《向导》周刊和《上海报》,所以组织上认为,这项工作非你莫属!

"请胡公放心……请放心……"含泪看着在床上说胡话的陈为人,韩慧英从楼上叫来三个孩子,轻轻推醒陈为人道:"为人,你有什么话要对孩子们说吗?"

陈为人苍白的脸上,露出了难得的笑容,嘴角翕动了几下,发出微弱的声音:"好好……生活……"刚伸手想揽过孩子们,忽然想到什么,无力地摆手,示意孩子们不要靠近。韩慧英知道，陈为人担心自己的肺病传给孩子。

陈为人努力睁着眼睛，再次看了看孩子们，又看了看站在一边的韩慧如，目光最后停留在坐在床边的韩慧英身上，拉着她的手呢喃道："我们……做……到……了。"

时钟，停留在1937年3月13日凌晨。一个对生命心怀热爱、对家庭充满眷恋、对信仰无比执着的共产党人，在完成了三十八年人生的最后一项任务后，离开了这个他力图拯救的世界。

第九章
殉道者

晚上八点刚过，康脑脱路（今康定路）上的生生里，走进一个三十来岁精瘦干练的男人，拐进第二条支弄，在16号后门口站定。摸了摸留着板寸头的脑门，观察了一下四周的环境，抬手便要敲门。

"这位先生，你要找谁？"只听身后开门声，传来一句北方话。男人转身一看，从背后的石库门前门里，闪出一个六十岁左右的胖女人，正斜着眼睛看着自己。

"我找16号。"男人没有正面回答。

"我问你找16号的谁？我是房东。"女人有点咄咄逼人。

"新搬来的阿宝。"

女房东又盯了男人几眼，便闪身回去了。

男人再看看四周，似乎要确定没有其他人，才敲开了16号的后门。

开门的是个中等身材的男人，眯着眼睛朝来人身后看了一下，然后点头示意来人进来，便迅速关上了门。

"老吴在亭子间。"开门男人边说边让来人上楼，此时楼梯声响起，楼上匆匆下来一个人，此人也是中等身材，略显肥胖，笑吟吟的面目甚是慈祥，一把握住了板寸头男人的手道："老缪，多年不见了。"

老缪也是一脸笑容，左手拍拍对方的手臂道："老吴，这一别有六七年了吧。"

三人在亭子间坐定，老吴便道："老缪，我们改天再叙离情别意，今天请你来，是组织上决定交给你一项重要工作。"说着，指了指屋内墙角边放着的五只大小不等的箱子，"这些是党成立以来，一直到30年代中期的重要文件，其中大部分是党的最高机密，它们的保管工作接下来由你负责。"

这是1940年初秋，陈为人离世的三年半之后。陈为人是1937年3月病故的。四个月后，发生了"七七"卢沟桥事变。在共产党号召下，中国抗日民族统一战线成立，国共第二次合作。接着，上海"八一三"会战。11月，上海沦陷，由于租界的独立性，史称"孤岛时期"。生生里属于公共租界，在孤岛范围内，但日本特务横行，1940年3月，汪精卫的伪政权成立，更是铁了心反共。共产党的地下组织，处境相当危险。

老吴名叫吴成方,和陈为人一样都是湖南人,在北方工作多年,曾任北平特科负责人,此时是上海情报部门负责人。老缪名叫缪谷稔,比吴成方小一岁,老家在江苏江阴,曾经担任共青团武进县委书记,1937年卢沟桥事变后,被组织上派到上海工作,主要负责为苏北根据地购置药物和军需品。

吴成方把中央文库的保管历史简单讲了一下,说到陈为人抱病编辑整理文库,最终病亡这一段时,三人都唏嘘不已。吴成方指着一旁的阿宝说:"陈为人去世后,文库就由阿宝保管。"

寡言的阿宝连连摆手道:"是徐强和李云负责,我看东西。"

1936年秋,陈为人和韩慧英装作出远门的样子,为了看着更像,还特意带上了爱昆,三人坐着两辆黄包车,一路护送中央文库到徐强和李云夫妇家。这一天,陈为人便卸下了守护文库的重担,组织上让他安心养病,而他的工作暂时由徐强夫妇承担。但后者很快发现,因为自己要做情报工作,来往接触的人较多,文库放在自己家里并不安全。

"所以,瘦子想到了阿宝,当时阿宝的掩护身份是培明女中附小的勤杂工,就让阿宝专门看护文库。"吴成方说的瘦子,缪谷稔当然知道是指徐强,他所不明白的是,阿宝不是好好的,为什么要把守护中央文库的任务转交给自己?

"瘦子和李云夫妇奉调去了延安,他们离开上海时专门嘱咐我,说阿宝原来住在他姨父在法租界的家里,文库就放在他身边看护,这样本来比较安全。可是最近他姨父家着了一场大火,那里没法住了。阿宝只能带着文库搬出来,租下了这个石库门房子,但他单身一人,不符合组织上要求的家庭化守护原则。"

吴成方这一番话,缪谷稔才明白组织上的用心,因为自己是一家四口,是一个非常典型的上海市民之家,可以隐蔽在芸芸众生中。而阿宝一个人住这么一幢石库门,确实会让邻居们觉得奇怪。想到这里,那个女房东猜疑的眼神浮现在面前。

"我一定完成任务,我跟阿宝怎么交接?"

"这个小石门库房子是组织上让阿宝出面租下来的,你们一家就搬过来吧。这样的话,独门独院的家庭化守护,完全符合胡公当年的嘱托。这几天,你们两位把文件清点交接一下,你们看有什么问题吗?"

缪谷稔道:"对门那个胖胖的女房东有点可疑。"便把刚才还没敲门,房东就从身后冒出来的事说了。

吴成方转头看着一旁的阿宝,阿宝习惯性地眯着眼睛说:"这个石库门是我当时找的,租金和交通都不错,也比较隐蔽。但我住进来两个多月,也发现这个问题,这个女房东一直对我很警惕。"

吴成方点头道："这是一个隐患。阿宝你到楼下看一下，我们今天就先谈到这里。"

目送着阿宝下楼，吴成方低声对缪谷稔说："接下来阿宝还有别的任务，你跟我之间的交通员由小郑担任，你们认识吗？"

缪谷稔吃了一惊："你说的是郑文道吧，前几年我跟他在江阴一起做过地下工作，是个很优秀的年轻人，但最近有传言说他投靠日本人了？"

吴成方摇头道："他是我们的人，是可信的。我们分开走，我先走。"说完，吴成方起身下楼。

此时，对面的前门开着一条缝。

女房东正朝着门外悄悄张望，只见吱呀一声，16号后门开了一条缝，里面一双小眼睛在警惕地对外观望，看了将近一分钟重新又把门关上。

突然，门又打开，一个胖胖的中年男人从里面急匆匆地走了出来，他一边走还一边朝自己这个前门盯了一眼，女房东赶紧缩回头。

又过了十来分钟，只见对门再次打开，一个清瘦的中年男人也是步履匆匆走了出来。黑暗中有点看不清，似乎他也朝着这个前门瞥了一眼。

房东手按着心口，心中一阵慌乱。

第二天下午，阿宝坐在生生里 16 号的客堂间，听到时钟已经敲响了 3 下，心中的焦虑正在蔓延。

前一天晚上，吴成方出门后，缪谷稔又跟阿宝聊了几句，双方约定第二天下午两点来交接中央文库。本来，晚上的弄堂里人要少更安全，但想到对门有个时刻探头探脑的房东，如果缪谷稔连续两天晚上来的话，可能更要引起她的疑心。考虑到这一点，还不如选在午后这个弄堂里的多数人睡午觉的时间。

但现在，距离约好的时间已经晚了一个小时，缪谷稔迟迟没有露面。

此时，后门传来敲门声，阿宝顿时长舒一口气。正待起身去开门，仔细一听，却发现敲门声并不是事先约定的暗号。阿宝赶紧放轻脚步上到二楼亭子间，撩开窗帘一角向楼下看去，只见门外站着的是胖胖的女房东，一边敲门还一边东张西望。

"秦老板，在里面做什么事啊，怎么好半天才来开门？"女房东一口东北话，嘴里还嗑着瓜子，抬脚就要往里走。

"秦老板"是阿宝租房时用的假名，身份是木器行老板。阿宝伸手拦住道："莫婶，有话就这里说吧。"

房东莫婶一把推开阿宝的手，碎步走了进来，说道："秦老板有啥人藏在这里啊，这么神秘，我是房东，这房子是我的，进来看看总可以吧。"

阿宝一看这架势，便眯着眼睛笑道："里面有点乱，莫婶来客堂间坐吧。"

莫婶站在灶披间，见煤球炉并没有生火，便道："秦老板自己不开伙仓啊，秦太太什么时候来，你一个大老板也没个人照顾，如果日本人盘查起来，肯定把你当共产党抓起来。"

"莫婶真是说笑话了，如果我这个样子像共产党，那你这个北方人不是更像共产党吗？"阿宝听到房东话里有话，说话也就不客气了。

"秦老板，虽然说这里是租界，你也不要以为日本人不会来，你最好不要在这里藏着什么违禁品，不然的话要连累到我这个房东的。"

阿宝知道，自己孤身一人在这个独门独院的石库门住了两个多月，房东已经有点起疑。再加上昨天吴成方和缪谷稔的接连到访，让房东疑心更重。但他不是一个善于言辞的人，正在想怎么回话，莫婶又说了："这年头兵荒马乱的，大家都要当心，过点太平日子。我是满洲来的，日本人的手段都看到过。"说完叹了一口气，便走了。

两个小时前，在南市华埠小南门，一家家商店纷纷关上了店门，在一家南货店里，缪谷稔已经困在里面半个多小时了。南货店只有 10 来平方米，柜台和货架上堆满了火腿和咸肉，发出的呛人味道，让患有肺气肿的缪谷稔只能强忍咳嗽。

虽然昨天接受了守护中央文库的任务，但因为文库还没有交接，缪谷稔按原定计划，今天中午要到小南门接头，接受苏北根据地购买药品等物资的指示。

接头地点在小南门附近的一家烟纸店，这家店的顾老板是地下交通员。他们接头一般安排在中午或者傍晚，这时候人来人往很多，反而不容易引人注目。上次接头后，便约定两个礼拜后的今天中午再见面。

缪谷稔隔着一个路口下了黄包车，他慢慢走着，市面上没什么特别之处，前面路口有三个日军士兵在巡逻，并没有盘查来往的行人。他穿过马路，按惯例从街对面接近接头地点，这样能更好地观察烟纸店周边的情况。

走到斜对面，看到烟纸店正常开着，只是柜台后面似乎没有人。这也没什么奇怪，店老板有时候会在后面忙，听到柜台外面有人招呼，自然会出来。再看玻璃橱窗后面竖放着一本《良友》杂志，封面是名媛陆小曼的照片，这是约定好表示安全的接头信号。

缪谷稔又看了看四周，发现一切正常，正要过马路。忽听身后一阵脚步声，有个人拉住自己的衣袖道："老板，小店新到一批云南火腿，难得买到的，进来看看吧。"

回头一看，是一个二十岁左右店员模样的人，正待说不用了，只见那人对着自己连连使眼色。缪谷稔想了想，便走进了身后的南货店。年轻店员也跟了进来,低声道:"对面不要去了。"

缪谷稔心中一惊,又一次打量那个店员,只见此人一张国字脸,长得浓眉大眼、身材敦实,这时背靠着柜台,左手在柜台上轻轻敲了三下,然后右手又在柜台上敲了两下,这是最近刚刚确定的接头暗号。缪谷稔才知是自己同志,低声问:"对面怎么了?"

年轻店员正要回答,忽听到门外传来一声尖锐的刹车声,只见一辆卡车在马路对面停下,上面跳下来十几个日本兵,其中四五个冲向烟纸店,另外的则兵分两路,跑到马路的东西两个路口,瞬间就把这条街封锁了。

南货店就在烟纸店的斜对面,只见日本兵冲进店里四处翻找,但似乎一无所获,跑出来向卡车里坐着的一个军官报告。

年轻店员见此情景,一个箭步冲到门口,迅速关门落闸。然后回头对缪谷稔说:"现在不能出去,先在店里躲一躲。"

缪谷稔观察了一下四周,这是一家典型的小南货店,除了堆满的货物,墙角还有一个窄小的楼梯通往二楼。

"对面顾老板今天被盯上了,刚才几个特务要冲进去抓他,他从后门穿过弄堂跑了。因为情况紧急,没来得及撤下安全信号。那些特务就一直守在周围,可能是为这些日本鬼子打前站的。"

缪谷稔一边点点头，一边透过旁边一个小窗观察外面，只见街面上已经空无一人，不少小店都已经关门落闸，而日本兵正在一家家地砸门，要进去搜捕。他知道，此时出门是断断不行的，但躲在店里也不是办法。

"这里有后门吗?"

年轻店员摇摇头："你身上如果没有什么特别的东西，就算日本鬼子进来搜查，应该也没问题。"

缪谷稔知道，以前在个别重要的地下联络点附近，中央特科会布置另外一个联络点，两个点互为犄角之势。这两个联络点分别联系不同的地下党同志，绝对不能交叉。也就是说，来联系的人只知道其中一个点。这样做的目的，不仅这两个联络点可以互相守望，而且一旦一个联络点出事，另一个联络点就要负担起示警职责。

但这个店没有后门，这显然不符合地下联络点的基本要求。由于南货的味道太重，缪谷稔已经忍不住咳嗽起来。他问道："如果有情况，没有后门怎么撤?"

年轻店员笑了笑，指了指靠墙放着的一把油布伞。

这时，只听外面传来一声尖锐的哨音，两人忙凑近窗口看，只见日军搜查了对面店铺后，正准备收队。

"鬼子要撤了。可能是打前站的特务报告，要抓的人是从后门跑的，所以他们只搜了对面。"年轻店员又等了一会儿，确认日军已经离开后，便打开了店门，"你先走吧，我一会儿要去对面店里把那个安全标志取下来。"

缪谷稔只是郑重地点点头，就出门走了，一切尽在不言中。虽然他很想感谢一番，但根据组织规定，不是自己线上的联系人，是不能多问了。

刚拐进生生里的第二条支弄，就看到不远处一个胖女人从16号后门出来，正是女房东。她却没有进自家前门，而是又往前走了几步，跟一个正在弄堂里生煤球炉的小个子女人聊了起来。

此时，女房东已经看到走过来的缪谷稔，紧紧对他盯了几眼，又凑在小个子女人耳边嘀咕起来。走到门口，缪谷稔对着七八步外的女房东点了点头，算是打招呼。那女房东只当没看见，继续跟小个子女人"咬耳朵"。

进到屋里，缪谷稔只说临时有事耽搁了，小南门的遭遇一字没提。阿宝也不多问，把他带到二楼亭子间，开始交接中央文库。他一一打开五只箱子，只见里面的文件放得整整齐齐，第一只箱子最上面放着的，就是陈为人亲笔撰写的"开箱必读"，下面放着的是瞿秋白亲笔撰写的《文件处置办法》，上面留有陈为人的笔迹——秋白遗墨。

"小开去年来看过文库，他称赞陈为人的整理工作做得非常好,他要求以后的保管者不得再做删减工作,一定要按陈为人的原样保存。但为了防止文件发霉,还是要定期开箱,拿出来通风。"阿宝口中的小开,正是中央社会部副部长潘汉年。当时,他是上海情报工作的主要负责人,也是吴成方的直接领导。

"你刚才进门时,见到房东了吗?"

缪谷稔一面低头看着箱子里的文件,一面点头道:"看到了,她在跟隔壁一个小个子女人喊喊喳喳讲话。如果这个房东天天盯着这里,那么这里就不适合存放文库。"

阿宝只是点点头,问道:"你们一家准备什么时候搬过来?"

"我想这几天再观察一下房东,如果我们贸然搬过来,房东看到租客都换了,难说会不会报给巡捕房,最好跟老吴再商量一下。"

正说话间,楼下传来一阵敲门声,阿宝正要到窗口看,声音已经传上来:"秦老板,开门!"正是房东莫婶。

阿宝和缪谷稔把打开的文库收好,然后下楼去开门。只见门口站着的不仅是房东,还有隔壁的小个子女人。

"秦老板,怎么我每次敲门,你都要这么久来开,躲在里面做什么事啊?"这次倒并不往里闯,只是说话已经不留面子,接着道:"刚才来的那个人是谁啊,好像昨天也来过,你们把这里当联络点了?"

阿宝口拙但心思密,听她这一说,心想一定要顶回去,这叫打得一拳开,免得百拳来:"莫婶,话不能这么瞎讲的,当心我叫一帮兄弟来把你家房顶掀开来,叫你晓得这里是上海滩,不是你们满洲那旮旯!"

这话让房东一时无话可说,只是涨红着脸,那个小个子女人道:"哦哟,莫家阿婶不过说了一两句戏话,秦老板哪能当真了,邻舍隔壁的不好伤了和气。你看看,我们站在门口半天了,也不让进去坐坐。"

小个子女人脸上没有三两肉,听口音是上海本地人。阿宝便也笑笑道:"我也是说说戏话,里厢来坐。"

三个人在客堂间坐下,房东四面瞧瞧,没看到缪谷稔,正想开口问,但想到阿宝刚才的凶相,话到嘴边又咽了回去。小个子女人拉拉她袖子道:"莫家阿婶,你刚刚不是说有事要找秦老板说吗?"

房东面带难色道:"秦老板,刚才用你们上海话说就是说戏话,不要往心里去。本来这房子租给你这样的大老板是最好的,不过实在是不巧,我的儿子儿媳带着他们三个孩子,马上要来上海,所以,这个房子不能再租给你了。"

阿宝眯起眼睛说:"我可是说好租一年的,现在只住了两个多月,怎么就赶我走?"

小个子女人插话道："话是这么说，不过秦老板你看莫家阿婶也是没办法，儿子一家要来，也不能不让他们来。再说，虽然说好租一年，不过房租不是一个月一付的吗？"转头又跟房东说："你这是辣么生头要人家搬家，人家秦老板大人大量，不过也不能让人家吃亏，你就退一个月房租铜钿吧。"又转头对阿宝说："秦老板，退你一个月租金就算莫家阿婶的一点点心意，你就不要客气了。现在东洋人打进来了，只有租界里面他们不敢乱来，很多人要想住进来，我也晓得房子不好找。这样吧，给你一个礼拜搬家，时间很宽裕的。"

也不容两人说话，说到这里就拉着房东站起身来，边往后门走边道："秦老板不用送啦，一个礼拜后你搬家的时候，莫家阿婶会把这个月的房租退给你的，走啦走啦。"

六天后。

晚上八点多，缪谷稔扛着一个大箱子，艰难地走上二楼，在房间角落里轻轻放下。看着地上整齐摆放的五只箱子，缪谷稔边咳嗽边喘着粗气，对妻子说："你去找块布头铺在上面，遮挡一下。"

"家里就这么点地方，你还搬来这些大箱子做什么，我们连转身的地方都没了。"妻子不解地问。

"这里面装的东西，比黄金还要贵重。你记着，这些箱子除了我绝对不能打开,平时也不能让孩子们碰。"

因为妻子不是党内同志,缪谷稔不能把实情都告诉她。那天房东和小个子女人走后,阿宝当晚就去找了吴成方,征得老吴的同意,决定把中央文库暂存到缪谷稔家里。缪家在新闸路金家巷嘉运坊,住在一个石库门的二楼,这里也属于公共租界,房屋相对简陋,但大多数居民倒是淳朴厚道。

他想了想又说:"这些箱子非常重要,不管白天还是晚上都要有人守护。瑞华,你把纺织厂的工辞了吧。"

妻子陈瑞华一脸惊讶:"你疯啦,让我辞工回家专门看箱子?你不想想,虽然我一个月只有十几块钱,但毕竟也可以补贴家用,光靠你在商会里的那点钱,两个小孩吃什么?"

"我在上海商会夜校教课,好歹一个月也有二十多块钱,再加上看箱子还会有点补贴,够我们一家四口开伙仓了。"

其实,对于缪谷稔的身份,陈瑞华早就明白,只是不知道他具体在做什么。听缪谷稔这么说,也就不再说什么,叫来十四岁的大女儿,帮着一起把箱子上面的灰擦干净,然后在上面铺了一大块碎花布,倒也雅致。

一开始,等到夜深人静,家里人都睡熟后,缪谷稔会打开箱子,把里面的文件拿出来,在每一页纸里夹上几片烟叶,以防虫咬霉变。后来,因为肺气肿日益加重,而且营养不良,人越来越虚弱,只能让妻子一起帮忙,天气晴朗时,还要把文件拿出来晒一晒。但他还是心怀忐忑，不过好在瑞华识字不多，这样做应该不违反组织纪律吧。

1940年秋之后，中央文库存放在嘉运坊的缪谷稔家中，过了一段相对平静的日子。而不平静的，则是1941年12月爆发太平洋战争以后，日本和美国、英国已成交战国，侵占上海的日军全面进驻租界，上海已经没有一处可以免受日军践踏的安全地带。更不平静的，是缪谷稔日益加重的病情，在楼下也能听到他几乎不间断的咳嗽和喘气声。

"青裳，老吴来了。"

1942年7月的一个下午，三点不到。缪谷稔原名缪青裳，陈瑞华一直这么叫他，她凑在缪谷稔耳边，只是轻轻说了一句。但这句话在缪谷稔听来，却像一声巨雷，正在午睡的他从床上惊坐起。因为他知道，如果没有大事，吴成方绝不会亲自来这里。

此时，吴成方已经坐到床边，伸手轻轻按住缪谷稔的肩膀道："老缪不用起来。"而此时，陈瑞华已经带着两个孩子，到楼下去玩了。她知道，只来过一次的老吴亲自来访必有大事，自己不仅不能听，而且要到楼下放哨。

没等缪谷稔开口问，吴成方说："郑文道被捕了，就在今天中午，中央文库必须马上搬走。还有，不知道小郑把那批文件送出去了没有？"

吴成方所说的那批文件，是中共中央在开展延安整风后，最近要求对上海的中央文库进行了一次千里调卷，从文库抽出中共六届三中全会、六届四中全会决议和部分通告等数十份文件，由缪谷稔调出后，四天前郑文道刚刚来过，他把文件拍成胶卷，然后装在干电池内带走了。

"那些胶卷如果还没来得及送出，就肯定在小郑身上或藏在家里，不知道他有没有机会销毁。"缪谷稔一字一顿地说着。

吴成方道："今天跟他一起被捕的，还有好几位同志，鬼子这次是大搜捕。相比你这里的中央文库，那几张胶卷只是沧海一粟，现在的关键是要转移中央文库。"

缪谷稔点点头，起身下地，在窄小的房间里踱了几步。这两年，他跟组织上的联系，完全依靠郑文道。前些年，他们在江阴澄西的游击队一起抗日，后来先后来了上海，分开了一段时间。在缪谷稔承担中央文库守护工作后，两人才重新聚首。刚开始时，他们会在外面接头，后来因为缪谷稔身体越来越差，郑文道就会改换各种装扮来嘉运坊。

二十多岁的郑文道是个活跃帅气的人，跟孙中山先生是广东香山老乡，讲话带着广东口音，以至于缪谷稔的两个孩子也常常学着他的样子，说起了广东话。

"老吴，你还记得吗？小郑刚从江阴调到上海时，他去考了日本'南满洲铁路株式会社',大家都知道这是日军在中国的特务机构,考上后频繁出入日本在上海的各种机构,当时很多人都以为他投靠日本人了,连女朋友都跟他分手了,我也是后来才知道。他一直默默忍受这种非议,冒着巨大风险在为党工作。"

吴成方点头道:"我也相信小郑是坚定忠诚的共产党员,组织上也已经开展营救工作。但中央文库是党的最高机密,太重要了,容不得出现半点闪失。"

缪谷稔坐了下来,轻声说道:"跟两年前从生生里搬这来不一样,那时候日军还没有进租界,现在日军在租界里盘查得非常紧。不要说临时找安全的地方很难,就算是找到了,这一路搬迁也是风险极大。"

"有没有可以就近存放的地方?"

"对了,瑞华有个远房亲戚就住在隔壁弄堂里,不过平常不走动的,等一会我问问她。"

此时,一辆卡车在两辆日军军车的前后护卫下,向上海东北角的杨树浦一带疾驰。卡车上,一个戴着眼镜的年轻人从昏迷中醒来,他感到头痛欲裂,想伸手摸摸头,却发现无法动弹,低头一看,原来双手被紧紧绑着。抬眼看看四周,有七八个人跟自己一样,都被绑得紧紧的,横七竖八地躺在车上。

"我是谁？我在哪里？为什么被绑着？"年轻人拼命地想让一片空白的大脑重新启动。他首先记起来的，是自己的名字——郑文道。

三小时前。

郑文道正在圣母院路（今瑞金一路）一家普罗饭店吃午饭，忽然跑来一个十岁左右的小孩，一看是隔壁石家小三子，小孩说："来了一个人说是你亲戚，有急事找你，叫你马上回家。"郑文道还想问几句，那小孩扭头便跑了。

郑文道一想不对：我老家在广东香山，在上海只有一个侄子郑香山，但在三年前被日军抓捕，去年在狱中遇害，这个人肯定是冒充的。他立刻起身，直奔饭馆厨房而去。刚穿过厨房跑出后门，就有两个身穿灰色短衫的壮汉从前门冲了进来，郑文道正要冲出弄堂，前面又出现两个同样打扮的壮汉，他刚要转身往回跑，被其中一个一拳打在后背，扑倒在地想挣扎着起来，却被那四个人八只手牢牢按在了地上。

这四个人都是日本特务，他们刚才去郑文道家中抓人，却扑了个空。其中一个是中国通，到隔壁一家家去问，说自己是郑文道的亲戚，有急事要找他。那个石家小三子正在家里吃午饭，他说刚才在弄堂口的小饭馆里看到了郑文道。那个特务拿出一块钱，让他去小饭馆叫郑文道。

其他三个特务就想在这里守株待兔，被那个中国通狠狠骂了一句，说郑文道是中国大特务，一个小孩怎么可能叫得回来，那小孩是在给我们领路。于是，四个人便紧跟着石家小三子，扑向了这个普罗饭馆。

被扑倒在地的郑文道，还在拼命挣扎。因为那个装着用锡纸裹成卷烟大小的文库胶卷的干电池，此刻就揣在他身穿的青年装的右侧口袋里。他原本想吃完面就去送给下一站交通员，而这时如果特务搜身，马上就会被发现，自己一定要抢在前面销毁。

他拼命挣扎，四个特务一面用力按住，一边用日语咒骂。郑文道突然停止了挣扎，抬头用流利的日语说："是日本人？你们抓错人了，我是南满铁路株式会社的，自己人。"

那个中国通用中文道："我们是奉命抓你，你有话到宪兵司令部去说。"

郑文道放低了声音，继续用日语道："我在执行株式会社的任务，在这个饭馆里要等一个线人，那人是共产党，接头时间马上就到了。你们让我坐回去，到时候你们可以连我和他一起抓到宪兵司令部。"

那个中国通用眼神跟身边三个人交流了一下，然后点点头，用日语说道："抱歉了，把裤子脱下来。"

郑文道一怔，然后想起南满铁路株式会社里的日本人说过，抓住犯人后，既要让犯人继续行走，又不能让他逃跑，有个最简单的办法就是把他裤子褪到膝盖处，这样就只能迈小碎步了。

"请让我先到饭馆里面坐下，抓到那个线人后再脱。"听郑文道用日语这么请求，那个中国通的态度也放缓和了一些，点点头推着他往后门里走。

刚才这一幕，引来饭店厨房里好几个炒菜和打杂的远远围观，一听他们几个人说的是日语，便知是最残暴的日本特务，赶紧回到厨房各干各活了。

那个中国通在前面开路，两个特务押着郑文道，另一个殿后，五个人要穿过狭小的厨房才能进饭馆。郑文道看到，厨房里两个炉子冒着火，一个炉子上面放着大锅，用来下面条煮馄饨，另一个炉子火更大，主要是用来炒菜。此刻，正好一盘旺火急炒的爆炒猪肝起锅，炒菜师傅拿起铁锅在旁边装盘。看准这个当口，郑文道用尽全力从两个特务手上抽出双臂，然后回身猛推一把，右手迅速从上衣口袋里摸出那个干电池，直接扔进了冒着火的炉子里。

前面的中国通回头一看，下意识地伸手去捞干电池，却因被烫到而发出一声杀猪似的惨叫。干电池中的胶卷本来就是易燃物，此时早已烧毁。

趁此机会，郑文道一脚踢翻中国通，随手就把炒猪肝的铁锅扣在中国通的脸上，飞身向着饭馆前门外跑去。一路跑，他一路高呼："日本强盗杀人啦！"刚跑出十多米，后脑勺突然受到一件硬物重击，眼前一黑便不省人事了。

卡车的持续颠簸，让刚从昏迷中醒来的郑文道记起了中午被抓的一幕。他在想，自己如果被押进驻沪日军警备司令部，那肯定是有去无回的。他并不担心自己的意志，但他担心组织上会因自己的被捕，而让我们在敌人内部的内线全部转移，以及搬迁中央文库，而这都会冒很大的风险。

他特别想到了两个人，第一个是日本人。1938年，日军在华最大的情报机构——"南满铁路株式会社"在上海公开招人，他按组织上的要求前去报考，结果一考就中。而他此去，是肩负一个艰巨的任务，为在"满铁"上海事务所工作的日本人中西功当交通员。中西功的公开身份是日本华中派遣军司令部的顾问，而其实早在1931年就在东北加入了中国共产主义青年团，后来成为中共党员。

由于中西功身份特殊，能接触到侵华日军的高层，经常拿到很有价值的情报。他会把情报写在极小的纸上，然后藏在香烟里，两头再堵上烟丝，让郑文道带出来。而这根香烟的下家，就是小开潘汉年，再由小开通过秘密电台发报给延安。

他想到的第二个人，是一个病人。这两年，他还承担了另外一项工作，就是当缪谷稔和吴成方之间的交通员。两年来，他眼看着老缪本就瘦削的身体越来越瘦骨嶙峋，咳嗽声由原来的剧烈而响亮，到后来咳不出声、喘不上气。

他几乎每次跟老缪接头，都会劝他去看病，但执拗的老缪说什么也不肯，说自己如果住院了，文库谁来管？还有就是组织上经费这么困难，怎么能花大钱给自己治病？

一边想着，一边抬头往后看。只见车尾挂着墨绿色的布幔，在颠簸中朝中间的缝隙看出去，卡车后面紧跟着一辆轿车，跟得很紧、开得很快。

郑文道心想：日本特务的残酷，只有亲身经历过或者像自己这样看到过的才知道，他们抓了人会把认为没有利用价值的直接活埋，而带回去的则会遭受酷刑。有什么办法让自己免受痛苦，同时又能让组织上尽早放心呢？

一开一合的布幔，让郑文道眼前一亮。他轻轻动了几下，发现双手双脚都被绑得很紧，但身体并没有被固定在车厢里，匍匐在地还能挪动。再看四周，刚才车尾坐着两个特务，大概是卡车颠得太厉害，这两人已经往前坐到靠近车头的地方。

郑文道用力朝车尾爬去，每爬一步，他都回头看一下那两个特务，这两人一个在打瞌睡，另一个则双眼直视前方，就像入定一般。原本，车尾离郑文道就不到一米，此时他的头已经伸出了车外，只见后面的轿车距离车尾不到两米。郑文道心中暗暗叫好，再往身后看，正好跟那个入定一般的特务四目相对，那个特务怔了一下，便朝郑文道扑了过来。

"砰"的一声，一个黑影跌出车尾。后车司机瞬间急刹，坐在副驾驶座的一个人穿过前挡风玻璃，"嗖"的一声飞了出去，头直接撞在了前面卡车上。

卡车和前后两辆轿车都已停住，日本特务们一阵忙乱。他们看到从卡车上跌出来的是刚刚抓住的年轻犯人，额头撞地正在冒着鲜血，命大的是后面紧跟的轿车居然刹住了，前保险杠离他的头只有两厘米。特务们再看从轿车上窜出来的人，只见这人的头顶被卡车撞凹了一大块，脸上和手上满是被烫伤的燎泡，已经没气了。

郑文道跳车的结果，是让这个中国通在中国再也通不下去了。

郑文道再一次醒来，是一个多小时后。他努力睁开双眼，发现自己躺在一张木床上。动了动双手，居然已经被解开，摸了摸头上，已经做了简单包扎。他忍着剧烈的头痛，朝着四周看去，这是一间没有窗户的小房间。他已经想起刚才跳车那一幕，这里应该是驻沪日军宪兵司令部。

他抱着必死之心跳车，居然没有实现，让他有些懊恼。他忽然又高兴起来，原来这个小房间不是没有窗户，而是窗户被木板钉死了。而外面的汽车声、口令声都是从下面传上来的。他根据声音判断，现在自己可能在三楼。

郑文道迅速盘算了一下，暗暗打定主意。不过，现在不像刚才在卡车上，有日本特务向自己扑过来，只能立即翻出车外。他还想利用这点时间，再把要做的事仔细想一想。

他首先想到了一年前。

1941年6月22日德军对苏联实施闪电战，苏军仓促应战，节节败退。而此时，日军的动向令全世界关注。希特勒要求日本作为盟友，应该北上西伯利亚，配合德国夹击苏联。而日本军方还有另一种声音，就是南下东南亚，在太平洋上和英美作战。这是第二次世界大战中最大的悬念之一，将对战争全局产生不可估量的影响。

当时在延安的毛泽东，为此曾寝食难安。因为如果日军北上，不仅将使苏军腹背受敌，而且对中国共产党也将产生极大的威胁。而如果日军转向太平洋，必然要用主要力量对付美军，而苏联可把驻防西伯利亚的军队调到西线阻击德军。在此形势下，中国共产党就会拥有较大的发展空间。

此时，中共中央专门成立了中央情报部，任务就是获取国际上的军政战略情报。毛泽东把话说得很明白，说这个情报部的任务，不是日军在哪个据点有几挺机枪，或者有多少驻军，这些不要报到延安来，我不要这些战术情报，我要的是战略情报，要的是日本的战略动向，美国的战略动向。为此，中共情报系统全部开动起来，处在第一线最敏感位置的是潘汉年。而潘汉年掌握的众多内线中，有一张王牌就是中西功。

到了1941年的10月底，在满铁上海事务所中，郑文道正在上厕所，忽听后面有脚步声，来人迅速把一根卷烟塞进了自己上衣口袋，只听那人低沉的声音道："柴犬。"郑文道心中一凛，因为"柴犬"是他跟中西功之间的联系暗号，意为以最快的速度送出情报。

郑文道打破惯例，直接来到潘汉年的住所。送完情报他就走了，后来听潘汉年说，中西功送来的是真正具有战略价值的情报，就是日本高层已经决定南下，原因之一是日本海军的油料储备只剩下三十天，要南进印度尼西亚获取石油。同时，中西功综合他了解的各方面信息，预测日本将在12月份的上半月向美国开战，最大的可能是12月8日。一个多月后，在夏威夷当地时间12月7日早晨，这时是中国时间12月8日凌晨（夏威夷与中国有18个小时时差），日军偷袭珍珠港，太平洋战争爆发，第二次世界大战迎来历史拐点。

郑文道听说，毛泽东收到这个情报后，给上海的回电只有五个字：好，好，好，好，好。他曾向潘汉年当面求证此事，小开露出他的标志性微笑，笑而不答。

想着这些,郑文道似乎暂时忘记了剧烈的疼痛。

他又想到了中央文库,缪谷稔跟他说过好几次,这是党的最高机密,保存着建党初期最重要的历史资料。尤其当他听到,瞿秋白在《文件处置办法》的最后写道:"一份存阅(备调阅,即归还),一份入库,备交将来(我们天下)之党史委员会"时,已是热泪盈眶,口中还反复默念着:我们天下!

"咣"的一声,房门被推开,两个特务带着日本兵走了进来。郑文道心里清楚,对自己的极为残酷的审讯即将开始。

他用日语说道:"我要上厕所。"两个特务对视一眼,转身朝两个日本兵使了个眼色,两个兵分别抓着郑文道的两个胳膊,朝门外走去。

郑文道的头接连遭受两次重创,眼前金星直冒,两只脚就像踩在棉花里。他发现自己这个小房间是在走廊最里面,走廊上开着一扇窗,往外一看心中大喜,这里居然是四楼。他当机立断,不往厕所走了,做出要晕厥的样子,往窗上靠了上去。两个日本兵见此状,就松开了手。

忽然间,郑文道一跃而起,从窗口纵身而出。

这天晚上九点多,陈瑞华推门进屋,对躺在床上的缪谷稔摇了摇头。这已经是下午吴成方走后,陈瑞华第三次去隔壁弄堂找她的远房亲戚了,但每次都家门紧锁。缪谷稔皱着眉头想了想，轻声道："文件必须尽快转移，你明天去打听一下，这里附近有没有房子出租。"

此时，一阵轻轻的敲门声传来，缪谷稔凝神细听，是今天下午刚跟吴成方约定的暗号。他示意陈瑞华去开门，进来的正是吴成方。他快步走到床前，在缪谷稔耳边轻轻说道："文件不用转移了，郑文道同志跳楼牺牲了。"

一听这话，缪谷稔奋力坐起，瞪大了眼睛看着吴成方，良久没有说话。突然，鲜血从紧闭的嘴角淌了下来。"老缪，你别激动。""青裳，你怎么了？"吴成方和陈瑞华双双扶住缪谷稔，老缪的双眼失神地看着前方，似乎在看窗外，似乎什么也没看。

"老缪，还有一件事。根据你现在的身体情况，组织上决定让你休息养病，文库的保管工作交给其他同志。"

缪谷稔这才把眼光从窗外收回，对着吴成方点点头："我虽然很不舍这些文件，不过最近我也在担心，一旦发生危险要紧急转移，我这身体已经搬不动这些箱子了。我知道，我不适合做这么重要的工作了。"说着，两行热泪流了下来，既是对文库的不舍，也是对郑文道牺牲的痛惜。

"明天晚上八点，那位接替你的同志会到你家来，他叫陈来生，他说见过你。你们具体商量怎么搬迁，现在跟两年前不一样了，那时候租界里没有鬼子，你还可以用黄包车运箱子，现在怕是不行了。"

"见过我?"缪谷稔心想,自从承担起文库守护工作后,这两年就没有参加过组织活动,原本为苏北根据地购买物资的工作,自从上次南货店遇险后,也交给其他同志了,这个陈来生会在哪里见过呢?

第二天晚上,陈来生如约而至。见他进门,躺在床上的缪谷稔吃了一惊,随后笑道:"原来是你!"来人中等个头,长得浓眉大眼,二十岁出头的模样,就是两年前在小南门救过缪谷稔的南货店年轻店员。

"老缪你好,我是陈来生,叫我小陈就行,"说着走到床前,诧异道:"两年没见,你怎么瘦成这样?"

缪谷稔慢慢坐了起来,摆摆手道:"那天多亏你机灵。我的身体慢慢养养就会好的。你看,这些就是文库,守护任务就要交给你了,"他用手指着墙角盖着碎花布的五只箱子,"小陈,你要用生命守护这些党的重要机密,万不得已时可以销毁,绝对不能落到日本鬼子、汪伪政权和国民党手里。"

陈来生郑重地点点头:"老缪请放心,昨天老吴也跟我说了守护中央文库的历史,我一定做好我的工作。"说着,他蹲下身掀开碎花布看了看:"只是这么大的箱子,要是就这么搬运的话,在街上太引人注目,现在鬼子查得很严。"

"我昨天晚上想了一夜,也没有找到搬迁的万全之策,最好的办法是人动库不动。"听老缪这一说,陈来生惊讶道:"你是说你们一家搬走?"

"是啊,我想等文库交接后,我就回江阴老家养病,不要留在上海,给组织上添麻烦。"

陈来生轻轻摇摇头:"老缪,这可不行,你应该继续留在上海治病。而且你看这个房间太小,箱子这么放着平时没事,但最近日本鬼子在租界里也会上门搜查,如果鬼子进来,文库必定暴露。"

见缪谷稔沉默不语,陈来生继续道:"我觉得,文库还是必须动,现在只有一个搬运的办法,就是小鱼钻网眼。"缪谷稔用手轻轻拍了一下大腿:"这个办法好,就是需要一些人手,瑞华和我们的大女儿可以一起干。"

"我还可以动员我妻子和父亲还有弟弟妹妹,不过根据组织的规定,对他们不能明说。我这两天刚刚租了一间房子,就在新闸路上的赓庆里,离这里只有四个路口,走过去就可以了。"

接下来一个多月里,陈来生夫妇和他父亲、四个弟弟妹妹,再加上缪谷稔的妻子和大女儿,九个人轮流搬文库。为了避免天天进出引来邻居怀疑,他们确定的搬运程序是:缪谷稔在家中把文库拆零分包,然后装在菜篮子或者面粉口袋里,上面盖上青菜、切面等，交给陈瑞华和大女儿，由她们带出嘉运坊，在第一个或第二个路口，交给陈来生及其家人。

这一天，已是1942年的8月中旬，文库搬运已近尾声。缪谷稔让陈瑞华带话，请陈来生来一趟嘉运坊，说还有些事要交代。

"小陈，文库里不仅有中央历届会议的记录，有中央给各地的指示，还有上海三次起义中被反动派杀害的烈士照片，特别是彭湃、苏兆征、恽代英诸同志的遗笔，它们的重要性相信你明白，我就不再多说了。"

看陈来生连连点头，缪谷稔继续道："我上次说的危急时刻可以烧毁，指的是必定暴露的情况，不到万不得已，千万不能这么做。还有，等将来我们的天下到来时，你要亲手把文库交给上海的党的最高领导，请他转交党中央。"

说到这里，缪谷稔紧紧抓住陈来生的双手，随后转过身拿起最后一小捆文件，递给陈来生道："小陈，等到那天向上级送交文库时，如果我还在的话，请务必告诉我，我可能还住在这里，也可能回到江阴申港老家了。"

两人四目相对，陈来生强忍着眼泪，说声放心，扭头就走。

"等等，我还有件事要问你，"缪谷稔说，"两年前在南货店里，我问你这家店没有后门，如果特务冲进来抓人，你怎么逃走。你没说话,只是指指墙角的油布伞是什么道理?"

走出嘉运坊,还没走到第一个路口,却见从路边一家米店里走出两个人,看到自己后连忙转身又退了回去。

陈来生暗起疑心,脚步没有放慢,经过米店时用眼角余光看到,米店里那两个人盯着自己。这天陈来生带着的是一个面粉口袋,一包文件放在底下,上面放着小半袋大米。他穿过马路,又往前走了十来米,经过一家大饼店门口,佯装问大饼价钱,瞥见那两个人正跟着自己。

嘴里嚼着大饼,陈来生继续向前走。从这里到他所住的赓庆里是不用拐弯的,只需再过三个路口。但他过了第二个路口后,一闪身拐进了一条小弄堂。此刻弄堂里几乎没有人。他看到有个石库门后门关着,门口放着一把油布伞,马上伸手拿在手里。继续再往前走,看到一扇前门开着,抬脚就往里走,侧身的刹那往身后一瞥,那两人也跟进了弄堂,离自己不到十步远。

"阿林娘,炒个蛋炒饭给我吃,我饿死了!"陈来生大声嚷着进门,穿过客堂间,顺着楼梯上楼了。那两个跟着的人对视了一眼,都以为陈来生到家了,只听石库门内有个老太太的声音嚷嚷了几声,一会儿又恢复了平静。

这两人是76号的特务。当时的上海滩,对76号都闻之色变，这是汪伪政权设在上海的特务机构，因地址在极司菲尔路（今万航渡路）76号而得名。这个特务机构在上海密布眼线，昨天在这一带的眼线报告说，这段时间新闸路上连续多天有人在马路上交接面粉袋和小菜篮，怀疑是国民党或共产党交接情报。76号派出两个特务蹲守，看到背着面粉袋的陈来生走过，马上跟了上来。

他们在石库门口不远处站定，这一等就等到了天黑。后来又来这家石库门盯了几天，再也没发现陈来生，也就不了了之了。

而陈来生匆匆上楼时，正在灶披间洗碗的一个老太太问他找谁，他只嚷着饿死了走到二楼，先把面粉口袋扔出了后窗，然后把手上的油布伞伸到窗外打开，撑着伞跳下二楼，拎起袋子就走了。原来，这种结实的油布伞在陈来生手上，是当降落伞用的。

一年后的1943年夏，病势沉重的缪谷稔决定离开上海。那段时间，吴成方来过多次，每次都带来给他治病的钱。缪谷稔流露出想回江阴老家的想法，但都被吴成方劝阻："你的病只有在上海才可能治好，回到老家那不是养病，是等死。"

缪谷稔何尝不知，但他每次接过吴成方拿来的钱，心中都会涌上一阵歉疚，自己没法继续为党工作，还要拿组织上的经费来治病，这怎么行呢！

这一天晚上，等两个孩子都睡着了，缪谷稔把妻子叫到床边，一边咳嗽一边低声道："瑞华，我看我们还是走吧，在这里苦熬也没意思，回到老家吃点中药慢慢就会好的。"

"你的病上海的西医都治不好，回家吃中药能好吗？"

"怎么不能？你没去过不知道，我们申港那里有个吴半仙，看病抓药都很灵的。我想过了，两个孩子交给我在镇上的弟弟照顾，我们两个回到乡下老宅，住一段时间试试看。"

第二天一早，缪谷稔强打精神，带着妻子和孩子离开了嘉运坊。又过了一年，在江阴申港的家中，缪谷稔陷入弥留。

这天下午，缪谷稔忽然睁开了双眼。他朝四周看看，家里只有一张饭桌和自己睡的木床，陈瑞华正坐在桌边缝补衣服，一听老缪有动静，赶紧坐到了床边。

"瑞华，你今天去镇上把孩子们接来，我还有些话要跟他们说。"缪谷稔的气息很微弱，但思路看上去很清楚。

"好的，我马上就去接，只是我担心你一个人在家行吗？"

"怎么不行，家里还有吴半仙儿子开的药吧，你熬好就去接孩子吧。"申港名医吴半仙已经死了五六年了，此时是他儿子子承父业，当地人背后叫他"吴不仙"。

陈瑞华吃好中饭就在熬药，此时药已经快好了，她去炉边看了一眼又坐到了床边。她想趁缪谷稔难得清醒，便再问一些话:"老缪,你想跟孩子们说什么?"

缪谷稔想了想,一字一句道:"我想跟他们说,不管以后做什么,都要自食其力,不要麻烦组织。"他是个寡言少语的人,此刻有一肚子的话想说,却只说了这一句。说着,伸出皮包骨头的手抓着陈瑞华的手道:"我最遗憾的,是没有看到日本鬼子投降,更没能看到我们的天下建立,没有看到中央文库交给党中央。但我相信,你和孩子们一定会看到这一天。"

当晚,在跟两个孩子简单交代了几句后,缪谷稔在破败的家中病故。这是 1944 年 10 月的一个雨夜。

第十章
过街楼

陈来生带着最后一包文件回到了租住的赓庆里。

在新闸路上,赓庆里算是有点档次的,弄堂口一侧筑有专门的门房,有看门人驻守,闲杂人等不能进入。所以进入弄堂,总有一种静谧雅致之感。住户大多是银行高级职员、医生等,当时还有几个电影明星也住在这里,他们的出入成为夏夜弄堂乘风凉时不尽的谈资。

这里整齐排列着七条支弄,每条支弄南侧是一排石库门,北侧则是前面一排房屋的后门。而第七支弄是最后一排房屋的后门,南侧是一道围墙,道路比别的支弄窄了一半。陈来生租的亭子间,就在第七支弄上的13号。

13号的二房东是一个"新娘子",当然这只是她的外号,看她脸上纵横密布皱纹,应该有七十多岁了。五十多年前从无锡嫁到上海,邻居们就叫她"新娘子",现在有些人对着这张老脸实在叫不出口，又不知道该叫她什么，便改口叫"老新娘子"。

"老新娘子"当年是嫁给这家房东的侄子。因为房东夫妇没有生育，就把侄子领来当"过房儿子"。前些年，房东夫妇和"过房儿子"相继离世，"老新娘子"无以谋生，想到了一个租屋赚钱的好办法，把这幢两开间的两层石库门房子分拆出租。

于是，这个13号便成了大杂烩。一楼客堂间早就被"老新娘子"分割成两间，前客堂间租给一对三十多岁的教师夫妇，都在隔壁的弄堂小学教书，有两个不到十岁的小孩，后客堂住着"老新娘子"本人。旁边的前厢房租给了一对唱评弹的五十多岁夫妇，两人没有小孩，有时候到外地跑码头，一去十天半个月是常有的事。一楼后厢房租给了三个年轻小伙子，他们在新闸路斜对面的一家饭馆当伙计。

二楼正南朝向的卧室租给了两个"向导女"，也叫做"摩登女郎"，这些都是委婉的说法，其实就是半公开的妓女。二楼前厢房租给了一对二十多岁的年轻夫妇，妻子没工作，丈夫以前是英国宝隆洋行的职员，日军进入租界后，他很快就失业了，两人天天为生计犯愁。二楼后厢房住着一个三十岁左右的单身女人，有一个男人经常来，但有时候也会有别的男人出入。二楼亭子间里住着陈来生夫妇，他们的脚下和头上还各住着一户人家。脚下，在亭子间和一楼后客堂间之间，"老新娘子"叫人搭了一个站不直的两层阁，这个阴暗的地方住着一个鞋匠和他老婆；顶上，有一个窄梯通到屋顶小平台，原本可以晾衣服，现在也被"老新娘子"搭了个小房子，租给一个瘦老头，平日以卖报为生，是个鸦片鬼。

搬迁文库两天后，早上九点多，吴成方的突然到来，让正在亭子间里打造夹壁墙的陈来生吃了一惊。

吴成方是来通知陈来生，上次延安整风需要的材料拍成胶卷后，因日本特务的突然出现，被郑文道销毁了。而延安方面最近又来电，要求上海的地下党组织尽快把文件送去。

而上到亭子间，却并非易事。吴成方走进赓庆里，先观察了一下周围情况，然后慢慢走向13号后门，还没拐进第七支弄，只听到一阵吵骂声传来。他走近一看，一个穿着蓝白丝麻绣花旗袍的青年女子，拦在后门口，不让里面一个西装男人出来。这时，里面又走出一个翠绿撒花嵌金旗袍女子，帮着蓝白旗袍一起拦在后门。那个中年男人此时已经满头大汗，只低声说着什么，而那两个女子声音很高，意思是不给足钱就不能出这个门。

这时，那个西装男脱下了上衣，递给蓝白旗袍，也提高了声音说，不够的钱用这件西装抵。蓝白旗袍已经接过了西服，却见翠绿旗袍一把抢了过去，对着西装男说，把西裤也脱下来，这样成套西装才值钱。但男的却死活不肯脱，说话间就要动手了。

看到这一幕，吴成方转身绕到13号前门，却见前门紧闭，他刚要敲门，里面走出一个鞋匠，肩上挑着各种修鞋工具，后面跟着一个女人，手里拿着一副大饼油条。吴成方侧身让过，走到楼梯口，看到一个满脸皱纹的老太婆，正堵在楼梯口不让楼上一对年轻夫妇下楼，用无锡话大声说着，大意是房租已经欠了两个月了，今天再不交钱就搬出去。那对夫妇一脸愁容，女的没说几句就掉了眼泪。

此时，一楼厢房里传出琵琶和单弦的声音，只听一个中年男人用苏州话唱道："窈窕风流杜十娘，自怜身落在平康。她是落花无主随风舞，飞絮飘零泪数行。青楼寄迹非她愿，有志从良配一双，但愿荆钗布裙去度时光。"

好不容易来到二楼亭子间，吴成方刚要跟陈来生交代来意，就被一阵重重的敲门声打断。陈来生听了一下，示意没事，开门只见门外站着一个精瘦老头，打着哈欠满脸堆笑道："小阿弟，你是新搬来的吧，第一趟见面，给阿哥一点见面铜钿。阿哥鸦片瘾头又来，借十个铜板给我，我去买一壶龙头水。"

陈来生通晓市井，当然知道楼上这个鸦片鬼说的龙头水，就是用鸦片吸食后剩下的残渣加水熬制的,上海那些吃不起鸦片但又上瘾的穷人们,大多好这一口,称之为龙头水。

"你当我不知道,一大壶龙头水只要六个铜板,中壶只要四个铜板,你怎么开口就问我要十个铜板?"

听陈来生这么内行,那个鸦片鬼以为遇到了同道中人,赔笑道:"小阿弟懂行,阿哥是想买两壶,大壶现在吃,中壶放到夜里吃。"说着,接过陈来生递来的铜板,转身便往楼下跑去。

陈来生刚要关门,那对年轻夫妇看到刚才这一幕,走近来说道:"小阿弟,你也帮帮忙,借一点钱给我们,今天再不付房租,那个'老新娘子'要叫我们睡马路了。"陈来生只能苦笑,说自己是做炒货小生意的,前两天也才交了房租,要等生意开张了才有饭吃。

从上楼到现在,吴成方只是沉默地看着周边发生的这一幕,心想:在这里住上一两个月,就足可以写一出石库门的市井戏剧了。等亭子间的门好不容易关上,他告诉陈来生具体要找的那几份文件,然后怎么交给自己拍照。

匆匆说完,吴成方正色道:"这个地方不适合保存文库,当年胡公的要求是独门独院的家庭式守护,你这里太乱,马上再找新的地方。"

陈来生也有点尴尬,当时租房子时只想着尽量跟老缪家近一些,以免搬迁文库的路上出差池,而且看房那天是午后,13号里挺安静,只见到了"老新娘子",没想到平常这里居然乱成一锅粥。

他想了想说:"我的父亲带着弟弟妹妹住在成都路上,那是一个过街楼,房子比这里大一些,而且也符合家庭化的要求。只是,过街楼不是独门独院。"

吴成方问了一些具体情况,道:"看来那里的情况比这里好,这两年租界里涌进了很多难民,要租独门独院确实很难,而且最近组织上经费紧张。这样吧,你还是用那个小鱼钻网眼的老办法,发动你的家里人把文件安全地搬过去。"

陈来生素来听指挥,听这话便道:"我们今晚就搬。还有,那个过街楼我们家已经租了一年多了,租金我们付得起,我父亲还在弄堂口开了个面坊,白天做生意,晚上阁楼里还能住人。从今天开始,组织上不用给我经费了。"

刚说到这里,只听得二楼后厢房有人在砸门,有个男人的声音大声骂道:"开门啊,我才两天没来,你就躲在里面做什么,门也不敢开了!"那个三十岁左右的单身女人可能引来了什么陌生人,被常来的那个男的堵在了门口。只听楼梯声杂乱地响起,听声音是"老新娘子"和刚才堵在后门的两个"向导女"跑上来看热闹了。从后门口传来另一个男人的声音:"把我的裤子还给我,这副样子让我怎么出门?"

对于这次搬迁,陈来生更为慎重,不仅因为路比上次远得多,更因为这几天日军在租界内加紧了盘查,而且看趋势是一天严于一天,所以必须立刻转移。

这次有了经验,他还是发动家里人用菜篮子、面粉袋等零散装运文件,但每个人都一竿子插到底,而不像上次那样在路上交接,这样可以尽量避人耳目。但没想到,中途还是出了事。

那天傍晚五点多,陈来生的大妹妹背着面粉袋,从新闸路上的赓庆里出发,已经快走到成都北路了。大妹妹只有十六岁,面粉袋背在肩上颇显吃力,她想抄近路,便拐进一条小弄堂。刚走进弄堂,身后突然窜过来两个人,其中一人一把抢过面粉袋,飞奔而去。

大妹妹大声叫了起来,回身便追。那两人中,一个没有背口袋的人突然回身,一脚把大妹妹踢翻在地。正此时,陈来生从马路那边飞奔而来,身上也背着面粉袋。那个空手的人一看面粉袋,两眼放光,直扑过来。

陈来生却不管他,快速追上那个背着面粉袋的,横身飞踹过去,那人一个嘴啃泥趴倒在地,但两手依然紧抓面粉袋,死死不肯松手。陈来生扑过去抢,那人起身又来抢陈来生的面粉袋，另一个空手的人也已赶到，三个人缠斗在一起。

没三五下，陈来生因为只能用一只手应战，便被那两人按倒在地，趁势要夺他手中的面粉袋子。陈来生刚才从赓庆里出来，一路上远远地跟着大妹妹，见到这两个人突然跳出来抢走面粉袋，这时瞥见这两人都三十多岁年纪，身上衣衫褴褛，看模样就是租界里最常见的难民，他们流浪街头、衣食无着，每天都有大批倒毙路边，有的走着走着就倒地不起，被称为"路倒"。

陈来生恍然大悟："他们要抢的是面粉袋，肯定以为里面装的是面粉。"连忙道："不要抢了，我们是收废纸的。"趁那两人愣神之际，一把推开按住自己的三只手，因为其中一人另一只手还紧攥另一只面粉袋。陈来生打开袋子，两人往里看，只见上面铺着一点生面条，下面是一捆纸。他们忙拿过自己手中的袋子看，也是如此。

两人一边喘着粗气，沮丧之余，把两只袋子里的面条抓在手上。其中一人扭头要走，另一人却道："废纸也要，拿去卖了换饭吃。"此时，路口两个日本兵正慢慢朝这里走过来，他们以为是当时上海滩常见的抢米景象，但看这三人聊起来了，便要过来看个究竟。

陈来生心中大急，伸手从口袋里摸出几张钞票，递给两人道："那些废纸我还要烧火做饭，这些钱拿去买大饼吧。"那两人也看到日本兵步步走近，没多想便接过钱，手中攥着两把面条，飞也似的钻进了身边一个小弄堂。

陈来生的父亲和四个弟弟妹妹，住在成都北路祥安里弄堂口的过街楼里，刻着"祥安里"的石板就悬挂在他们家的脚底下。上海的很多弄堂都有过街楼，它横跨弄堂口，楼上住人，底下通行。它有着得天独厚的位置，犹如一座瞭望塔，一排窗子对着弄堂里，一排窗子对着外面的马路，两头各有风景。

而他父亲开的向荣面坊，就在弄堂口，位于过街楼的斜下方。面坊不大，平时主要由他父亲看管，四个弟弟妹妹打打下手。里面搭了一个阁楼，父亲就睡在里面。因为陈来生夫妇回来住，父亲就把阁楼让了出来，自己晚上也回过街楼。

一开始，陈来生把文库放在了过街楼上。但没过几天，他发现过街楼虽有便于瞭望的优势，但会遭受长年烟熏火燎，对文库保存很不利。因为过街楼下是弄堂里难得的非露天场所，平时就有不少主妇为了躲避日晒，会拎着自家的煤球炉子，到过街楼下面生火。若是到了雨天，几乎一个弄堂的煤球炉子都到这里集合，排在弄口声势颇为浩大，行人只能侧身经过。

只一天，陈来生就在向荣面坊的阁楼上做了个夹壁墙，虽是木板做的，但因为阁楼里一片漆黑，并不容易看出来。

到了1942年的9月，祥安里弄堂口忽然贴出一张告示，要点是："凡界内之居民，无论成人或小孩均能领得购米证一纸；每证分四联，每一联于每一星期内指定日期，向指定之米号购取该一星期之口粮。"原来，日军开始实施"计口售粮"，同时严禁租界内外的粮食交易。除配给渠道外，不允许其他任何流通形式存在，市民因越界贩米惨遭日军杀害事件屡有发生。

一开始，陈来生父亲还庆幸自家开的是面坊而非米店，但没几天又有新规出台：面粉和大米一样纳入严控范围，面坊的面粉供应严格按照"计口售面"的数量配给。自此，向荣面坊每天的营业收入不足原来的三成，只能勉强糊口而无法支付房租。拖欠房租两个月后，面坊和过街楼的房东因多次上门收不到租金，扬言下个月再不交房租，只能把他们赶出去了。

陈来生担心的，并不是一家人像难民那样流落街头，而是藏在面坊阁楼上的中央文库。一天傍晚，向荣面坊走进一个五十多岁的瘦高男人，身上穿着一套笔挺的浅灰色西装，连裤腿上的折痕都棱角分明。坐在柜台后面的陈来生一看，来的是祥安里家喻户晓的"洋装瘪三"。此人姓夏，在一家小报当记者，孤身一人住在弄堂里的一个三层阁，平日里都穿着旧衣服，但一出门，一定换上这套千年不变的西装。邻居们当面叫他"夏家阿伯"，背后都叫他"洋装瘪三"。

"洋装瘪三"掏出一个小小的硬板纸，这是对每个人都性命交关的购米证。一开始,凭这张证只能买米,后来面粉被纳入配给范围后,也可用来买面粉。"来生阿弟,我来买这期的面粉。""洋装瘪三"把购米证递给陈来生,摇头道:"东洋人真正不是爷娘养的,狠是真狠,一个礼拜算一期,每期一个人只能买一斤半大米和一斤面粉,真是想叫上海人全部饿死。"

这样的抱怨,陈来生最近听到太多了,他一边称面粉,一边岔开话题道:"现在不要说我们了,连原来在租界里耀武扬威的西洋人也吃不饱了。夏家阿伯,天冷了,你这件西装穿着不冷吗?"

"洋装瘪三"有点得意地说:"上海滩这地方就是只认衣裳不认人的,你穿件破衣服出门试试看,连有轨电车的车掌都不肯照你的话停车,大公寓看门人也不会让你走正门。我是宁可吃不饱、住不好,出门一定要西装笔挺,我还经常要采访名人的。"陈来生瞥了一眼,这件西装两个袖口已经磨光,胸口更有不少汤汁印迹,心道,这就叫"洋装瘪三,自家烧饭"。

见陈来生没有谈兴,"洋装瘪三"问道:"小阿弟有啥心事,生不出儿子,还是肚皮吃不饱?"陈来生摇头道:"这年头还想什么生儿子,现在店里除了户口面粉,没有别的东西可以卖,连房租也付不起了。"说着,把称好的一斤面粉递了过去。

"洋装瘪三"却并不接,长长的瘦脸上挤出几道笑纹道:"来生阿弟啊,在上海滩混日子要脑子活络,不要看东洋人管得严，我教你一个办法，只要你够胆量，不但肚皮天天吃饱，房租铜钿也不在话下。"见陈来生支起耳朵在听，"洋装瘪三"道："小阿弟，再帮我添半斤面粉，阿哥马上帮你指一条明路。"

第二天子夜时分，三个人影走出祥安里，一路向西而去。

昨天"洋装瘪三"的一番话，让陈来生颇为心动。日军进入租界后，在公共租界和法租界外围拉起了铁丝网，严格盘查出入人员，特别是严禁外来的粮食进入租界，所以造成租界里面粮价飞涨。这段时间已经有不少人铤而走险，从上海周边的产粮区低价买来大米，偷运进租界高价售出，暴利可观。

"洋装瘪三"以他小报记者的人脉与信息来源，早已知道这条发财之路，只是他也知道，过铁丝网时一旦被日本兵发现偷运粮食，弄不好会被狼狗咬死，他自己是万万没有这个胆量的。

而此时的陈来生，因为已经没有组织经费来源，要保护好中央文库，就一定不能被房东赶出门，他认为这个险值得一冒。但如果一个人去，肯定带不回多少大米，于是决定还是带上两个弟弟。但想到要让他们也一起冒风险，心中一阵隐隐作痛。

三人往西走，也是陈来生事先想好的。他在想，如果往北，有苏州河阻挡；如果往东，黄浦江比苏州河宽多了；如果往南，还要越过法租界，而且要到产粮区，同样要越过黄浦江。想来想去，只有往西一条路。

出租界时，却是出人意料的容易。他们要越过的那段铁丝网，是汪伪的伪军看守，这半夜时分都已打起了瞌睡。走出租界，便已是农田乡野景象，此时是11月底，秋色正浓。但经过的一些乡村不少已是人去屋空。

走了一天，三个人只吃了几口随身带着的大饼，虽然肚子咕咕叫，却不敢多吃，必须留好回程的干粮。此时已经走到淀山湖边，在一处难得冒着炊烟的平房中，看到一个老农在独自做饭。陈来生说自己三兄弟是从上海出来买粮食的，问老农有没有余粮可卖。老农只是回头看了他们一眼，也不多说什么，说鬼子来了，没人安心种稻子，最近刚刚收了几百斤，你们能拿多少就拿多少。

三人大喜，大弟弟从村里找来一辆破旧的独轮车，用随身带着的面粉袋装了足有将近两百斤大米。那老农只顾自己做饭，看他们装好了，淡淡问了句："你们能推着大米进上海？"这话倒是提醒了陈来生，他们可以把独轮车推到租界外，但推着车穿越铁丝网是断断不行的。唯一的办法是背在身上，外面用棉衣罩住，而且还要在租界里走一长段路，三个人是绝不可能背两百斤大米的。

当场试验下来，陈来生可以背五十斤，两个弟弟每个人能背四十斤，最终决定买一百三十斤。老农也不贪心，只是比平常米价贵了两成。

回到出城时钻过铁丝网的地方，已经是凌晨两点了。一路上，三兄弟轮流推着车、嚼着大饼，倒也并不觉得累，只是小弟脚上磨出了血泡。他们把独轮车推到路边，分别把米袋子缠在腰间背在肩上，慢慢接近铁丝网一看，不由地暗暗叫苦，昨晚这里值守的伪军不见了，今天换成了日军。

三个日本兵在铁丝网里边来回巡逻，往远处看，那边同样也是日军把守。三兄弟等了将近一个小时，不仅未见日军懈怠，而且天已经开始蒙蒙亮了，不由地心中越来越焦急。借着微微的亮光，陈来生发现左前方二十多米处的草丛里也趴着一个人，那人在慢慢往铁丝网移动，想必也是等不及了。

正此时，只见那人突然加快速度，手脚并用爬向铁丝网，那里有个漏洞，他直接就钻了过去。陈来生赶紧招呼两个弟弟一起跟上，还没爬到铁丝网处，那人已经被日军发现。三个日本兵却没开枪，而是放出一条黑狗，一起往那人追去。陈来生三兄弟立即从那个漏洞钻过去，起身朝反方向飞奔。奔跑中，陈来生往后瞥了一眼，只见那个人脚力甚好，但身上背着的东西实在太重，此时已被黑狗追上咬住了右手。只见那人飞快地褪下外衣，继续往前跑，右臂下半截居然是没有的，那条狗只是咬住了衣服。

接着，传来几声枪响，而陈来生已经无暇回头再看了。

从1942年11月到1945年8月日本战败投降，陈来生先后七次穿越铁丝网，从外面买来租界里最紧缺的粮食等物资，以此换来的资金支付房租，保住了中央文库的收藏点。

在此期间，因为担心阁楼阴暗潮湿，容易引起文件发霉，陈来生夫妇在面坊关门后，到阁楼上翻动晾晒文件，还在文件中放上烟叶、樟脑等，以防虫蛀鼠咬。而自从文库拆零从缪谷稔家搬出后，被分成了十六箱共一百多包，这样分散的小包装更易于文件的保存。

在阁楼上，陈来生还长年放着一个皮包，包里是一瓶高浓度酒精和一盒火柴，预备一旦保存点被日军发现，宁可烧楼，也不能让文库落到敌人手中。

这一天，一个人走进向荣面坊，说道："称两斤面条。"陈来生抬头一看，站在面前的是吴成方。他让一旁的父亲照看生意，跟吴成方微微一点头，转身走出了店门。吴成方则不远不近地跟在后面，两人一前一后上到过街楼里。

这是1946年的5月，日本已经投降快一年了，而第二次国共合作尚未破裂，正是那些年中表面气氛相对缓和的一小段时间。此时家中没人，陈来生知道吴成方亲自前来，必定有重要的工作，倒了杯茶便坐下静等老吴开口。

"胡公昨天从重庆飞到了南京，主持国共两党的谈判，"虽然此时在上海提周恩来并不违禁，但吴成方还是习惯地称他为胡公，"他派来一位中共谈判代表团的同志，今天下午会到上海，让我们预备好两箱子中央文库的文件，交给来人送到延安。"

陈来生一阵惊喜，期盼多时的这一天终于来了，问道："准备多大的箱子，要带走哪部分文件，在哪里交接？"面对一连串问题，吴成方依然不紧不慢地说："装在两个航空皮箱里，我已经让人去买了，今晚你到后弄堂口的老虎灶去取。至于带走哪些文件，因为这批文件要搭国民党的飞机去西安，再从西安转运延安，胡公指示不要放最机密的文件，以防路上出事。"说着，吴成方又想了想道："文件交接还是不要在这里，现在虽然国共合作，但不知道蒋介石葫芦里卖的是什么药，中央文库的保存地点要继续严格保密，具体地点我另外通知你。"

当晚七点多，陈来生关了店门吃过晚饭，便径直往后弄堂口走去。那家老虎灶他很熟，冬天经常会去泡开水，里面一个头发花白的瘦小老板很勤快，看上去有五十开外，别人都叫他阿毛。

因是 5 月份，天气已经转暖，老虎灶里打水的只有两三个人。阿毛老板看到陈来生走过来，轻轻冲他点点头，然后从布帘子后面拿出两个航空皮箱，递给了他，轻声道："明天晚上八点，就在这里交接。"

陈来生心中一凛，原来这个阿毛老板是自己同志。他记得很清楚，这个老虎灶是两年前开张的，一直就是这个阿毛老板，但他看到自己很多次去打开水，从来都只是客气一两句，没有说任何别的话。看到陈来生诧异的表情，阿毛只是笑笑，把箱子塞了过去。

第二天晚上，陈来生提着两个装满文件的航空皮箱，如约来到老虎灶。今天气温已经上升到近三十度了，此时店里一个顾客都没有。他只见阿毛正在门口挂"清水盆汤"的布幔，天热了老虎灶要开始经营盆浴生意了。

陈来生走到店里，把箱子放在布帘后面，便在茶桌边坐了下来。阿毛一直在门口忙着干活，并未多理会他。过了将近半个小时，依然没见到来取箱子的人，陈来生有些奇怪。此时阿毛也刚忙完，走进店里准备坐下歇歇。陈来生低声问："怎么还没来？"阿毛答："你说谁还没来？"陈来生说："来取箱子的人。"

阿毛笑着在他对面一桌坐下，说道："我想你怎么还不走，箱子交给我就行，老吴让我负责转交。"陈来生诧异道："交给你？我怎么知道你是谁，老吴可没这么对我说。"阿毛站起身，在陈来生身边坐下道："是两年前老吴派我来这里开老虎灶的，主要工作是暗中保护你和中央文库,因为那段时间你钻过几次日军的铁丝网,老吴担心你的安全,所以让我来这里,万一你出事,我就出面接管中央文库。"

陈来生还是不放心,问道:"我去日本鬼子封锁线外面买粮食,老吴是怎么知道的?"阿毛见一两句话说不清楚,起身给陈来生倒了一杯茶,道:"小陈,你从1942年开始负责守护中央文库后,就不再参加组织活动了,所以对情况不太了解。你要知道,你是文库的具体守护人,但你不是一个人在战斗,我们还有别的同志在关注你,也在暗中保护文库,所以你的一举一动组织上都是了解的。其实这么多年来,真正跟组织上失去联系,只能一个人守护文库的只有陈为人同志,今年应该是他牺牲的第九年了。"提到陈为人,阿毛的眼圈立刻红了。

陈为人保护文库的往事,吴成方也跟陈来生提过,只是说得比较简略。听到这里,陈来生不再对阿毛有怀疑,但又问了一句:"下次什么时候继续运文件?"阿毛说:"这个老吴没有具体说,他只说要看这次转运的情况再定。"

当晚十一点多,一个四十岁出头的人,来到阿毛的老虎灶取走了皮箱。此人是中共中央南方局的刘少文,跟随周恩来多年,此次也是国共谈判的中共代表团成员。他按周恩来的指示,随团到南京的第二天便前来上海取走一部分文件,随后带着一名助手携文件,搭乘国民党的飞机飞往西安,再转道去延安。1946年5月底抵达延安后,迅速将这两箱文件交中共中央秘书处保存。中共中央秘书处材料科科长裴桐接收文件后,将这批文件都编号为"06"。所谓"06",即指1946年收进的。

而吴成方之所以让两个皮箱在阿毛的老虎灶里转个手,也是考虑到中央文库的具体保存点,还是越少人知道越安全。

仅仅一个月后,蒋介石挑起内战,国共第二次合作趋向破裂。这年7月22日,中共中央在一份通报中规定,禁止乘国民党飞机携带文件。从此,中央停止了从上海运文件的计划,中央文库的迁徙工作暂告结束。

陈来生继续经营着他的小面坊,依然隐姓埋名,不参加党组织的任何会议和活动。每当弟弟妹妹们私下笑他只会做点小买卖,一点也不知道时局变化;每当父亲问他,是不是准备这辈子就靠这个小面坊过日子;每当"洋装瘪三"来买面,悄悄告诉他国民党快不行了的时候,他都只能摇头笑笑,似乎自己就是一个只会闷头拨打算盘的小市民,对这个国家的变化毫不关心。

这种时候,他也会觉得孤独与寂寞,偶尔夜深时分,会不自觉地走到刘阿毛的老虎灶,跟他喝茶谈天。刘阿毛总是那句话:"你做的是最重要的工作,虽然会感到孤寂,但你绝不是一个人在战斗。"

随着局势的变化，刘阿毛也越来越忙了。有一次他跟陈来生商量，说自己的工作越来越多，能否请陈来生的大弟弟福顺去帮忙管一下老虎灶？陈来生知道，随着国共双方势力对比的快速变化，"解放全中国"已经是一个越来越近的目标，他的内心充满了兴奋与激动，特别羡慕像阿毛这样的地下党员，能为上海的解放出一份力。他几次想问阿毛，需要自己做点什么，但话到嘴边又咽了下去，因为他很清楚，他的任务就是保护好中央文库，直到"我们天下"的这一天。

1949年3月的一个晚上，陈来生翻来覆去睡不着，便起床出门，往老虎灶方向走去。他知道，淮海战役已经告捷，国民党军队全面溃败，上海解放应该近在眼前，很想了解解放军已经打到哪里了。反正睡不着，不如去老虎灶碰碰运气。

此时是晚上十点多，拐出后弄堂口，斜对面的老虎灶里果然只有自己的大弟弟福顺在忙碌，因是春寒料峭时节，还有四五个人在排队打开水。

陈来生走进店里，在桌边坐下。福顺见他来了，赶紧要泡茶，被陈来生摆手制止了，"你忙你的，我睡不着来坐坐，再喝茶就更睡不着了。"趁着生意间歇的当口，又问刘阿毛的情况，福顺说："他这些天都是一大早就出门，一直到大半夜才回到这里的阁楼上睡觉，你要想等他，大概要坐到十二点。"

坐了一个多小时，陈来生已经感觉到困意，心想也没什特别的事，正打算起身。这时，店门外走进来一个戴着鸭舌帽的小个子，是刘阿毛回来了。看到陈来生坐着，刘阿毛也不觉诧异，只是叫福顺把店门关了，回去休息。

按惯例，老上海的老虎灶一般都是二十四小时营业，但这段时间兵荒马乱的，很多老虎灶后半夜就打烊了。见刘阿毛紧锁双眉，陈来生问："出了什么事？"刘阿毛倒了两杯茶，坐下道："我们又有一个地下电台今天被敌人破坏了，两名同志被捕。"他一口气喝下一杯茶，看着陈来生道："这是一对夫妻，男的叫秦鸿钧，是秘密电台负责人，女的叫韩慧如，是地下交通员。小陈，你可能不知道，这个韩慧如同志跟你保管的中央文库，有着很深的渊源，她的姐夫就是陈为人。"

1937 年 3 月，陈为人在上海病逝后，妻子韩慧英考虑到她一个人带着三个年幼的孩子，在上海无法继续为党工作，便向组织上提出，自己送孩子们回湖南江华陈为人老家，安顿好后再返回上海。

而妹妹韩慧如则留在了上海，谋了一份小学老师工作。没多久，认识了刚从苏联学习电台技术归来的秦鸿钧，这个山东青年大韩慧如两岁，早在 1927 年便加入了中国共产党。两人结婚后，韩慧如便和丈夫一起开展秘密电台工作。

当时，他们夫妇住在打浦桥新新南里一幢旧式楼房的二楼，楼下的租客设了一个"一贯道"道坛，来往闲杂人员很多。韩慧如担心设在阁楼上的电台安全，秦鸿钧却说："来往人确实不少，都是文化水平不高的群众，其实反而便于掩护，查户口的来了，还以为这道坛是我们家开的，会更安全些。"

秦鸿钧一般都是晚上爬上阁楼，进行收发电报，白天则在家里"买汰烧"。而韩慧如在附近的私立海光小学当老师，邻居们常在背后议论说，这家男人靠女人养活，真是倒过来了。他们对两个孩子定出一条铁律，家里有两件事不能做，一是不能上爸爸工作的阁楼，二是不能拿放在床头的木棍。对于前一条，两个孩子尚能理解，而对于后一条规矩，他们直到1949年3月17日才明白。

那天深夜，秦鸿钧按惯例在阁楼上工作。忽然楼下响起急促的敲门声，很快敲门变成了砸门。此时，韩慧如已经和孩子们躺在床上，她多年地下工作养成的习惯是，晚上一直和衣而睡，而且不盖被子，只在肚子上搭一块毯子。她立刻拿起床头常备的木棍，使劲敲击阁楼地板。这是事先约定的暗号，阁楼中的秦鸿钧发出"我已暴露"的电码，接着以最快的速度拆毁无线电台，并焚毁文件。

这时，后门已被住在楼下的"灶披间老太"打开，特务们鱼贯而入，直奔二楼。等他们爬上阁楼，只发现被砸坏的机器，里面空无一人。秦鸿钧已经从天窗爬到了屋顶，这一带都是连体的石库门,他爬到最外面那家的屋顶,准备从晒台上下去。往下一看,弄堂里围满了几十个特务,下去也是枉然。

紧接着,特务们也上了房顶,并逐家搜查,秦鸿钧和韩慧如不幸被捕。两天后,因不知情而上门联系的地下党员张困斋,在秦鸿钧家中被埋伏的特务抓捕。

他们的被捕,再加上1948年底,另一个秘密电台负责人李白的被捕,给上海地下党组织带来很大震动。地下党组织通过各种社会关系,设法营救,包括刘阿毛也为此日夜奔忙。

1949年5月25日半夜,前几天隆隆的枪炮声渐渐稀疏,并慢慢远去。陈来生早已无心面坊的生意,到了傍晚就干脆上了门板。这些天,他听到枪炮声逼近时,高兴地一个人在面坊里手舞足蹈,但现在逐渐安静的环境,让他坐卧不安:"是不是解放军攻城受阻,会不会绕过上海先去解放别的城市?"想来想去,决定再去一趟老虎灶,看看刘阿毛会不会突然出现,有很多事要问他。

弄堂口空无一人,往斜对面的老虎灶望去,也已经关门落锁。陈来生最近几乎每天都会问弟弟福顺,刘阿毛有没有出现,得到的回答都是"最近没来过"。陈来生抱着一线希望,在路边一家煤球店门口的小板凳上坐下,心想:"反正天也热了,我就在这里坐一夜,看看阿毛会不会来。"

先是睁大着眼睛，然后是眯着眼睛，再然后是半梦半醒，到了凌晨三点，只听马路对面有脚步声，陈来生揉揉眼睛细看，只见东面远远走来一个人。这个人似乎是个跛脚，走路一拐一拐的，慢慢向自己这个方向走来。

借着月光，看来人瘦小个子，衣服已经撕破，好像是刘阿毛。陈来生正要叫出声，连忙捂住嘴，心想夜深人静别惊扰了别人。此时他已经站起身来，来人也已经看到他，停住了脚步，然后似乎看清了，冲着陈来生招了招手。

陈来生赶紧跑过去，扶着刘阿毛走到老虎灶门口，阿毛在身上摸了半天，终于摸到了钥匙。两人进门反身关门，开灯一看，刘阿毛脸上和身上都是鲜血，不知道受了几处伤，最明显的是左大腿在流血。陈来生取来湿毛巾，给刘阿毛擦了一遍，发现他身上只有左大腿这一处伤。帮阿毛包扎好伤口后，这才顾上问："阿毛，你去哪里了？"

刘阿毛坐在凳子上，脸上却满是笑意，道："小陈，今天你阿毛哥做了一件大事，我们去劫了龙华监狱，救出了很多被关在里面的同志，里面还有韩慧如。"陈来生也是大喜，忙问道："那么，秦鸿钧也一起救出来了吗？"却见刘阿毛摇摇头道："我看到韩慧如时，也马上问她老秦怎么样，她说5月初之后就没见到，不知道是不是被关在别的地方。"

说到这里，刘阿毛的神情变得严肃起来："就在半个多月前,我们接到内线情报说,国民党警备司令部准备在上海解放前,集中枪杀一批关在狱中的地下党,但确切名单不知道,只知行刑地点可能在浦东戚家庙。当时,我们很多人都主张劫法场。"陈来生接口道:"对啊,平时监狱守得严,不容易劫,劫法场会容易一些。"

刘阿毛叹了口气道:"但是上海地下党的领导同志紧急商量后,最终决定不劫法场。因为上海马上就要解放了,中央刚刚来电,要求上海的地下党务必不惜代价保护好一批知名人士,如果这时候去劫法场,就会提前暴露我们的身份。你知道吗,除了秦鸿钧和李白,还有张困斋也可能在敌人的处决名单上,他是上海地下党书记张承宗的亲弟弟,阿哥要决定不去救阿弟,这多不容易。"

陈来生已经热泪盈眶,点头道:"我们共产党人就是这样的。"屋内安静了几分钟,陈来生想起来意,问道:"怎么今天的枪炮声少了很多,攻城顺利吗?"

刘阿毛看着陈来生,兴奋地高声道:"大部分市区已经被解放军占领了,现在战斗主要在浦东,上海马上要解放了。"陈来生连连向他摆手,示意轻声些。

刘阿毛大笑,脸颊上的一撮毛似乎也扬眉吐气挺立着,道:"小陈,从此不要怕了,说不定明天一早解放军就来到我们老虎灶门口了,现在是我们的天下了!"

1949年9月初，暑热依旧。

早上七点刚过，陈来生便走出面坊，来到过街楼上。平时的早饭，都是在面坊柜台后面的小桌子上吃的，但今天有大事，他特意上楼来，要吃一顿看得见风景的早餐。昨晚，他就特地嘱咐小弟弟长顺，第二天给他买一副大饼油条和两个粢饭团，再加一大碗咸豆浆。

陈来生把两边的窗户都打开，坐在穿堂风中慢慢吃着早饭。长顺此时已经吃过早饭，拎上来一个水桶，开始拖地板。"长顺，下来帮忙。"只听父亲在弄堂口叫他，长顺放下拖把便要下楼，没想到一脚带翻了水桶。

这天天气晴好，弄堂里的主妇们不用躲在过街楼下面生煤球炉，这时楼下有几个女人在刷马桶，还有两三个坐着剥毛豆。而过街楼已显老旧，地板之间缝隙很大，这桶水瞬间便像小瀑布般冲到了楼下。

"楼上做啥啊，一大早打翻痰盂罐了吗？"在几个妇女的叫声中，还夹着一个中年男人沙哑的嗓音："楼上下来看一看，我被浇成落汤鸡了！"陈来生从过街楼朝弄堂里的窗口看下去，只见"洋装瘪三"正在楼下跳脚。他赶紧打开柜子拿出一条干毛巾，一溜烟跑下楼，只见几个刷马桶、剥毛豆的女人只是被水溅到一些，只是"洋装瘪三"半身西装全湿了。

"夏家阿伯，对不住啊，刚刚拖地板不小心打翻了水桶。"

说着，拿着手上的毛巾便要去擦。"洋装瘪三"一把推开道："小阿弟，这是全毛西装，毛巾擦有什么用，要去店里用熨斗烫的。你看看，我要出门做事情，被你耽误了。"旁边一个剥毛豆的女人笑道："西装湿了怕啥，你回家换一套不就行了。"周围几个女人都大笑起来，她们当然知道"洋装瘪三"一年四季只有这一套宝贝西装。

"洋装瘪三"一脸严肃道："你们懂啥，穿西装要讲究季节，现在这个季节穿这套西装最好。我家里西装多，就是不适合现在这天气穿。"这时不仅那些女人们哄笑起来，连陈来生也忍不住笑出声来。

一个刷马桶的中年女人抬起头来道："现在解放了，侬还天天穿西装做啥，人民当家作主，大家都是同志，啥人再看你穿啥？""洋装瘪三"哼了一声道："我就不相信，共产党来了上海人就不讲究穿着打扮了，假使每个人都穿军装打绑腿，这就不叫上海滩了。"说着，又拍拍陈来生的肩膀道："小阿弟，碰到我算你运道好，我家里换的衣裳多，你看看他，"说着往墙角一指，"他估计只有这一身衣裳，今朝只好用人肉烘干了。"

陈来生转头一看，只见墙角站着一个十几岁模样的小个子少年，黝黑的皮肤紧紧包裹着棱角突出的骨头，身上又脏又破的衣衫已经湿透，水还在往下滴，一双草鞋踩在小水塘里。陈来生赶紧走上去，用毛巾给他擦头发，"洋装瘪三"在一旁道："你给他擦好，这条毛巾也可以扔掉了。今朝出门就淋大水，水是财啊，说不定今朝要发财，我先走了。"

陈来生边擦边跟那少年赔不是，但少年只是愣愣地看着他，一言不发。旁边一个女人道："你用不着跟他客气，这人是个哑巴，这些天一直在弄堂口等生意。"说着朝弄堂口努努嘴，只见一辆旧独轮车停在一边。

另一个女人已经刷好了马桶，拎着走过来说道："你要是真过意不去，就给他吃点东西，我看他刚刚在弄堂口垃圾桶里翻东西吃。"陈来生赶紧上楼，拿来了一个粢饭团，那少年也不道谢，接过去两三口便吃掉了。陈来生又去楼上拿来一副大饼油条，和自己还没来得及喝的咸豆浆，看着那少年狼吞虎咽地吃下。

忽然想起一件事，陈来生走过去看了看独轮车，回来跟少年说："你别走，等一会让你做一笔生意。"说着伸手摸了摸少年细细的胳膊，自言自语道："不晓得你这个小孩子推得动吗，不过我也能搭把手的。"

将近上午九点，陈来生叫那少年把独轮车推到向荣面坊门口，然后和两个弟弟一起，陆续从阁楼上搬下不少箱子。那少年因为吃饱了，精神头比刚才好了很多，二话不说也帮着一起搬。

5月27日上海解放后，陈来生就向组织上报告，他保管了七年的中央文库是否尽快上交。得到的回复是上海刚解放，市面上还比较乱，让他继续保管一段时间，等合适的时候再交给上海市委。两天前，刘阿毛匆匆赶来，通知陈来生今天上午将中央文库直接送上海市委组织部。

正搬着，刘阿毛也来了，见这热闹阵势，撩起袖子也要帮忙。只见陈来生像宝贝似的抱出一只箱子，笑道："阿毛你来晚了，这是最后一只。"他把箱子放在独轮车上，开始一一清点："一五一十，十五十六，一点也不错，总共十六只，"转头对刘阿毛说："以前担心藏不好，就在想东西少点多好，现在想想十六只箱子一点也不多，最好再多点，搬起来更隆重。"

见向荣面坊这么热闹，早已有不少人围观，有人道："来生，今朝面坊里拿出啥压箱底的好东西，打开来让我们开开眼。"陈来生连连摆手道："不是金不是银，在我们手里不值铜钿，不过一送到毛主席和朱总司令那里，这些东西就比珍珠玛瑙夜明珠还要值铜钿了。"

众人啧啧称奇，有人轻声道："搞不好是蒋介石的投降书。"另一人道："蒋介石再会写，投降书也写不了这么多箱子。"又有人说："说不准真有可能，除了投降书，老蒋还要写悔过书啊，这个悔过书写起来，一百只箱子也装不下了。"

在众人的笑声中，那少年推起了独轮车，陈来生原想帮着推，但见少年推得很稳，也就跟在一边。车旁车后，还跟着他的两个弟弟和刘阿毛，以及十几个好奇心极强的邻居们，他们要看这车东西怎么送给毛主席和朱总司令。

刘阿毛刚才看到那推车少年，兀自愣了一下，但又摇摇头。刚走过一个路口，只见迎面快步走来一个三十多岁皮肤白皙的中年妇女，身边还有一个二十岁出头的青年。刘阿毛高兴地迎上去，道："慧如，你怎么来了？"说着忙给陈来生介绍，韩慧如紧紧握住陈来生双手道："陈来生同志你真不容易，一管文库就管了七年，我的姐夫陈为人从1932年一直管到1936年，你比他管得还长。"陈来生忙道："陈为人同志很长时间和组织上失去联系，我这些年跟组织没有断过联系，他比我难得多。"

这时，韩慧如指着身边的青年道："这是我姐姐姐夫的大儿子陈爱昆，他知道今天你们要上交文库，也要来看一看送一程。"那个青年人二十岁出头，生得浓眉大眼，眉宇间颇有陈为人的气韵。他伸手摸了摸装文库的箱子，说道："我父亲要是知道文库安全保护到了上海解放，不知道他会有多高兴啊！"

刘阿毛问道："爱昆什么时候来上海的，没听你说起。"韩慧如道："他去年就来了，我姐姐想让他从上海去苏北参加解放战争，但后来交通中断就留在了上海，他在上海中英制药厂当了一段时间的制药工。"说着示意独轮车推着走起来，然后道："今年3月份我和老秦被捕，我除了担心张困斋同志第二天要来家里接头，还担心爱昆每个礼拜天要来家里吃饭。后来张困斋被捕了，爱昆那天因为生病没来，逃过了一劫。"

说到这里，一旁的陈来生忍不住道："韩慧如同志，我们都要向秦鸿钧同志学习，他敢在敌人鼻子底下发报，真是太了不起了。"5月底上海解放后，李白、秦鸿钧和张困斋等十二位被捕的同志没有下落，一直到6月份在挖掘浦东戚家庙国民党刑场时，挖出了十二具尸体，组织上通知韩慧如前去辨认，她一眼就认出了秦鸿钧的遗体。在8月底，上海市委刚刚在交通大学文治堂，举行了李白、张困斋和秦鸿钧三位烈士的追悼大会。

韩慧如强作平静地说："干革命总会有牺牲，其实对于这一点我们早有思想准备，只是，"她哽咽道，"只是老秦牺牲在黎明到来前的最后一刻，他牺牲后只过了二十天上海就解放了，这实在太让人痛心了。"

他们此行的目的地，是在江西路上的上海市委组织部。路不算远，眼看快到了，刘阿毛却忍不住了。他伸手拍了拍推车瘦小少年的肩膀，道："你是不是小六子？"那少年怔怔地看了看他，嘴巴张了张，只发出两声含混的声音。

刘阿毛继续问道："你爸爸是不是拉黄包车的独臂阿秋？"那少年突然停下脚步，嘴里继续发出声音，紧接着点了点头。

"我以前开老虎灶，你爸爸常来喝茶，有时候他会带上你，夸你聪明，一定要让你读书当官。你爸爸还在拉车吗？"刘阿毛一想不对，这时候上海市面上的黄包车已经很少了，改口道："你爸爸好吗？"

那少年失神的双眼中，突然掉落几颗眼泪。刘阿毛忙道："你妈妈好吗？你的几个哥哥和弟弟好吗？"少年的泪水再也止不住了，笨拙地摇了摇头。刘阿毛急道："日本鬼子来的时候，你们是不是都住在药水弄？"少年又看了看他，突然放声大哭。

一旁的人都不解地看着这一幕。陈来生问道："阿毛，你认识他爸爸？"刘阿毛点头道："是的，他爸爸只有一只手臂，当年是上海滩唯一的独臂黄包车夫。从1942年以后，他就再也没有出现过，"转头问众人，"你们有谁听说过，1942年日本鬼子封锁药水弄的事吗？"

随行者纷纷说，怎么会不知道。一个50多岁的男人道："就是因为三个小日本在草鞋浜边上被人打死了，日本人就把旁边药水弄一带全部封锁，大半个月不让人进出，里面住的都是穷人，听说饿死的有成百上千人。"旁边一个三十多岁的女人道："很多人要冲出来，有的人自己在外面，但老婆小孩在里面，带了粮食想冲进去，全部被日本人杀掉了。"

陈来生突然想起什么，对刘阿毛说道："我在那年冒死钻到铁丝网外面买粮食，回来的时候看到有个只有一只手臂的人，被日本鬼子追赶，不知道那人是不是你说的独臂车夫？"刘阿毛点头道："很可能阿秋的老婆小孩被封锁在药水弄里面，阿秋知道里面没吃的，就冒险去城外买粮食，然后再冲进药水弄。你看这小孩的表情，很可能他父母和兄弟们都已经死了。"他又想了想道："不对啊，小六子那时候多聪明啊，而且年纪算起来跟陈爱昆差不多大，现在怎么又哑又傻，看着只有十几岁？"

"这孩子大概生过大病，没治好就落下了病根，再加上长期吃不饱，所以才长得又瘦又小。"韩慧如怜爱地看着少年，对刘阿毛和陈来生说："等一会送好文库，我带这小孩走。这么瘦小的孩子，不能再拉车了。新社会了，他应该去治病。"

从中共上海市委组织部走出来，陈来生手上拿着张纸，上面写道："兹收到陈来生同志自1942年7月起所负责保管的从我党诞生时起至抗战时止的各种文件、资料，计一百零四包，共装十六箱，未受到霉烂、虫蛀、鼠咬等半点的损伤。"

此刻的陈来生，内心五味杂陈，既有如释重负的轻松，也有成功交棒的欢愉，更有对没能看到"我们天下"这一天的同志们的怀念,还有一点点茫然。他问一旁的刘阿毛:"接下来,我们做什么呢?"刘阿毛笑笑说:"你卖你的面粉,我烧我的开水,不管做什么,都是为新中国出一份力。"

一路跟随的众多邻居们,刚才一直等在门口,见到他们几个人空手而归,有人诧异地问:"你们把东西交给毛主席和朱总司令了?"

陈来生点头道:"他们会看到的,你们以后在档案馆也会看到的,我们交出了最珍贵的历史。"

尾声

陈来生送交的中央文库，由中共上海市委组织部转交中共中央华东局，华东局当即电告中共中央。此讯息传到北平，引起中共中央领导的高度重视。

1949年9月18日，华东局办公厅收到中央领导批阅签发的电报："大批党的历史文件，十分宝贵，请你处即指定几个可靠同志，负责清理登记，装箱，并派专人护送，全部送来北平中央秘书处，对保存文件有功的人员，请你处先予奖励。"

值得一提的是，中央领导对电报做了一处改动。他将原文中的"有功的同志"，改为"有功的人员"，他想表达的，就是要对保护中央文库有功的同志、家属乃至市民，都给予表彰和奖励。

1949年10月13日，中共上海市委机关报《解放日报》在头版居中位置，刊出中共上海市委对陈来生的嘉奖信：

一九四二年七月，党将一大批重要的中央历史文件（其中有中央和江苏省委历届会议记录，中央给各地的指示和来往重要文件，党刊、党报如"红旗"、"布尔塞维克"及"党的生活"，及上海三次起义中被反革命枪杀的纠察队烈士照片与彭湃、苏兆征、恽代英诸同志的遗笔等重要文件和档案），交由陈来生同志负责保管。陈同志接受此光荣任务后，即动员教育全家（父母弟妹等）协助搬运，将这一大批有历史意义的文件加以伪装保藏在自己家里。七年来，上海虽经日寇、汪伪和蒋匪帮种种封锁搜索、清查户口等残酷统治和白色恐怖，但均赖陈同志及其家属的积极负责掩护，终能使这批无价之宝的历史文件保存下来；同时，由于陈同志细心地用樟脑粉等各种药物谨慎包装，经常曝晒和检查，使这些文件避免了鼠咬虫蛀，不致腐蚀。这是陈来生同志对党忠实、高度负责的表现，值得全党同志学习的。市委除向陈来生同志家属表示感谢外，特此书面嘉奖。

一九四九年十月四日

1950年2月8日，中共上海市委组织部又派专人携礼品和慰问信，对协助陈来生守护中央文库有功的他父亲甄德荣、两个弟弟甄福顺和甄长顺（陈来生本姓甄）进行了慰问，慰问信说："由于先生等协助陈来生同志全力掩护，使我党之重要历史文件，得以在敌伪及国民党反动派白色恐怖下免遭损失。"

1950年2月下旬，华东局将再次清点登记、分装十六箱的中央文库全部文件运送至北京，上交中共中央秘书处。1950年3月9日，中共中央秘书处在给中央办公厅的《中央秘书处关于接收上海陈来生所保存材料的情况报告》中指出：陈来生保存的这批文件共一万五千件左右（中央文库另有五千多份文件，已于1946年运往延安），其中包括1922至1934年中共中央文件、中华苏维埃政府的文件、红军文件、共产国际文件和各地党委文件等。至此，经历了无数腥风血雨的珍贵文件，终于完整地上交党中央。

如今，这批涵盖了中国共产党成立最初阶段的原始档案，这段珍贵无比的中共早期记忆原貌，完好无损地收藏于中央档案馆，无言地诉说着那段充满了血与火、奋斗与牺牲的峥嵘岁月。

回首往昔，上世纪20年代末，中央文库在上海秘密建立，守护者历经：张唯一、陈为人、韩慧英、韩慧如、李沫英、徐强、李云、吴成方、缪谷稔、郑文道、陈来生等人。他们中的大多数人，在血雨腥风中，不能参加党组织的会议和活动，始终隐姓埋名，只能跟上级保持单线联系，有时候还会跟组织上失去联系，经费没有着落。

从这个意义上说，他们都是孤独的守护者。然而，他们的内心并不孤独，支撑他们的，有同志，有家人，有人民，更有坚定的理想信念。这可谓，吾道不孤。

守护者（部分）：

张唯一：湖南桃源人，1927年加入中国共产党。中央文库第一任负责人，1935年2月被捕，1937年8月出狱。1949年后，任中央人民政府情报总署副署长、政务院副秘书长、周恩来总理办公室主任。1955年12月病逝，享年六十三岁。

陈为人：原名陈蔚英，湖南江华人，1921年加入中国共产党。1932年起在上海负责保管整理中央文库工作，1937年3月病逝，时年三十八岁。

韩慧英：河北高邑人，1925年加入中国共产党。陈为人去世后，经组织同意，带孩子回丈夫老家湖南江华县继续从事革命工作。建国后，曾任零陵专署文教科副科长等职，以大部分精力从事幼儿教育工作。"文革"初期遭受冲击，于1968年7月在长沙病逝，享年六十五岁。

韩慧如，河北高邑人，1945年加入中国共产党。1937年至1949年，协助丈夫秦鸿钧开展秘密电台工作。1949年3月17日，与秦鸿钧一起被捕，秦鸿钧在解放前夕遇害，韩慧如成功越狱。1954年任上海市徐汇区第一中心小学校长，兼任五所小学联合党支部的支部书记,1983年被评为全国"三八红旗手"。2009年5月在上海病逝,享年九十六岁。

李沫英:湖南岳阳人,1926年加入中国共产党。20世纪30年代,在上海从事地下工作,抗战爆发后赴延安工作。1949年后,历任中南局人民监察委员会副秘书长、中央监察部一司司长、中央监察部党组成员。"文革"后,被增补为第五届全国政协委员。1993年逝世,享年九十一岁。

徐强:浙江武义人,1927年加入中国共产党。1936年5月,与陈为人单线联系,直接领导中央文库的工作。1936年底,他与妻子李云承担中央文库的管理工作。1939年奉调延安,解放后历任上海市军管会贸易处政委、华东贸易部党委书记等职。"文革"后任上海市第一商业局顾问。1988年10月在上海病逝,享年八十七岁。

李云:原名祝修贞,浙江海宁人,1930年加入中国共产党。解放后,担任中国福利会秘书长、党组书记。"文革"后,任上海市政协副秘书长、党组成员。2013年8月在上海病逝,享年九十八岁。

吴成方:湖南新化人,1926年加入中国共产党。1939年,任中央文库直接领导人。1942年6月,他布置陈来生负责中央文库管理工作。上海解放后,他受潘汉年、扬帆冤案牵连长期受审,"文革"中又遭迫害,1980年平反,1981年任上海市人民政府参事。1992年11月在上海病逝，享年九十岁。

缪谷稔：又名缪青裳，江苏江阴人，1927年加入中国共产党。1940年开始管理中央文库，1942年6月病危，1943年夏回江阴老家养病，翌年逝世，时年三十九岁。

郑文道：广东香山（今属中山）人，1928年加入中国共产党。参加中共在上海的地下情报工作。1942年7月，被日军抓捕遇害，时年二十八岁。

陈来生：河北宁河人，1938年加入中国共产党。曾参加淞沪抗日游击队，任战士、文书。后调上海从事党的秘密工作，1942年6月，承担中央文库管理工作，成为中央文库最后一任守护者。解放后，在解放军华东军区司令部、总参谋部二部等处，先后任副主任、科长、副处长、顾问等职。1982年离休，1986年享受副军职待遇。1997年逝世，享年七十八岁。

图书在版编目（CIP）数据

生死守护/高渊著.-上海：上海文艺出版社.2021
ISBN 978-7-5321-8083-7
Ⅰ.①生… Ⅱ.①高… Ⅲ.①长篇小说－中国－当代
Ⅳ.①I247.5
中国版本图书馆CIP数据核字(2021)第157743号

发 行 人：毕　胜
责任编辑：李伟长　李　霞　于　晨
特约编辑：乔　亮
装帧设计：丁旭东

书　　名：	生死守护
作　　者：	高　渊
出　　版：	上海世纪出版集团　上海文艺出版社
地　　址：	上海市绍兴路7号　200020
发　　行：	上海文艺出版社发行中心
	上海市绍兴路50号　200020　www.ewen.co
印　　刷：	苏州市越洋印刷有限公司
开　　本：	890×1240　1/32
印　　张：	12.375
插　　页：	2
字　　数：	222,000
印　　次：	2021年8月第1版　2021年8月第1次印刷
I S B N：	978-7-5321-8083-7/I·6402
定　　价：	58.00元

告读者：如发现本书有质量问题请与印刷厂质量科联系　T:0512-68180628